교실이,
혼자가 될 때까지

**KYOSHITSUGA, HITORI NI NARUMADE**

©Akinari Asakura 2019
First published in Japan in 2019 by KADOKAWA CORPORATION, Tokyo.
Korean translation rights arranged with KADOKAWA CORPORATION, Tokyo
through JM Contents Agency Co.

이 책은 JMCA를 통해 일본의 KADOKAWA CORPORATION와 독점 계약하여 한국어판 출판권이
블루홀식스에 있습니다.
저작권법에 의해 한국 내에서 보호를 받는 저작물이므로 무단 전재와 복제를 금합니다.

아사쿠라 아키나리 장편소설

문지원 옮김

# 교실이, 혼자가 될 때까지

블루홀6

# 차 례

1장  **고백**                    07

2장  **국가**                    69

3장  **일반언어학 강의**          143

4장  **인간 불평등 기원론**        259

마지막 장  **비극의 탄생**         347

옮긴이의 말                      371

### 등장인물

● **가키우치 도모히로**: 2학년 A반 남학생. 미즈키의 소꿉친구로, 그녀와 같은 맨션 옆집에 살고 있다.

● **시라세 미즈키**: 2학년 A반 여학생. 세 번째 자살자가 나온 뒤 충격을 받고 등교를 거부한다.

● **고바야카와 도우카**: 예쁘장한 여학생으로 2학년 B반의 중심이 되는 존재. 여자 화장실에서 목을 매고 자살한다.

● **무라시마 다쓰야**: 2학년 A반 남학생으로 학교 건물에서 뛰어내린 두 번째 자살자. 전 농구부 에이스였다.

● **다카이 겐유**: 2학년 A반 분위기 메이커인 남학생. 학교 건물에서 뛰어내린 세 번째 자살자.

● **야마기리 코즈에**: 2학년 A반의 중심이 되는 여학생으로 레크리에이션 기획에 적극적이다. 고바야카와의 사체를 처음으로 발견한다.

● **야에가시 스구루**: 2학년 A반 남학생으로 축구부 소속. 다른 반에 여자친구가 있다.

● **소노카와 하루요시**: 2학년 A반 남학생. 동아리 활동은 하지 않는다.

● **단 유리**: 다카이가 자살할 때 현장에 있던 2학년 B반 여학생.

● **하야시 미쿠**: 자살한 다카이와 사귀던 2학년 A반 여학생.

1장 **고 백**

# 1

"한 달이라는 짧은 시간 동안, 가슴 아프게도 학생 세 사람이 스스로 목숨을 끊고 말았습니다."

입 밖으로 꺼내고 나서야 사태가 이상하다는 사실을 다시 한번 깨닫기라도 한 것일까, 교장은 그 이후로 한동안 말을 잇지 못했다. 의미 없이 원고를 고쳐 쥘 때마다 종이가 흔들리며 내는 구슬픈 소리가 마이크를 울렸다. 예상치 못한 침묵에 체육관의 분위기는 한층 더 가라앉았다.

이에 따라 일단 진정되었던 오열이 내 주변에서 다시 시작되었다. 다카이 겐유와 사귀던 하야시는 가장 크게 엉엉 울다가 급기야 더 이상 서 있을 수조차 없는 상태가 되었다. 쭈그리고 앉은 그녀를 위로하듯 등을 토닥이던 야마기리와 사에키의 얼굴 역시 눈물범벅이었다. 남학생 가운데 무라시마 다쓰야와 특히 사이가 좋았던 야에가시와 고리야마도 더는 견딜 수 없어 보였다.

"때로는—"

살짝 갈라진 목소리를 얼버무리듯 교장은 코끝을 매만졌다.

"때로는 힘들 때도 있을 겁니다. 포기하고 싶을 때도 있겠지요. 죽고 싶을 때도…… 있을지 모릅니다. 그리고 괴로워 견딜 수 없을 때, 어쩌면 우리 교사들을 믿을 수 없다는 생각이 들지도 모릅니다."

원고에서 시선을 뗀 교장이 학생들을 정면으로 바라봤다.

"하지만 여러분에게는 둘도 없는 친구들이 있습니다. 지금 여러분 곁에 있는 한 사람 한 사람이, 여러분에게 무엇보다 든든한 버팀목이 되어 줄 겁니다. 손을 마주 잡으면 벽을 넘을 수 있습니다. 손을 꽉 맞잡으면 빛도 볼 수 있습니다. 괴로울 때에는 부디 주변 사람들에게 상담하시기 바랍니다. 분명 누군가가 여러분에게 힘이 되어 줄 겁니다. 물론 우리 교사들도 힘이 되겠습니다. 부디 혼자서만 고민하지 말고 곁에 있는 누군가에게……."

주머니에 있는 스마트폰의 진동이 울렸다. 나는 눈에 띄지 않도록 최소한의 움직임으로 화면을 확인했다.

아르바이트를 하고 있는 가게의 라인(LINE) 단체 채팅방에 점장의 메시지가 도착해 있었다.

'급하게 한 명이 필요합니다. 오늘(목), 내일(금) 오후 6시까지 일할 수 있는 분 연락 바랍니다.'

나는 곧바로 '가키우치입니다. 오늘 가능합니다. 내일도 일할 수 있는지 확인해 보겠습니다'라고 답장을 보낸 후 스마트폰을 주머니에 숨기듯 밀어 넣었다. 그러고는 체육관의 분위기에 다시 녹아들도록 조심스럽게 등허리를 폈다.

이제는 오열이라기보다 울부짖음에 가까운 소리가 다시 울려 퍼졌다. 나는 가만히 눈을 감고 몸속에 있는 공기를 전부 쫓아내듯 깊은 숨을 토해 냈다.


"가키우치, 잠깐만."

학급조회 시간이 끝나고 가방을 챙겨서 교실을 나가려는데 담임이 손짓했다. 우리 담임인 가와무라 선생님은 아직 삼십 대 초반으로 다른 교사들에 비해 다소 젊다. 전공은 체육. 학생 때 장거리 선수였기 때문에 덩치가 크기보다는 탄력 있고 늘씬한 체형이다. 흔히들 말하는 체육 파처럼 학생들과 어울리는 열정이나 위압감은 전혀 느낄 수 없고, 오히려 어딘지 모르게 심약하고 예민한 구석이 있는 사람이었다.

"미즈키와 같은 맨션에 살지?"

"……네, 그런데요."

"미안한데, 미즈키가 어떤지 좀 들여다봐 줄 수 있니?"

"……제가요?"

응, 이라며 신음 비슷한 소리로 대꾸하더니 잠시 눈을 감고서 말했다.

"야마기리가 연락해도 요즘은 소식을 전혀 들을 수 없다는 것 같구나. 그렇다고 그냥 두고만 볼 수 없다는 건 잘 알지? 같은 반 친구들이 갑자기 그렇게 되는 바람에 정신적으로 상당히 힘들 거야. 누군가가 말을 걸어 줘야지."

"그건…… 그렇긴 한데, 저보다 더 적절한 애가 있을 거예요. 저, 미즈키에게도 남자친구가 있을 테고—"

담임은 오른손을 들어 내 말을 저지하더니 하고 싶은 말이 무엇인지 다 안다는 듯 몇 번이나 작게 고개를 주억거렸다. 그러고는 아무리 사이가 좋아도 본인 허락 없이 주소를 가르쳐 줄 수 없다는 점(사이가 좋은 친구들은 미즈키의 집 주소를 몰랐다), 자신이 직접 방문해도 문제될 것은 없지만 교사가 갑자기 찾아가는 것은 그다지 좋은 방법이 아닌 것 같다는 점, 같은 반 친구가 말을 걸어 주는 편이 더 자연스럽고 미즈키도 쉽게 마음을 열 수 있겠다는 점들을 늘어놓으며, 따라서 같은 중학교 출신인 내가 적임이라고 말했다.

나는 미약하게나마 난색을 표했지만 받아들여지지 않았다. 학교에 신고하지 않고 아르바이트를 하고 있기에 오늘은 아르바이트 때문에 안 된다는 비장의 카드를 내밀 수 없었다. 정신을 차렸을 때는 이미 담임이 인쇄물이 담긴 봉투를 건네면서 "잠깐이라도 괜찮아"라며 대화를 마무리하고 있었다.

"선생님은 우리 반이 정말 자랑스러워. 다들 이렇게 사이좋고 결속력 좋고 따돌림도 차별도 없는 학급은 정말로, 정말로 처음이야. 빈말이 아니란다. 더 이상 반 아이들 중 누군가가 사라지는 건 절대 보고 싶지 않아. 가키우치도 그렇지?"

"……그건 물론, 그렇긴 한데요."

"지금은 확실히 분위기가 조금 좋지 않기는 해. 하지만 분명 우리 반은 금방 회복할 수 있을 거야. 부탁한다, 알았지?"

담임과 바톤 터치라도 하듯 눈이 새빨갛게 부은 야마기리 코즈에와 사에키 마린이 다가왔다. 두 사람은 파스텔 블루색 봉투에 넣은 편지를 내밀면서 이것도 함께 전달해 달라고 말했다.

"가키우치. 미즈키 말이야, 꼭 좀 잘 부탁할게. 이럴 때일수록 우리가 하나로 뭉쳐야지."

"이번 **레크리에이션**, 미즈키가 빠지면 하지 않겠다고 전해 줘. 우리가 꼭 기다린다고."

나는 미소를 지어 보이며 "알겠어. 전해 줄게"라고 대답하고는 건네받은 편지를 담임이 준 봉투에 넣었다.

"꼭이야, 꼭. 부탁할게."

"힘닿는 데까지 노력해 볼게. 미즈키도 분명 알아 줄 거야."

동아리 활동이 시작되기 전까지 복도에서 시간을 때우는 축구부와 농구부 무리를 뚫고 간신히 계단에 다다랐을 때 참았던 한숨이 터져 나왔다.

미즈키. 시라세 미즈키와는 분명 같은 맨션에 살고 있다. 조금 더 분명하게 말하면 그녀는 내 옆집에 살고 있다. 담임은 '같은 중학교 출신'이라고 했지만, 이 점도 분명하게 말하면 초등학교 2학년 때부터 알고 지낸 사이다. 어렸을 적에는 자주 함께 놀았다. 가까이 살기만 하면 서로의 성별과 성격을 따지지 않고 어울려 노는 존재가 초등학생이다. 맨션 주차장을 뛰어다닌 기억, 서로의 부모님과 함께 체육 시설이 있는 공원이나 유원지에 놀러간 기억 등 추억은 두 손으로도 다 셀 수 없었다. 그런 우리가 지금은 거의 대화를 하지 않게 된 이유는 결정적인 사건이 있었기 때문도, 부모님끼리 사이가 급속도로 냉랭해졌기 때문도 아니다.

이유도 모르게. 그저 그것이 전부다.

어느 순간부터 자연스럽게 어린이용 교육 방송 프로그램에 흥미를 잃어버리듯, 뭐라고 형용할 수 없는 척력이 두 사람을 멀어지게 했다. 중학생 때부터는 대화도 거의 나누지 않았기에 고등학교 2학년이 되어서 오랜만에 같은 반에 배정되었을 때는 복잡한 심경이었다. '올해도 잘 부탁해'보다는 '어떻게 대해야 좋을까'.

평소에는 의식적으로 빠른 걸음으로 지나치는 501호 앞에 멈춰 서서 나약한 자신이 튀어나오기 전에 인터폰을 눌렀다. 초인종 소리가 침묵에 녹아드는 동안, 나는 이유 없이 봉투를 오른손에서 왼손으로, 또 왼손에서 오른손으로 세 번쯤 바꿔 들었다. 응답은 없었다.

예전과 달라지지 않았다면 미즈키의 부모님은 여전히 맞벌이를 하실 것이다. 그러니까 지금, 집 안에 사람이 있다면 미즈키 혼자일 테지. 응답할 수 없을 정도로 기분이 멜랑꼴리한 것인지, 편의점에라도 간 것인지 알 수 없었다. 나오지 않으면 어쩔 수 없지, 뭐. 변명거리를 만들어 두려고 한 번만 더 인터폰을 누르고 나서 미즈키와 만나는 걸 포기하기로 했다. 나는 왠지 모르게 안심하고 있었다.

아무리 그래도 아무것도 적혀 있지 않은 서류봉투를 그대로 우편함에 욱여넣는 것은 비상식적인 것 같아 간단한 메모라도 적어 놓으려고 가방에서 펜을 꺼낼 때, 문이 열리는 소리가 났다. 스스로가 한심할 정도로 화들짝 놀라 들고 있던 펜을 떨어뜨렸다. 문은 몇 센티미터, 체인이 걸린 폭만큼만 아주 조금 열렸다.

"지금…… 너 혼자야?"

모습은 보이지 않았지만 미즈키의 목소리였다. 너무나도 갑작스러워서 도어 스코프 반대편에 있는 미즈키에게 "혼잔데"라고 대답하기까지 상당한 시간이 걸렸다.

"아무도 없어?"

"……없어."

그렇게 대답하고 나서야 준비했던 말이 겨우 떠올랐다.

"갑자기 미안해. 담임이 네 상태를 들여다봐 달라고 해서 와 봤어. 반 애들도 다들 널 학교로 데리고 와 달라고 부탁했고. 이거, 학교에 오지 않았던 동안의 인쇄물이랑 야마기리와 사에키가 준 편지."

아무 대답도 없었다. 문 뒤에 있던 미즈키가 진즉에 사라진 걸까 불안해져서 조심스럽게 물었다.

"……몸은 좀 어때?"

한 마디 정도 덧붙일까 고민하는데 가냘픈 목소리가 되돌아왔다.

"몸은…… 그냥저냥."

"……그렇구나. 그럼—"

"미안."

미즈키는 내 말을 가로막듯 말했다.

"학교에는…… 못 나가."

무언가 대꾸할 만한 말이 있을 것 같았지만 그럴듯한 말이 떠오르지 않았다. 내가 포기했다는 듯 고개를 끄덕였다.

"……그렇게 전달할게. 무리하는 것도 좋지 않고, 그런 큰 일을 겪었으니까 역시 마음을 정리할 시간이—"

"아니야."

"……뭐가?"

"살인자가 있어."

의미를, 곧바로 파악할 수 없었다. 그러나 되물을 타이밍을 완전히 놓쳐 버려서 명백히 어색하고 섬뜩한 공백이 우리 사이에 가로놓이고 말았다. 나는 숨을 쉬는 것도 잊은 채 문틈 사이로 다음 말이 나오기만을 기다렸다. 단 몇 초, 그러나 몇십 분으로 느껴지는 침묵 뒤에, 미즈키는 마침내 간신히 말했다.

"도와줘."

목소리가 떨렸다.

"세 사람은 자살한 게 아니야. 도우카도 다쓰야도 겐유도 모두 **그놈**에게 살해당했어. 이대로라면, 코즈에도 살해당하고 말 거야."

2

미즈키의 집에 들어간 것은 초등학생 때 이후로 처음이었다.

미즈키는 준비를 한다며 10분 정도 안에 틀어박혀 있다가 501호 앞에서 기다리는 나를 거실로 안내했다. 드디어 모습을 드러낸 미즈키는 검정색 티셔츠에 담청색 반바지를 입은 심플한 모습이었다. 검정색 머리는 학교에 올 때와 달리 포니테일로 묶었다.

무려 일주일 만에 보는 그녀는 확실히 생기를 잃은 모습이었다. 볼살이 빠지거나 다크서클이 생기는 등 눈에 띄는 변화는 없었지만, 분명한 결핍과 감퇴가 있었다. 둥글고 큰 눈은 기분 탓인지 조금 가늘어졌고, 아름다웠던 흰 피부는 톤이 두 단계쯤 어두워졌다. 진한 화장을 하고 등교하는 학생은 아니었다. 그렇기에 그 모습이 화장의 여부와는 상관없는 문제라는 점은 분명했다. 나는 꾸미지 못한 상태인 미즈키를 뚫어지게 쳐다보는 것은 좋지 않다는 생각이 들어 시선을 둘 곳을 찾아 집 안을 빙 둘러봤다. 실내는 어둑했다. 조명이 없는 실내에 커튼 사이로 희미하게 새어 들어오는 햇빛만이 유일한 빛이었다.

오랜만에 찾아온 미즈키의 집이 조금은 그리운 기억을 불러일으킬 것이라고 생각했는데, 예상만큼의 감동은 없었다. 희미하게 코를 간질이는 은은한 유연제 냄새만이 기억의 마개를 미약하게 간질이는 데 그쳤다. 그리운 것 같기도 한, 그런 기분이 들었다.

미즈키가 얼음을 동동 띄운 보리차를 내밀며 정면에 앉았다. 또다시 한동안 침묵이 흘렀다. 어쩔 수 없이 내가 나서서 대화의 돌파구를 찾았다.

"아까 한 말 말인데……."

미즈키는 고개를 한 번 끄덕이고 입을 열었지만 곧 말문이 막힌 듯 고개를 숙이고 말았다. 두 손으로 마른세수를 하고 심호흡을 한 뒤 눈물을 글썽이며 조심스럽게 말을 꺼내기 시작했다.

"사실은…… 사실은 학교에 가서 제대로 책임감 있게 내가 맡은 일을 처리해야 한다는 걸 알아. 내가…… 못나서 그래. 하지만 아무리 그래도 무서워서, 아무한테도 이야기하지 못하고."

스스로를 책망하는 말부터 꺼내며 미즈키는 이야기를 시작했다.

사건의 발단은 얼마 전에 열린 A반과 B반의 합동 레크리에이션이었다. 우리 반인 2학년 A반과 옆 반인 B반은 정기적으로 합동 레크리에이션을 기획하고 실시하는데, 2주 전 6월 14일에는 교정에서 가장 파티를 개최했다. 파티라고는 해도 결국 학생들이 주최하는 자그마한 행사로, 그저 각자 좋아하는 분장을 하고 모여 가벼운 식사를 즐기면서 시끌벅적하게 즐겨 보자는, 코스프레를 곁들인 이벤트였다.

많은 학생이 제각각 파티를 즐기는 와중에, 미즈키는 친구들의 권유로 어느 아이돌 그룹과 비슷한 의상을 준비했다. 파티를 시작하고 나서 몇 시간. 셀 수 없을 정도로 사진을 찍은 그녀는 혼자 미네랄워터를 들고 교정 한 구석에 있는 벤치에 앉았다고 했다. 오후 6시가 조금 넘은 시각. 해가 서서히 저물기 시작할 무렵이었다.

"갑자기 뒤에서 누가 어깨를 쳤어."

미즈키는 그때 그 장면을 회상했다.

"그리고 귓가에 속삭였지. '미즈키'라고. 아무도 없는 줄 알았던 나는 소스라치게 놀랐어."

완전히 긴장을 풀고 있던 미즈키는 황급히 뒤를 돌아봤다가 더욱 놀랐다. 그녀의 뒤에 서 있던 것은……

"사신이었어."

사신 분장을 한 학생이라는 뜻이었다. 그러나 그때의 미즈키에게는 진짜 사신으로밖에 보이지 않았다고 했다. 언뜻 봐도 비싸 보이는 윤기 나는 검정색 로브를 입고 얼굴에는 정교한 해골 가면을 쓰고 있었다. 손에는 낫을 들고 있었다. 보는 것만으로도 눈이 베일 것만 같이 한기가 느껴질 정도로 날카로운 날이었다. 지금은 가장 파티 중이라는 사실을 겨우겨우 떠올리고 나서야 미즈키는 어색한 미소를 지었다.

"깜짝 놀랐잖아…… 놀래키지 마. 굉장하다, 그거."

이때 미즈키는 사신의 정체를 몰랐다. 가면을 쓰고 있었기 때문이다.

여자 목소리였지만 누구의 목소리인지 판단하기는 쉽지 않았다. 그 아이는 간호사 복장을 했으니까 아니다. 다른 아이는 마녀 복장을 했으니까 아니야. 또 다른 아이는……

아무리 생각해도 알 수가 없었다. 하지만 "너 누구야?"라는 차가운 한 마디는, 모처럼 말을 걸어온 상대의 기분을 망칠 것 같다는 생각이 들어서 입 밖으로 낼 수 없었다.

"미즈키."

너무나도 흉악한 외모와 대비되는 여자 목소리라니. 그 차이가 터무니없이 우스꽝스럽고 이상하고, 하지만 그래서 스스로도 신기할 정도로 무서웠다.

"죽었으면 하는 사람, 있어?"

무심하게 흩뿌려진 잔혹한 말에, 미즈키는 순간 말문이 막히고 말았다.

"……그게 무슨 말이야? 사신이니까 죽일 수 있어?"

"그래. 사신이라서 죽일 수 있어. 누구든, 쉽게."

"……저기, 재수 없는 말 하지 마."

미즈키가 희미하게 미소 지으며 주의를 준 것도 당연했다. 이 가장 파티가 열리기 일주일 전에는 A반의 무라시마 다쓰야가, 그리고 그보다 더 2주 전에는 B반의 고바야카와 도우카가 잇따라 목숨을 끊었다. 동급생이 죽은 지 얼마 지나지 않았는데 가장 파티를 개최하는 것은 신중하지 못한 처사가 아니냐는 목소리를 내는 학생들도 있었다. 하지만 행사를 취소하는 것은 천국에 있는 그들도 원하지 않을 것이라는 판단에 강행한 가장 파티였다. 세상을 떠난 두 사람은 가장 파티를 처음 기획할 때 앞장섰던 반의 중심인물들이었기 때문이다.

그러니까 냉정하게 생각할 것도 없이, 사신의 발언은 물론 처음부터 사신으로 분장한 것 자체가 이 자리에 지극히 적절하지 못한 행위였다. 미즈키는 지나치게 험악한 분위기가 흐르지 않도록 표정만이라도 수습했지만, 내심 이루 말할 수 없이 씁쓸한 기분에 휩싸였다.

"사실은……."

사신은 구령대 쪽을 바라보며 말했다. 시선 끝에는 여전히 떠들썩하게 사진을 찍는 학생들이 있었지만, 아무래도 그들을 보고 있는 게 아닌 것 같았다. 사신은 구령대 위에 나란히 놓인 두 사람의 영정사진을 바라보고 있었다.

"무라시마 다쓰야와 고바야카와 도우카. 그 두 사람, 자살한 거 아니야."

"……뭐라고?"

"내가, 죽였어."

"……농담이라도 그런 말은 하지 마."

"농담 아니야."

사신은 다시 미즈키를 향해 고개를 돌렸다. 해골에 뚫린 검은 구멍 두 개가 미즈키를 빨아들일 듯 바라봤다.

"내게는 약간의 초능력이 있거든. 그걸로 두 사람을 자살로 가장해 죽였어."

"그만해."

이쯤 되자 미즈키는 눈살을 찌푸리며 상대가 느낄 수 있을 정도로 불쾌감을 드러냈다.

"재미없어."

"너야말로 그만해. 재밌으라고 하는 말 아니니까. 사실을 말할 뿐이지. 좀 더 진지하게 듣는 게 널 위해서도 좋을 거야."

한기를 느낀 미즈키는 몸을 떨기 시작했다. 사신은 왁자지껄한 학생들이 있는 방향으로 다시 고개를 돌리며 말했다.

"다음에 죽일 사람도 이미 정해 놨어. 우선은 다카이 겐유."

미즈키는 자신도 모르게 다카이의 모습을 확인하고 말았다. 슈퍼마리오 복장을 한 그는 언제나처럼 즐겁게 손뼉을 치며 친구들과 함께 웃고 있었다.

"그다음은 고민 중이긴 한데……."

사신은 미즈키의 어깨에 올려놓았던 손에 살짝 힘을 주었다.

"후보는 두 명이야. 둘 중 누가 됐든 반드시 죽어야 해. 하지만 글쎄, 둘 다 죽을 필요는 없지 않을까."

"……이런 이야기, 그만하자."

"첫 번째 후보는 야마기리 코즈에. 그리고 두 번째 후보는…… 너. 시라세 미즈키."

다카이 바로 옆에 있는 야마기리 코즈에도 확인했다. 미즈키는 입술을 깨물었다.

"누굴 죽일지 묻는 건 좀 짓궂지? 네가 아무 말도 하지 않는다면 야마기리 코즈에로 정할게. 괜찮지?"

"……너 누구야?"

"야마기리 코즈에로 한다?"

"……대답해, 누구냐고."

"야마기리 코즈에 대신 날 죽이라고는 말 못 하겠지, 그치?"

"……작작 좀 해."

"알겠어. 고마워."

사신이 웃었다. 물론 해골 가면은 웃지 않았다. 가면 뒤에서 까닭 모를 즐거운 한숨 소리가 새어 나왔을 뿐이지만, 사신은 틀림없이 웃고 있었다. 사신은 자리를 떠났다. 아무도 없는 학교 건물 뒤쪽으로 향하는 사신의 등 뒤에 대고 미즈키는 몇 번이나 누구냐고 물었지만 사신은 대답하지도 뒤를 돌아보지도 않았다.

오후 7시가 되자 아무 일도 없었던 것처럼 가장 파티가 끝났다. 사신과의 대화는, 그 순간에는 커다란 불안을 남겼지만 집으로 돌아와 목욕을 하고 이불 속에 몸을 누이고 나니 사소한 추억 중 하나가 되었다. 가슴 속 틈새에 낀, 작디작은 돌멩이 정도의 이물감. 주말을 보내고 월요일에 등교했을 때, 다카이 겐유와 야마기리 코즈에와 인사를 나누면서 아주 조금 그때의 기억이 떠오르기는 했지만 특별히 기분이 나쁘거나 불길한 예감이 들었다고 할 만한 것은 거의 없었다.

그러나 그날, 사신의 예고대로 다카이 겐유가 빈 교실에서 창밖으로 몸을 던져 자살하자 상황이 달라졌다.

사신의 말은 전부 사실이었던 것이다.

미즈키는 확신할 수밖에 없었다. 사신이 말한 대로 다카이 겐유가 죽었다. 그렇다면 다음에 죽는 사람은⋯⋯

—첫 번째 후보는 야마기리 코즈에. 그리고 두 번째 후보는⋯⋯ 너.

다음 날부터 미즈키는 학교에 나갈 수 없었다.

그리고 현재에 이르렀다.

"정말로 그 사신이 무슨 초능력을 써서 겐유를 자살로 위장해 죽였다는 생각밖에 들지 않아."

거실로 들어온 지 벌써 30분 넘게 지났다. 둘만 있는 집 안에 벽시계의 시곗바늘 소리가 필요 이상으로 시끄럽게 울렸다. 째깍째깍보다는 쿵, 쿵. 침묵을 세는 것처럼, 어쩐지 나른하게 시간을 새겼다. 보리차는 이미 한참 전에 전부 마셔 버렸다.

"그걸 막지 못한 나도…… 똑같은 죄인이나 마찬가지야. 내가 살해당할지도 모른다고 생각하면 무서워서 학교에 갈 수도 없어……. 그런데 코즈에가 죽는 건 반드시 막고 싶어. 모두에게 전부 사실대로 털어놓는 게 낫다는 건 알아. 하지만 겐유가 살해당했을 때 가만히 있었다는 사실이 드러나면 모두에게 비난받을 것 같아서, 그런 사소한 것을 두려워하는 나 자신이 싫어서, 집에만 틀어박혀서 그저 하루하루 지나가기만을……. 미안, 횡설수설."

확실히 일목요연하게 정리되지는 않았지만 무슨 이야기가 하고 싶은지는 대강 파악할 수 있었다. 나는 미즈키에게 더 이상 설명은 필요 없다고 말하면서 '모두에게 전부 털어놓는 게 좋다는 건 알아'와 '모두에게 비난받을 것 같아서'의 '모두'라는 단어 속에 나는 포함되지 않는구나, 같은 아무래도 좋을 생각을 했다.

"어떡해야 좋을지 모르겠어……. 그래도 부탁할게. 가키우치, 코즈에를 지켜 줘."

미즈키의 이야기를 끝까지 듣고 나서 내 가슴에 가득 차오른 감정은 놀랍게도 공포도 아니고, 하다못해 오기로도 야마기리 코즈에를 지켜야겠다는 풋풋하고 아름다운 사명감도 아닌 형언할 수 없는 허무감이었다.

그러한 마음이 표정에 드러나지 않도록 미간에 힘을 주며 억지스러울 정도로 주름을 만들었다.

새삼스럽게 다시 곰곰이 생각할 것도 없이 A반과 B반의 학생들이 한 달 사이에 세 명이나 연달아 자살한 것은 말도 안 되게 이상한 사건이다. TV 와이드 쇼에서까지 소재로 삼지는 않았지만, 작은 인터넷 뉴스에 기사로 보도되었다는 소식을 같은 반 친구인 소노카와에게 며칠 전에 들었다. 다양한 사람들이 이런저런 일들에 음모론을 제기하고 싶어 하는 심리도 이해는 한다.

그래도 그렇지, 사신이 초능력으로 사람을 죽였다는 소리를 한다면 대꾸해 줄 말이 없다.

미즈키는 소위 사차원 소녀도 아니고 허풍을 떠는 유형도 아니다. 진심으로 당황했고 혼란스러워할 뿐이다.

죽은 고바야카와 도우카, 무라시마 다쓰야, 다카이 겐

유……. 모두 다 나보다 미즈키와 훨씬 친했기에, 내가 일부러 더 흥분할 마음은 들지 않았다. 속사정을 얼마나 알고 있느냐 묻는다면 대답할 말도 없다. 그래도 이런 도시 전설 같은 음모론을 펼치는 것은 어떠한 의미에서든 지지받을 행위는 아닐 터다. 불행히도 뛰어내리는 순간을 목격한 학생도 있다. 세 사람 모두 각자 유서를 준비해 놓았다. 자살 직후에는 경찰이 출동해 며칠에 걸쳐 빈틈없이 조사를 벌여 사건성이 없다고 판단했다.

세 사람은 틀림없이 자살했다.

그러나 친구를 셋이나 잃고 혼란스러워하는 상대에게 그러한 정론을 들이미는 것도 잔인한 이야기다. 일주일 넘게 등교를 거부한 미즈키는 분명 냉정한 판단 능력이 부족한 상태다. 나는 되는대로 무난한 위로의 말을 남기고는 501호를 떠났다.

야마기리가 되도록 위험한 일을 당하지 않도록 주의 깊게 지켜볼게. 네가 만났다는 사신 이야기는 무척 흥미롭지만 아마 이번 사건들과는 무관할 거야. 네 잘못이 아니야. 책임을 느낄 필요도 없고. 마음 편하게 먹고 컨디션 조절해서 괜찮아지면 학교에 나와. 모두들 기다리고 있으니까, **모두들 말이야.**

미즈키는 고개를 푹 숙인 채, 아무 말도 하지 않았다.

## 3

과연 정말로 미즈키의 집과 같은 구조인지 의심스러울 정
도로 우리집은 좁다.

일단 살림이 너무 많다. 애당초 거실, 식당, 부엌에 방이
세 개 딸린 넓지도 않은 집에 여섯 식구가 사는 것부터 잘못
됐다.

다녀왔습니다. 반쯤 혼잣말처럼 중얼거리고 곧바로 현관
에 넘쳐나는 신발들을 억지로 구석으로 밀어놓으면서 내가
신고 있는 로퍼를 욱여넣을 공간을 만들었다. 위로 갈수록
좁아지는, 세로로 긴 수납장을 피해서 몸을 반으로 접다시
피 복도를 지나 거실에 산더미처럼 쌓인 빨래 옆에 가방을
놓았다. 뒤를 돌다가 스마트폰을 만지작거리던 남동생의
등을 발로 차는 바람에 사과하고, 나 때문에 TV가 보이지
않는다며 엄마와 여동생에게 잔소리를 듣기 전에 재빨리 아
이들 방으로 들어갔다. 옷장을 열고 너저분하게 개놓은 옷
들 중 하나를 골라 갈아입었다. 대학에서 활용할 자료를 컴
퓨터로 작성하던 형이 성가시다는 눈초리로 흘겨봐서 금방

나가겠다고 몸짓했다.

미즈키의 집에 예상보다 오래 머무르고 말았다. 아르바이트 시간까지 촉박했다. 집을 나서려는데 동생이 "이거 친구가 보냈나 봐"라며 하얀 봉투를 내밀기에, 확인하지도 않고 건네받고는 가방에 집어넣었다.

전철에 올라타 적당한 자리에 앉았다. 지각하지는 않을 것 같다는 확신이 들자 갑자기 떠오른 생각에 라인을 실행했다. 합동 AB반 그룹채팅방의 앨범을 열자 가장 파티 때의 사진이 무더기로 떴다. 단체 사진은 금방 발견했다. 썸네일 상태에서는 복잡하게 얽힌 알록달록한 털실로만 보이는 사진을 확대한 뒤 70명이나 되는 합동 AB반 학생들 한 사람 한 사람의 분장을 유심히 관찰했다. 어디서 빌려왔는지 다른 학교 교복을 입은 사람, 교사를 화나게 할 만큼 아슬아슬 과감하게 노출한 사람, 나처럼 앞치마로 구색만 갖추고 카페 점원이라고 우기는, 그렇게 주장하지 않으면 무슨 복장인지 알 수 없는 사람 등 실로 개성 넘치는 분장들이 가득했다. 그러나 끝내 사신 분장을 한 학생은 찾지 못했다.

나는 이어폰을 귀에 꽂고 음악을 재생했다. 좋아하는 사이토 카즈요시의 곡이 흘러나오기 시작했는데도, 내 입에서 흘러나온 것은 한숨이었다.

미즈키의 이야기는 과연 어디까지가 진실일까.

사신과 만났다는 이야기 자체가 거짓일까, 그런 분장을 한 인물은 있었지만 대화 내용을 잘못 기억하는 것일까. 아무튼 미즈키가 정신적으로 상당히 불안정한 상태라는 사실은 의심의 여지가 없었다. 나는 창밖 풍경을 멍하니 바라보면서 얼굴을 살짝 찌푸렸다.

교장이 전체 조회 시간에 말한 대로 우리 학교에서 세 명의 학생이 연달아 자살했다.

첫 번째 자살자는 고바야카와 도우카라는 우리 옆 반인 B반 여학생이었다. 합동 레크리에이션을 기획하면서 몇 번인가 얼굴을 본 적은 있지만, 나와는 이렇다 할 추억이 없는 학생이었다. 대화를 나눈 적조차 없다. 영정사진을 보고 처음으로 '그러고 보니 이런 여자아이도 있었던 것 같네'라고 생각했을 정도였다.

사진으로만 봐도 그녀는 예쁘장하게 생겼다. 머리는 엷은 갈색으로 염색하고 머리카락 끝에 부드러운 웨이브를 넣었다. 학교에서 지정한 리본보다 조금 더 큰 핑크색 리본을 가슴에 달았다. 본인이 직접 구한 것일 테다. 꾸미는 것을 좋아하는 많은 여학생들은 누구라도 그렇다. 레크리에이션 기획 운영에 적극적이었다니 활발한 학생이었겠지만 큰소리를 내며 야단법석을 떠는 분위기로는 보이지 않았다. 장소와 분위기에 맞춰 적절한 밀도의 미소를 보여 주는 아가씨 타입이었다고 할까. 사진만 몇 장 보고는 혼자서 추측을 거듭해 어떻게든 이끌어 낼 수 있는 이미지는 그런 것들뿐이었다.

그런 그녀가 5월 말경에 신관 4층 여자화장실에서 목을 매고 죽었다. 아마도 방과 후에 실행했을 것이다. 몹시 변해 버린 그녀의 모습이 발견된 것은 다음 날 아침이었다. 사체를 가장 먼저 발견한 사람은 사신이 죽일지도 모른다고 미즈키가 말했던 야마기리 코즈에였다. 발밑에는 쓰러진 접사다리와 자필 유서가 있었다고 한다. 유서의 내용은 이러했다.

**나는 교실에서 너무 큰 소리를 냈습니다. 조율되어야만 합니다. 안녕.**

어디까지 믿을 수 있는 정보인지는 모르지만, 그 문구가 그녀의 마지막 말이었다고 많은 학생이 믿는다.

두 번째 자살자는 무라시마 다쓰야. 나와 같은 A반 남자아이로, 언제 어디에서든 눈에 띄는 학생이었다. 190센티미터 정도 되는 키에 순수하게 얼굴이 잘생겼다는 점도 한몫했다. 목소리가 다른 학생들보다 더 낮은 저음이었다는 점도 그의 존재감을 돋보이게 했다. 무라시마가 입을 열면 누구든 자연스럽게 귀를 기울일 수밖에 없는 분위기가 형성되었다. 인망이 부족한 교사보다 그의 발언권이 훨씬 강력했다.

원래는 농구부에서 활약했다는 것 같은데 고관절과 무릎인지 발목인지, 아무튼 하반신 상태가 나빠지는 바람에 안타깝게도 2학년이 되면서 탈퇴했다. 그 후로는 동아리 활동을 하지 않는다. 다른 반에 친구들이 많아 쉬는 시간마다 많은 학생이 그를 만나러 왔다. 그만 만나러 온 것은 아닐 테지만 말이다. 여자아이들 사이에서도 인기가 상당했을 것이다. B반 여자아이와 사귀고 있었고, 그 두 사람의 관계가 A반과 B반의 합동 레크리에이션을 기획하게 된 계기가 되었다고, 적어도 나는 그렇게 느꼈다.

그는 고바야카와 도우카가 목을 매고 나서 그다음 주에, 시청각실 창밖으로 뛰어내려 목숨을 끊었다. 시청각실은 4층이었고 추락한 곳은 아스팔트 위였다. 즉사였다고 한다. 소문에는 농구부 소속인 C반 학생이 추락 순간을 목격했다고 하는데, 자세한 내용은 모른다. 몇 가지 미심쩍은 소문을 듣기는 했지만 새빨간 거짓이라고 단정 짓고, 몇 가지 그럴듯한 정보에도 의심의 눈초리를 보냈다. 결국 자필 유서가 있었다는 점과 그 내용이 아래와 같다는 점 외에는 아무것도 모른다.

**나는 교실에서 너무 큰 소리를 냈습니다. 조율되어야만 합니다. 안녕.**

고바야카와 도우카의 유서 내용과 똑같았다.

2주 연속으로 자살 사건이 터지자 학교는 당연히 혼란에 빠졌다. 고바야카와 도우카의 죽음을 너무 슬퍼한 나머지 뒤따랐을 가능성이 크다는 설이 가장 설득력 있었지만, 두 사람이 그 정도로 깊은 관계였다고는 도저히 생각할 수 없다는 것이 친하게 지내던 학생들의 의견이었다. 두 사람은 겉으로 보기에도 적당히 친한 관계였고, 사람들의 눈을 피해 몰래 사귀고 있었다고는 생각하기 어려웠다.

그렇게나 즐겁게 잘 지냈는데, 왜, 어째서.

그러나 친구들의 의문이 해소되기도 전에 세 번째 자살자가 나오고 말았다.

다카이 겐유가 빈 교실에서 창밖으로 몸을 던진 것은 무라시마 다쓰야가 죽고 나서 약 2주 후로, 오늘로부터 거슬러 올라가면 열흘 전 일이었다. 무라시마 다쓰야가 듬직한 리더형 인간이었다면 다카이 겐유는 항상 시끄럽고 활발하게 여기저기 돌아다니는 분위기 메이커였다. 유행하는 연

예인 흉내를 누구보다 빨리 냈다. 상대가 누구든 아무렇지 않게 말을 걸 줄 아는 사교성의 대명사 같은 인물이었다. 앞머리를 고무줄로 묶어 고집스럽게 사과머리를 만들고 다니는 모습에 교사 몇 명이 하지 말라며 주의를 주었지만, 그럴 때마다 "교칙 위반은 아니잖아요"라며 조금도 말을 듣지 않았다.

그런 그도 역시 두 사람의 죽음에 정신적으로 상당히 힘들었던 것 같다. 가장 파티에서는 그럭저럭 쾌활하게 떠들고 다녔지만 누가 봐도 무리하는 모습이었다. 평소에 활발하던 사람이 침울해지면 그 차이가 금세 눈에 띄고 만다.

다카이 겐유는 월요일 방과 후에 빈 교실 베란다에서 안뜰로 뛰어내렸다. 오후 5시 전이어서 건너편 음악실에서는 관악부가 한창 동아리 활동을 하던 중이었다. 불행히도 학생 몇 명이 추락 순간을 목격하는 바람에 개중에 몇 명은 정신적인 충격을 받아 등교할 수 없는 상태가 되었다고 했다. 그가 뛰어내린 베란다에서 가지런히 놓인 실내화와 남아 있는 유서를, 현장을 목격한 행정직원이 확인했다.

유서의 내용은,

**나는 교실에서 너무 큰 소리를 냈습니다. 조율되어야만 합니다. 안녕.**

사신의 존재를 믿고 싶어 하는 미즈키의 심정도 이해하지 못하는 바는 아니다. 그러나 아무리 그래도 초능력의 존재를 진지하게 고민하기보다 일종의 베르테르 효과를 의심하는 편이 확실히 건설적일 것이다. 하나의 자살이 또 하나의 자살을 부르고, 또 다른 자살을 부른다. 우울은 쉽게 전염된다.

달관했다고 잘난 척할 생각은 아니지만, 사춘기라면 더욱 그러할 것이다. 누구나 뗏목에 위태롭게 매달려 높은 파도가 치는 바다에서 조난당한 듯 살아간다. 지나치게 절망한 것처럼 보이는 것조차 일종의 희망이다. 유서 내용이 똑같다는 소문은 그저 그런 유언비어일 것이라고 나는 혼자서 결론지었다. 아무리 그래도 내용이 똑같을 수는 없는 노릇이고, 애초에 누가 읊어준 것도 아닌데 이렇게까지 많은 사람이 그 내용을 알고 있다는 점도 석연치 않다고 느꼈다. 이 모든 것은 소문을 좋아하는 학생들이 켜켜이 쌓아 만든 허구나 다름없다.

그 세 사람은 모두, 정말로 자살한 것이다.

이유는 알 수 없다. 그들에게는 그들 나름의 넘을 수 없는 파도가 있었겠지. 그들이 내 고뇌를 이해하지 못하는 것처럼 나도 그들의 고뇌를 이해하지 못한다.

자살한 세 사람, 오랜만에 제대로 대화를 나눈 미즈키, 그녀의 입에서 튀어나온 사신과 음모론. 그 모든 것에서 기인한 찝찝한 기분은 눈 깜짝할 사이에 아르바이트 식당의 어수선한 분위기 속으로 녹아내렸다.

내 일은 쇼핑몰 푸드코트 안에 있는 소바집에서 오로지 소바를 계속 삶는 것이었다. 삶기용 통냄비에 주문받은 만큼의 면을 덜어 긴 젓가락으로 휘휘 저어 풀어 낸다. 삶는 시간은 불과 1분 30초.

그래도 저녁 시간에는 장난 아니게 주문이 밀려들어서 최고난도 리듬게임을 하는 기분이 들 정도로 정신이 하나도 없다. 이렇게 문전성시를 이루는 이유는 이 가게 소바가 유난히 맛있어서가 아니라 주변에 이 가게 말고는 변변한 음식점이 없기 때문이었다. 전날 공장에서 뽑아내 느릿하게 수송해 온 면을 고등학교 아르바이트생이 대충 삶아 내놓는 곳이다. 평판이랄 것이 있을 리 없었다.

2시간 30분이 지나면 짧은 휴식 시간이 찾아온다. 육수와 양념이 묻은 앞치마를 벗고 다른 가게들과 함께 사용하는, 가게 뒤편에 있는 휴게실로 향했다. NHK에는 관심이 없어서 TV와 거리를 두었고, 목소리가 큰 반찬가게 2인조와도 되도록 멀리 거리를 두었다. 앉자마자 악기점에서 받아온 마틴 기타의 카탈로그를 꺼내려는데, 가방 속에 쑥 넣은 손끝에 낯선 감촉이 느껴졌다. 길고 얇은, 그러나 두께가 있는 흰 봉투였다.

집을 나서는 길에 동생이 건네준 봉투였다. 분명히 가키우치 도모히로 님이라고 적혀 있기는 했지만, 정작 중요한 보내는 사람의 이름은 없었다. 왜인지 모르게 기분이 나빠져서 잠시 뒤집었다가 원래대로 놓았다가를 반복했지만 열어보는 것 외에 별다른 선택지는 없다는 사실을 깨닫고는 봉투를 열었다. 속에는 반듯하게 접힌 일곱 장의 편지지가 있었다.

아마도 만년필로 작성했을, 힘 있는 푸른 잉크를 따라가자마자 나는 말문이 막혔다.


**삼가 아룁니다.**

**초여름, 가키우치 님이 문무에 활약하게 되셨음을 경하 드립니다.**

이 편지를 받은 당신은 전혀 짐작 가는 바가 없어 몹시 당황했으리라 생각합니다. 당연한 일입니다. 그러나 앞으로의 설명을 차근차근 이해해 주시면 대단히 감사하겠습니다.

여러 가지 사정으로 이름을 밝힐 수는 없지만, 저는 당신이 현재 다니고 있는 사립 기타카에데고등학교의 졸업생입니다. 고등학교 시절의 추억은 즐거운 일부터 슬픈 일까지 일일이 셀 수도 없어, 도저히 이곳에 다 적을 수 없을 정도입니다. 지금의 당신이 그런 고등학교 시절의 한가운데에 있다는 사실이 왜인지 부럽기도 하고, 한편으로는 딱하기도 하면서, 동시에 격려하는 마음도 듭니다. 그런 마음으로 펜을 놀리고 있습니다. 기나긴 인사말에 언짢을지도 모르겠습니다만, 완곡하고 우회적인 서두는 앞으로 전달할 내용의 중대성과 비현실성을 위한 포석이라고 이해해 주시면 감사하겠습니다.

　본론으로 들어가겠습니다. 기타카에데고등학교에 재학할 때, 저는 조금 특이한 능력을 사용할 수 있는 학생이었습니다. 그것은 다른 사람보다 귀가 밝다든가 눈이 좋다든가, 또는 혀끝이 코끝에 닿는다든가 하는 상식적인 수준의 특수 능력이 아니라, 상식을 훨씬 뛰어넘는 특별한 것이었습니다. 이러한 능력을 갖게 된 학생을 전통적으로 우리는 '수취인'이라고 부릅니다. 능력은 졸업과 동시에 재학생에게 계승해 대대로 이어지게 하는 것이 관습이므로, 능력을 받은 사람이라는 의미에서 '수취인'이라는 이름으로 정착된 것이겠지요. 이것이 정식 명칭인지 속칭에 불과한지까지는 잘 모릅니다. 아무튼 기타카에데고등학교에는 항상 네 명의 '수취인'이 존재하며, 이들은 각각 다른 능력을 지니고 있습니다.

여기까지 읽으셨으면 눈치챘으리라 생각합니다. 이번에 이 능력의 33대째 '수취인'으로 당신이 선정되었기에 이 편지를 드립니다. 앞서 설명한 대로 기본적으로 졸업과 동시에 능력이 후배에게 계승되지만, 제가 지명한 32대째 '수취인'이 안타깝게도 이번에 세상을 떠났기에 갑작스럽게도, 부득이하게 졸업한 몸인 제가 다시 '수취인'을 지명하게 되었습니다.

실례지만 재학생 명부만 보고 적당히 지명했기 때문에 당신이 어떤 사람인지 저는 모릅니다. 당신이 양식 있는 인물로, 이 능력을 부디 학교의 평화와 학생들의 행복을 위해 활용해 주기를 바랍니다.

당신이 졸업할 때는 선대와 마찬가지로 이 능력의 34대째 '수취인'을 선정해야 합니다. 따라서 재학 중에 '수취인'으로 지정할 만한 인물을 엄선해 두기를 강력히 추천합니다. 선정 절차, 편지 양식, 명부 주문 방법 등은 별도로 정리해 두었으니 참고 바랍니다.

왜 기타카에데고등학교에 네 가지 능력이 전해지고 있는가는 우리 학교의 설립자 기시타니 료켄 씨의 자서전에 자세하게 적혀 있으므로 궁금하시면 참고하시기 바랍니다. 도서실에서 한 권만 소장하고 있습니다. 다음으로 이 능력에 대한 설명과 기본적인 규칙을 설명하겠습니다. 앞에 거론한 내용과 중복되는 부분도 있지만 숙지하시기를 권고드립니다.

  * 당신의 능력에 대하여
  1. 당신에게 주어진 능력은 '거짓말을 간파하는 능력'입니다.
  2. 능력의 발동 조건은 순간적으로 몸에 강한 통증을 주는 것입니다.
  3. 당신은 통증을 느끼자마자 귀에 들린 다른 사람의 말이 진실인지 거짓인지 판별할 수 있습니다.
  4. 만약 그 말이 거짓이라면 당신에게는 말이 떨리는 것처럼 들릴 것입니다. 이 '떨림'을 구체적인 언어로 표현하기는 매우 어렵지만, 실제로 직접 들으면 바로 이해할 수 있을 것입니다. 목소리가 팽창한 것 같기도 하고, 일그러진 것 같기도 한 느낌입니다.
  5. 단 능력은 한 사람당 세 번까지만 사용할 수 있습니다. 능력을 계획적으로 신중하게 사용하기를 권고합니다.

  * '수취인'에 대하여
  1. 학교 안에는 항상 당신을 포함한 네 명의 '수취인'이 존재합니다. 전부 학생입니다.
  2. 그들은 제각각 다른 능력을 지니고 있으며, 그 발동 조건도 서로 다릅니다.

3. 능력의 내용과 발동 조건을 다른 사람이 알게 되거나 알아맞히면 능력은 순식간에 사라집니다. 그러므로 당신은 능력과 관련된 자세한 내용을 누구에게도 말해서는 안 됩니다. 능력을 다른 사람에게 과시하는 듯한 행위도 삼가시기를 추천합니다.

4. 모든 능력은 사립 기타카에데고등학교 부지 내에서만 발동합니다.

5. 졸업할 때, 당신은 신입생을 포함한 재학생 중에서 다음 '수취인'을 선출해야 합니다.

6. 선출하지 않고 졸업할 경우, 1학년 신입생 중에서 무작위로 새 '수취인'이 선발됩니다.

7. '수취인'이 사망한 경우, 선대 '수취인'이 재학생 중에서 새 '수취인'을 다시 선출해야 합니다.

8. 누군가가 능력을 알아맞히는 등의 행위로 능력이 사라진 경우, 다음 '수취인'은 3년 후 1학년 신입생 중에서 무작위로 선출……

나는 조용히 편지지를 접었다.

잘도 여기까지 읽었구나. 스스로도 감탄했다. 아무렴 이런 편지에 가슴 설렐 만큼 어린아이로 보였다고 생각하니 몹시 불쾌했고, 이런 글을 누군가가 정성스럽게 쓰는 모습을 떠올리니 가슴속 저 깊은 곳까지 허무로 가득 차는 기분이었다.

이 편지를 쓴 사람은 틀림없이 미즈키일 것이다.

지나치게 달필이라는 생각은 들었지만 미즈키의 글씨체 따위 사실 잘 모른다. 아마도 조금 전 사신 이야기를 믿게 하려고 일부러 이 편지를 우리집 우편함에 몰래 넣은 것이리라. 그렇게 생각할 수밖에 없었다. 미즈키는 내가 이 편지를 읽고 손을 부들부들 떨며 "네가 한 이야기가 사실이었어. 학교에 네 명의 초능력자가 있는데 그중 한 명이 사신이었어" 같은 말을 하며 자신의 이야기를 확실히 믿으리라 생각했을 것이다.

도대체 그녀는 무엇 때문에 이렇게까지 해서 사신에 의한 음모론을 고집하게 하는 것일까. 나는 현실을 냉정하게 직시할 수 없게 된 미즈키의 현재 상태에 저도 모르게 눈물이 고일 것 같아 황급히 고개를 흔들었다.

봉투를 가방에 아무렇게나 집어넣으려는데 우표 위에 찍힌 소인이 눈에 들어왔다. 어제 날짜였다. 약간 기묘하다. 그도 그럴 것이, 그렇다면 미즈키는 이 편지를 어제 작성해서 우체통에 넣었다는 이야기가 된다. 그러니까 미즈키는 오늘 내가 찾아오든 찾아오지 않든 나를 불러내서라도 그 이야기를 할 생각이었다는 것인가……. 이런저런 상황을 유추하기 시작하는데 머리 위에서 누군가가 말을 걸었다.

"러브레터?"

휴게실에서 만날 때마다 말을 걸어오는 타피오카 음료 가게의 노리코 씨였다.

나는 아니라고 대답하며 봉투를 가방에 집어넣었다.

"좀 이상한 편지예요."

"행운의 편지야?"

"그런 느낌이기도 하고요."

"흠, 뭐야. 되게 무섭네"라며 짝짝짝 박수를 쳤다.

보통 건강한 몸매라고들 말하는 기준에서 조금 더 통통한 그녀와 알고 지내게 된 것은 아르바이트를 막 시작했을 무렵이었다. 이 휴게실에서 쉬고 있는데, 분명 다른 사람과 착각해서 잘못 알아본 것이라고 생각할 정도로 스스럼없이 말을 걸어왔다. "내 이름은 '노리코'예요"라고 자신을 소개한 것이 아니라 그녀가 입고 있는 앞치마에 알록달록하고 둥글둥글한 글씨로 '노리코'라고 적혀 있는 것을 보고 이름을 알게 되었을 뿐이다. 그녀의 이름을 부른 적은 한 번도 없다. 설마 가명은 아니겠거니 생각하지만 혹시 몰라 이름을 부를 용기는 나지 않았다. 반면 나는 아마 언젠가 자기소개를 한 적이 있을 것이다. 그리고 어느새 애칭으로 불리기 시작했다.

"그러고 보니 가키짱, 기타카에데 다니지? 요즘 장난 아니잖아."

"……자살 사건이요?"

"그래, 그거. 잘은 모르지만 네 명인가 다섯 명인가 그랬다며. 인터넷 기사에서 시끌시끌하더라."

"세 명이에요. 잘 아네요."

"학교 이름을 보고 가키짱네 학교다! 싶어서 완전 쫄았잖아. 자살에 행운의 편지라니, 좀 위험한 거 아니야?"

넓지도 않은 휴게실에 자살이라는 자극적인 단어가 울려 퍼지자 주변의 시선이 자연스럽게 몰렸다. 나는 목소리를 낮췄다.

"편지는 별일 아니에요. 자살은 어쩌다 보니 연속으로 벌어진 일일 뿐이라고 생각하고요."

"흐음. 그래도 왠지 무서워……. 아, 드디어 기타 살 수 있을 것 같아?"

내 가방에서 마틴 기타의 카탈로그가 삐져나온 것을 발견한 것 같다. 제멋대로 화제를 바꾸는 것에 익숙한 노리코 씨는 또다시 함박웃음을 지어 보였다.

"아직 돈을 좀 더 모아야 해요. 20만 엔 넘는 녀석으로 살까 싶어서요."

"2, 20만 엔!? 대학에서 밴드 동아리 활동을 하는 친구는 만 엔 좀 넘는 놈으로 샀다던데, 일렉 기타가 아닌 건 그렇게나 비싸?"

"저렴한 어쿠스틱 기타도 있지만 기왕이면 좋은 걸 갖고 싶어서요."

"와……, 가키짱은 스스로에게 엄격하구나. 대단한 고등학생이야."

노리코 씨는 그 뒤로도 얼마간 맥락 없이 이런저런 이야기를 했다. 대학의 지루한 강의는 전부 자체 휴강하기로 결정했다는 이야기, 최근 넷플릭스에 가입해 온종일 미국드라마를 보며 지낸다는 이야기, 개인적으로 막걸리에 빠져서 자취방에서 필름이 끊길 때까지 죽도록 마시고 말았다는 이야기.

뚜렷한 결말도 중요한 의미도 타산지석으로 삼을 만한 교훈도 없는 잡다한 이야기들이지만, 그래도 언제나 빠져드는 기분으로 들었다. 왜냐하면 그녀가 이야기하는 에피소드들의 주도권은 언제나 그녀가 꽉 잡고 있었기 때문이다. 그런 점에서 묘한 훈훈함과 즐거움을 느꼈다.

오늘 갑작스럽게 요청했는데도 출근해 줘서 고마워, 내일은 대타가 있으니까 가키우치는 쉬도록 해. 점장의 말에 나는 일을 마무리했다. 로커에서 옷을 갈아입으며 트위터를 보는데, 바로 이 근처 로터리에서 이시미즈 씨가 연주하며 노래를 부르고 있다는 정보가 들어왔다. 서둘러 셔츠를 벗어 세탁업소로 보내는 바구니에 덩크슛을 날리듯 던져 넣었다.

시간이 시간이니만큼 이미 끝나지는 않았을까 불안했지만, 가까스로 마지막 한 곡 정도는 들을 수 있을 것 같았다. 까치발을 하지 않으면 보이지 않을 정도로 많은 인파가 모여 있었다. 많은 사람이 오가는 로터리는 아니지만, 역시 이 근방에 굴러다니는 학교 축제 밴드보다 조금 나은 수준의 뮤지션들과는 차원이 다르다. 목소리 자체가 마치 빈티지 악기처럼, 재즈 음악처럼, 달콤하고 어쿠스틱하게 울려 퍼졌다.

술에 취한 듯 아련하지만 의도한 부분을 제외하고는 절대 어긋나지 않고 뒤틀리지 않는 능숙하게 통제된 목소리는 한 번 들으면 영원히 잊을 수 없다. 게다가 손놀림도 결코 소홀하지 않다. 노래를 부르며 연주하고 있다고는 믿기지 않을 정도로 막힘없이 통기타를 치며 적재적소에 기분 좋은 커팅 주법을 넣었다.

역시 특별하다.

사람이 빠지기 시작할 때 즈음 인사를 건넸다. 이시미즈 씨는 자신이 제작한 CD를 케이스에 넣다 말고 밀짚모자를 살짝 들며 인사했다.

"또 아르바이트 다녀오는 길?"

"네."

"건강 잘 챙기고."

평소 말할 때 이시미즈 씨의 목소리는 노래할 때와 달리 깜짝 놀랄 정도로 맑고 아름답다. 그 차이가 엄청나게 뛰어난 재능의 증거 같다는 생각에 나는 다시 한번 감동받았다. 구입하려는 기타를 어서 빨리 봐 달라며 카탈로그를 꺼내려고 하자 이를 알아차린 이시미즈 씨가 나를 저지했다.

"오케이. 그런데 우선 밥부터 먹고. 내가 쏠게."

처음 있는 일은 아니지만, 그렇다고 자주 있는 일도 아니어서 솔직히 기뻤다. 여태껏 삶다 온 소바만 아니면 요시노야*든 맥도날드든 불만은 없었기에 히다카야 라멘집은 어떠냐는 물음에 고개를 저을 이유는 없었다. 사양 말고 마음껏 먹으라는 말에 라멘에 차슈를 추가했다. 이시미즈 씨는

* 가격이 저렴한 일본의 유명 규동 체인점.

아직 20대 초반일 테지만, 그래도 저녁에 가족이 아닌 어른과 함께 식사한다는 것에 설명하기 어려운 뿌듯함과 행복감을 느꼈다.

라멘을 다 먹은 이시미즈 씨는 이쑤시개를 입에 문 채로 카탈로그를 잠시 살펴보더니 말했다.

"마틴으로 사기로 정한 거야?"

"어쩌다 보니, 네."

나는 고개를 끄덕였다. 이시미즈 씨도 사용하고 있으니까요, 라는 말은 하지 않았다.

"그럼 기본형이지만 D-28도 괜찮은데 말이야……. 그리고 실물을 직접 보고 만져 봤을 때의 느낌이 중요해. 악기점에 여러 번 찾아가는 편이 좋아. 비슷비슷해 보이던 악기들에 각각 개성이 있다는 사실을 점점 알게 되거든."

"인터넷 쇼핑몰보다는 역시 악기점에서 사는 게 좋을까요?"

"뭐, 오프라인 악기점에서 사면 악기 관리 같은 걸 부탁하기 쉬우니까 그러는 편이 무난하지. 그런데……."

이시미즈 씨는 비어 있는 오른손으로 잠시 귓불을 만지더니 이내 딱밤을 때리듯 손가락으로 튕겼다. 그가 자주 보이는 행동 중 하나였다. 뮤지션이라는 선입견 때문일 테지만, 내게는 그 몸짓이 마치 항상 리듬을 새기는 것처럼 보여서

좋았다.

"정말로 일렉 기타에는 관심 없어?"

"일렉이요? 글쎄요. 왜 그러세요?"

"아니, 아무래도 젊은 사람들은 그쪽에 관심이 많지 않나 싶어서. 기술적으로도 일단 일렉이 현을 쉽게 누를 수 있어서 초보자들에게 잘 맞는다는 사람도 있고 말이야."

"그래요? 하지만 일렉은 밴드에 들어가야 하잖아요."

이시미즈 씨는 오른손으로 이쑤시개를 빼내며 눈을 크게 뜨고 말했다.

"그건 그렇지."

기타 케이스를 멘 이시미즈 씨 옆에서 걷는 내 모습이 어쩌면 그의 음악 동료처럼 보이지 않을까. 여름밤, 습한 공기를 가로질러 걸으며 생각했다. 그런 마음 때문인지 평소보다 가슴을 펴고 걷고 있다는 사실을 스스로도 잘 알았다.

"얼마만큼 연습해야 이시미즈 씨처럼 자유롭게 연주할 수 있어요?"

"자유롭게? 뜻밖이네. 그렇게나 악보를 무시하고 연주하는 것 같았어?"

"아, 아뇨, 죄송해요. 나쁜 뜻으로 한 말이 아니에요. 단지 연주와 노래 모두 그렇게나 능숙하게 잘하기에. 무엇에도 구속박지 않는 느낌도 들고, 그게 자유로워 보였달까⋯⋯."

"농담이야, 농담."

이시미즈 씨가 웃었다.

"알아. 그냥 좀 놀리고 싶었어."

이시미즈 씨를 불쾌하게 한 것이 아니라는 사실에 나는 지나치게 안심해서 어떠한 재치 있는 대답도 되돌려주지 못했다. 그저 힘없이 미소 지을 뿐.

"흠, 분명 너도 곧 실력이 늘 거야. 밤늦게까지 일해서 비싼 기타를 사려고 노력하니까. 그런 금전적인 고투와, 갖고 싶지만 좀처럼 갖지 못하는 시간적인 초조함이 실제로 악기와 만났을 때 플러스로 작용하거든. 연습하면 연습한 만큼 실력이 늘 거야. 나 정도 실력이 목표라면 그건 금방이야."

"그런, 말도 안 돼요."

대답하자마자 받아들이기에 따라서 내 발언이 또 실례가 되었을 수 있다는 생각이 들어 머릿속이 복잡해졌다. 우물쭈물하며 말을 잇지 못하자 이시미즈 씨는 내 불안을 떨쳐내듯 부드럽게 웃었다.

"악마에게 영혼을 파는 것도 하나의 방법이지."

"⋯⋯악마요?"

"크로스 로드 전설이라고 알아?"

내가 고개를 젓자 이시미즈 씨는 마침 신호를 기다리느라 멈춰선 대로의 교차로를 가리켰다.

"옛날에 로버트 존슨이라는 기타리스트가 있었는데, 클락스데일 지역 교차로에서 악마에게 영혼을 팔고 그 대신 초인적인 기타 실력을 얻었다고 해. 그의 기타는 너무나도 혁명적이어서 많은 사람에게 엄청난 충격을 안겨 주었지. 하지만 그 계약의 대가로 스물일곱의 젊은 나이에 세상을 떠나고 말았어. 이게 바로 크로스 로드 전설이야."

"그게 진짜예요?"

"하하, 전설이라고."

"그야…… 그렇겠죠."

왜 그런 질문을 했을까, 스스로가 몹시 한심해졌다.

자동차 몇 대가 눈앞의 교차로를 지나갔다. 무수히 많은 붉은 테일램프가 어두운 밤 속으로 기다란 잔상을 남기며 희미해지다가 또다시 새로운 잔상에 덧칠되었다. 나는 교차로 중심에서 초인적인 기타 실력을 선사하는 악마의 모습을 떠올려 보려고 했다. 그러나 악마는 어떻게 생겼을까 생각하던 중 불과 몇 시간 전에 들었던 진부한 이미지가 머릿속에서 존재감을 주장하기 시작했다.

검정색 로브에 해골 가면, 손에는 커다란 은빛 날의 낫.

"……사신."

입 밖으로 꺼냈다가 후회가 물밀 듯이 밀려왔다. 치졸한 음모론이 이시미즈 씨와 나눈 모든 것을 순식간에 집어 삼켜 버릴 것 같았다.

"사신? 뭐, 다르지 않을 수도 있겠네."

나는 교차로 중앙에 선 사신의 이미지를 지우려고 필사적으로 노력했다. 그런데도 그, 아니, 미즈키의 말에 의하면 '그녀'의 이미지는 생각보다 강력해 좀처럼 기억 밖으로 사라지지 않았다. 악마에게 영혼을 팔고 스물일곱의 나이로 세상을 떠난 로버트 존슨. 그렇다면 자살한 동급생 세 명도 사신에게 영혼을 팔았다고 할 수 있을까. 정말 너무나도 어리석은 이야기다.

신호등이 파란불로 바뀌고 나서야 마침내 사신의 환영은 사라졌다.

4

갑작스러운 일이었다.

너무나도 갑작스러워서 한동안 나는 사태를 정확하게 파악할 수 없었다.

그때의 나는 담임이 떠난 교실에서 과연 이대로 집에 돌아가도 괜찮을지 가방을 움켜쥔 채 주변 상황을 살피던 참이었다. 그것은 나, 그리고 우리에게 상당히 중요하고, 몹시 민감한 문제를 품고 있었던 것이다.

앞서 설명했듯이 우리 A반과 옆 반인 B반은 2학년이 시작되고부터 합동 레크리에이션이라는 것을 기획해 실행하고 있었다. A반의 일부 학생들이 주도해 '모든 급우가 정말로 사이좋은 최고의 반, 최고의 학생들'을 표어로 내걸고 B반을 끌어들이며 시작된 기획이었다.

처음에는 노래방 파티룸을 빌려서 장기자랑을 했다. 그 직후에는 형태로 남는 것도 만들자며 자기소개를 곁들인 문집을 제작했고, 이어서 누군가가 서로 물총을 쏘는 서바이벌 게임 대회처럼 몸을 움직이는 활동도 하자는 의견도 냈다. 교내 공간의 이용 허가 신청을 한 뒤로 많은 교사들이 이 활동을 알게 되었다. 수업하러 오는 교사들이 번갈아가면서 레크리에이션 기획을 화제 삼으며 재미있는 일을 한다며 우리를 칭찬했다.

레크리에이션의 본 행사는 물론, 기본적으로는 그 전 단계인 기획회의에도 A반과 B반 학생들 전원이 의무적으로 참가해야 했다. 전원 의무 참가라고 정한 점에 의의가 있다고 여긴 것이다. 기획회의와 레크리에이션 본 행사 모두 반드시 금요일 방과 후에 실시한다는 규칙을 정해서, 동아리 활동을 하는 학생들도 참가할 수 있도록 조정했다고 한다. 단 한 번, 대회에 참가하느라 오전부터 학교에 없었던 관악부원들이 몽땅 회의에 빠진 적은 있지만, 그 밖에 결석자다운 결석자는 본 적이 없다. 동아리 활동에 그다지 열성적인 학교도 아니므로 이 정도는 동아리 담당 교사와 의논하면 비교적 수월하게 조율할 수 있었을지도 모른다. 동아리 활동을 하지 않는 나로서는 자세한 사정은 모르지만.

그래서 가장 파티에 이은 다음 레크리에이션 기획은 무엇으로 할까?

그것을 결정하는 회의가 다름 아닌 오늘 금요일 방과 후에 열린다. 평소에는 레크리에이션 위원의 "자, 다목적실로 이동하자"라는 한 마디를 신호로 줄줄이 이동하기 시작하지만, 오늘은 그렇지 않을 것이라고 아마도 나뿐만 아니라 많은 학생이 마음속 어딘가에서 예감하고 있었다. 이유는 단순하게도 이 합동 레크리에이션 기획을 제안했던 사람들이 연달아 자살했기 때문이다.

농구를 할 수 없게 되어 새로이 몰두할 수 있는 이벤트를 찾았던 무라시마 다쓰야. 무라시마의 제안에 그의 여자친구와 함께 B반을 대표하던 고바야카와 도우카. 앞장서서 아이디어를 짜내며 언제나 분위기를 띄우던 다카이 겐유. 이 세 사람이 없으면 레크리에이션 기획은 이루어지지 않는다. 지난주는 다카이의 부고가 있은 지 얼마 지나지 않은 시점이라서 '오늘은 취소'라는 확실한 공지가 있었지만, 오늘 회의에 대한 안내는 아직까지 없었다.

역시 안 하는구나. 그렇게 판단했을까. 학생 몇 명이 느릿하게 가방을 챙기며 조심스럽게 하나둘 자리에서 일어나기 시작했다. 준비를 마친 학생 두세 명이 내 앞을 지나 교실 밖으로 나갔고, 이러면 나도 가방을 챙겨야 하나 싶을 때 즈음, 번개와 같은 고성이 터져 나왔다.

"잠깐만!"

화장으로 강조한 야마기리 코즈에의 커다란 눈이 복도로 나간 학생들을 노려보고 있었다.

"왜 가?"

모두의 표정이 얼어붙었다. 처음부터 대답을 기대하지 않았던 야마기리 코즈에는 크게 한숨을 쉬고는 덧붙였다.

"믿을 수 없네. 다 함께 하기로 했잖아."

슬픈 기억이 떠올랐을까. 조금 울컥한 듯 한 박자 쉰 뒤 말했다.

"정말 못 믿겠어. 애들이 없는 지금이야말로 우리가 뭉쳐야 해. 다들 알잖아."

야마기리의 말에 하야시 미쿠와 니시나 모에카가 곧바로 동의한다는 뜻을 내비쳤고, 짐을 챙기려던 학생들은 조용히 필통과 공책을 다시 꺼내기 시작했다. 야마기리 코즈에는 복도로 나간 학생들이 모두 교실로 돌아올 때까지 한동안 인왕처럼 지키고 서 있었다.

나는 야마기리와 그 친구들의 의견에 수긍한 듯 작게 고개를 끄덕이다가 문득 책상 위에 쌓여 있는 지우개 가루가 거슬렸다. 그러모아서 교실 앞쪽에 있는 쓰레기통에 버려야지. 정말로 겨우 그 정도 생각이 머리를 스쳤을 뿐이었다. 흘리지 않도록 조심스럽게 손으로 포개 자리에서 일어나……

처음에는 무슨 일이 일어났는지 전혀 몰랐다. 나는 지우개 가루를 바닥에 쏟으며, 엄청난 통증이 엄습한 발끝을 순간적으로 꾹 눌렀다. 쭈그리고 앉자마자 바닥에 국어사전이 나뒹굴고 있는 모습을 발견하고는 이것이 칠판 옆 선반에서 발 위로 떨어졌다는 사실을 인지했다. 누가 떨어뜨렸을까 시선을 옮기는데, 복도에서 되돌아온 남학생의 가방에 걸려 떨어졌다는 것을 알 수 있었다. 눈물이 찔끔 날 정도로 아팠지만 그 아이가 나를 눈치채지 못한 것을 포함해 그때까지는 그 무엇도 이상할 것이 없었다. 이변이 일어난 것은 야마기리 코즈에가 교실에 있는 모두를 향해 큰 소리로 말할 때였다.

"**한 사람이라도 빠지면 정말 곤란하니까**, 다들 자각하도록 해."

놀라서 통증도 잊었다.

목소리가, **떨렸다.**

이 말밖에는 달리 표현할 방법이 없었다.

틀림없이 목소리가 **떨렸다.**

처음에 나는 야마기리가 소형 확성기나 음성변조기기 같은 것을 사용한 것은 아닌지 의심했다. 그러나 그런 것은 그림자도 형체도 보이지 않았고, 상식적으로 생각해도 그런 것을 사용할 필요가 전혀 없는 상황이었다. 야마기리 코즈에는 조금 전부터 줄곧 불쾌감을 드러내고 있었고 도무지 농담을 할 만한 분위기는 아니었다. 그렇다면 방금 전 그 현상은 뭘까. 누군가에게 조언을 구하고 싶었지만 나를 제외하고는 그 누구도 그녀의 목소리에 이상한 점을 느끼지 못한 모습이었기에 의아했다.

혹시 내게만 들리는 것인가.

거기까지 생각하고 나서야 마침내 어제 읽은 편지의 존재에 생각이 미쳤다. 그런 만에 하나의 가능성을 진지하게 고민하기 시작한 나 자신이 바보 같았지만 그것밖에는 짐작이 가는 것도 없어서, 마음을 믹서에 갈아놓은 듯 복잡한 심경으로 어제 그대로 가방에 처박아 둔 편지를 몰래 펼쳤다.

■ 당신의 능력에 대하여

1. 당신에게 주어진 능력은 '거짓말을 간파하는 능력'입니다.

2. 능력의 발동 조건은 순간적으로 몸에 강한 통증을 주는 것입니다.

3. 당신은 통증을 느끼자마자 귀에 들린 다른 사람의 말이 진실인지 거짓인지 판별할 수 있습니다.

4. 만약 그 말이 거짓이라면 당신에게는 말이 떨리는 것처럼 들릴 것입니다.

장난해?

아무에게도 들리지 않는 소리로 중얼거리고는 편지를 숨기듯 가방 깊숙이 쑤셔 넣었다. 여전히 믿을 수 없었다. 쉽게 믿을 만한 이야기가 아니다.

야마기리 코즈에의 주도로 2층 다목적실로 이동했다. 다목적실은 일반 교실에 비하면 분명 넓었지만 두 반 학생들이 모이자 꽤 빽빽해졌다. 책상과 의자는 없고 타일 카펫이 깔려 있었다. 나는 같이 앉자고 한 소노카와와 함께 레크리에이션 위원들의 목소리가 겨우 닿는 맨 뒤에 앉았다.

야마기리 코즈에는 화이트보드에 '7월 5일 (금) 바비큐&8월 일정'라고 큼지막하게 쓰고는 5일 바비큐는 당초 예정했던 대로 개최하겠다고 분명히 선언했다. 그리고 지금부터 설문지를 나눠줄 테니 여름방학 동안 이벤트에 대한 아이디어를 제안해 달라고 말했다. 앞에서부터 돌고 돌아온 설문지에는 야마기리 코즈에의 메일주소가 적혀 있었는데, 좋은 아이디어가 있으면 메일로 보내 줬으면 좋겠다, 라인이 편한 사람은 라인으로 연락해도 좋고 직접 말해 줘도 괜찮다고 적혀 있었다.

"저기 말이야, 2일에 수영장에서 다 함께 요시미가와강 불꽃놀이를 보자는 이야기는 어떻게 됐어? 여름방학 이벤트는 그걸로 된 거 아냐?"

"수영장 사용은 위험해서 안 된답니다. 다른 안을 내 주세요."

"아, 진짜? 불꽃놀이가 완전 좋은데."

"그럼 교정에서 파티는 어때? 술은 안 되지만 마실 거 잔뜩 준비해서 말이야."

"차라리 유카타 차림으로 댄스 경연대회 같은 걸 하자. 우리 완전 잘 할 수 있어."

"얍샀어. 그거 완전히 모에카와 미쿠의 독무대잖아."

다목적실 앞에서 주거니 받거니 하는 온갖 공방은 말할 것도 없이 지금의 내게 아무 의미도 없었다. 동영상 사이트의 영상에 끼어 있는 관심 없는 광고처럼 마음 가장 얕은 곳을 슬쩍 스쳐지나갈 뿐이었다.

나는 필통에 달린 열쇠고리에 안전핀이 달려 있는 것을 발견하고는 그것을 일단 주머니에 넣었다. 그리고 설문지를 뒤집어 백지 부분을 응시하며 펜 끝을 잘근잘근 씹었다. 이윽고 열심히 지혜를 짜내 세 문장을 적은 뒤 아까부터 뭘 하느냐고 소곤소곤 묻는 소노카와에게 보여 줬다.

"이거, 한 문장씩 읽어 봐. 하나 읽고 나서 조금 쉬었다가 다음 문장을 읽어."

"이걸, 지금?"

고개를 끄덕이며 설문지를 소노카와에게 건넸다. 소노카와가 문장을 읽기 전에 재빨리 주머니에 손을 넣어 들키지 않도록 안전핀으로 허벅지를 찔렀다. 핀 끝이 상상했던 것보다 훨씬 굵어서 나도 모르게 소리를 낼 뻔했다. 그러나 어떻게든 목구멍으로 눌러 삼키며 귀를 쫑긋 세워 소노카와의 목소리를 들었다.

**"내 이름은 가키우치 도모히로입니다."**

의심할 여지없이 목소리가 떨렸다.

역시 기분 탓이 아니었다. 어처구니없는 현실이 수평선 너머로 얼굴을 내밀고 있었다. 심장이 경종을 울리기 시작했다. 정말 이래도 되는 건가 싶다는 듯이 쳐다보는 소노카와에게 고개를 끄덕여 보이고는 다음 문장을 읽으라고 눈빛을 보냈다. 다시 한번 주머니 속 안전핀으로 허벅지를 찔렀다.

"내 이름은 소노카와 하루요시입니다."

입 밖으로 꺼낸 말이 거짓이 아니면 목소리는 떨리지 않는다. 편지에 적힌 대로였다.

이게 도대체 무슨 테스트냐고, 무슨 꿍꿍이인지 빨리 불라며 즐거운 듯 빙긋빙긋 웃기 시작한 소노카와를 진정시키며 마지막 한 문장을 읽게 했다. 먼저 부탁한 주제에 경우에 없는 짓을 하고 있다는 사실은 충분히 알고 있지만, 그래도 나는 소노카와가 실없이 웃는 것에 형언할 수 없는 불만을 느꼈다. 지금 엄청난 일이 밝혀졌다고. 웃을 상황이 아니라고.

어설프게 아프면 능력이 발동하지 않을까 봐 불안해 방금 전과는 조금 다른 부위를 찔렀다. 소노카와가 곧바로 마지막 한 문장을 읽었다.

"악기 브랜드 마틴의 창업자는 미국인입니다."

나는 통증을 떨쳐내듯 천천히 숨을 내뱉고 고맙다고 인사하며 고개를 살짝 끄덕였다.

마지막 문장을 읽었을 때 소노카와의 목소리는 떨리지 않았지만, 이것은 틀린 정보였다. 마틴의 창업자인 크리스찬 프레데릭 마틴은 독일인으로, 미국인이 아니다. 그러므로 객관적으로는 소노카와가 거짓을 말했다는 이야기다. 그렇지만……

"악기 브랜드 같은 건 잘 몰라. 야마하 정도밖에. 그래서, 이게 뭔데?"

소노카와 본인은 그 사실을 몰랐다. 즉 말한 사람의 마음속에는 '거짓말을 했다'는 자각이 없었다는 이야기가 된다. 따라서 소노카와는 잘못된 정보를 말했지만 거짓말은 하지 않았다는 이야기다. 목소리가 떨리지 않은 것은 지극히 옳았다.

더 실험해 보려 새 질문을 시도하지 않은 이유는 이미 충분히 검증되었다고 판단했기 때문이기도 하지만, 그 이상으로 스스로도 기가 막힐 정도로 편지에 적혀 있던 규칙을 분명히 기억하고 있기 때문이었다.

5. 단 능력은 한 사람당 세 번까지만 사용할 수 있습니다. 능력을 계획적으로 신중하게 사용하기를 권고합니다.

그 편지는 미즈키가 만든 소품 따위가 아니었다. 전부 진짜였던 것이다. 그렇다면 도미노가 쓰러지듯 필연적으로 분명해지는 사실이 몇 가지 있다. 도미노의 속도는 너무나도 빠르고 거침없어서 내 머리가 바로 따라잡지 못했다. 그래도 하나하나 정리해 나갈 필요가 있다. 무엇 하나도, 사실 확인 단계를 잘못 밟아서는 안 된다.

1. 학교 안에는 항상 당신을 포함한 네 명의 '수취인'이 존재합니다. 전부 학생입니다.
2. 그들은 제각각 다른 능력을 지니고 있으며, 그 발동 조건도 서로 다릅니다.
3. 능력의 내용과 발동 조건을 다른 사람이 알게 되거나 알아맞히면 능력은 순식간에 사라집니다.

이 학교에는 나 외에도 '수취인'이라는 세 명의 초능력자가 존재한다. 그리고 그들은 서로 능력을 밝히지 않고 조용히 숨을 죽인 채 교내에 숨어 있다.

세 사람의 자살은 미즈키와 이야기를 나누기 전부터 개인적으로도 줄곧 의문이었다. 그렇구나 하고 무관심으로 일관했을 때는 계속 무시할 수 있었다. 하지만 이렇게까지 조건이 들어맞으면 그 사실이 몹시 강렬한 위화감을 뿜어내어느샌가 도저히 간과할 수 없게 된다.

어째서 세 사람은 모두 **학교에서** 죽었을까.

자살하는 사람의 마음을 완벽하게 이해하지는 못한다. 그래도 스스로 죽기로 마음먹은 사람이 죽을 장소로 굳이 학교를 선택한다고? 목을 맬 용기가 있다면 철저하게 준비할수 있는 집을 선택하거나, 상황이 여의치 않다면 전철에 뛰어드는 방법을 선택하려 할 것이다. 하지만 그들이 그러지않았던 이유는…….

**4. 모든 능력은 사립 기타카에데고등학교 부지 내에서만 발동합니다.**

—세 사람 모두 자살한 게 아니야. 도우카도 다쓰야도 겐유도 모두 **그놈**에게 살해당했어.

미즈키의 목소리가 머릿속에서 반복 재생되었을 때, 구토가 치밀 것 같았다. 나는 황급히 입을 틀어막으며 다목적실에 모여 있는 A반과 B반 학생들 70명의 뒷모습을 둘러봤다. 가키우치 왜 그래, 소노카와의 말이 들렸지만 대꾸할 여유가 없었다. 몸집이 작은 여학생, 덩치가 큰 남학생, 시끌벅적하게 웃는 길쭉한 농구부원, 화이트보드를 빤히 쳐다보는 관악부원, 기지개를 켜는 학생, 책상다리를 하고 앉은 학생, 교복을 개조해 입은 학생. 보면 볼수록 누구나 의심스러웠고 누구나 위험인물 같았다.

"야, 가키우치. 괜찮아?"

교실이 울릴 정도로 쩌렁쩌렁하게 말한 사람은 내 바로 앞에 앉아 있던 축구부 야에가시였다. 평소에는 조금 더 앞쪽 자리를 차지했을 그가 이렇게나 가까이에 있었다는 사실에 놀라면서도, 그 이상으로 모두의 시선이 나를 향하고 있다는 사실에 덜컥 겁이 났다. 아무 말도 못 하는 나를 놀리듯 야에가시는 또다시 큰 소리로 말했다.

"이 자식, 큰일 났는데? 완전히 귀신이라도 본 얼굴이잖아."

와하하 웃음소리가 교실을 뒤덮는 와중에 나는 소리도 내지 못하고 마음속으로 반박했다.

귀신 같은 게 있을 리가.

있는 것은 **사신이야.**

2장 국가

## 5

"어제는 미안……. 그 이야기, 다 믿어. 그러니까 다시 한 번 말해 줘. 처음부터 끝까지 전부."

현관문 너머로 말하자 미즈키는 또 십여 분 동안 준비한 뒤 나를 거실로 들여보내 줬다. 어쩌면 이곳은 시간이 멈춘 것이 아닐까 싶을 정도로 미즈키네 집 안 풍경은 어제와 아무것도 달라지지 않았다. 미즈키의 표정과 마찬가지로 실내도 여전히 어둑했다. 우리집과 달리 불필요한 소리는 나지 않는다.

미즈키는 오늘도 보리차를 두 잔 내오며 어제와 똑같은 위치에 앉았다. 그리고 무릎 위에 둔 손을 둥글게 말아 쥐었다.

"……그게 다였는데, 무슨 이야기를 원해?"

"더 자세하게. 사소한 거라도 좋으니까, 사신의 특징이나."

미즈키는 내가 어제보다 진지하게 귀를 기울이고 있다는 사실을 눈치챈 것 같았지만 결국 그녀의 입에서 어제 이상의 정보는 나오지 않았다. 아무리 짜내도 미즈키가 파악하고 있는 사실은 사신이 여자 목소리였다는 점, 파티에 참가한 A반이나 B반의 학생이라는 점, 사신이 초능력을 사용해 세 사람을 자살로 위장해 살해했다는 점, 그리고 다음 표적은 야마기리 코즈에라는 점. 이 네 가지뿐이었다.

"단체사진을 확인해 봤는데 사신 분장을 한 학생은 없었어."

"……하지만 내가 봤는걸. 틀림없이 사신 모습이었어."

그러면 미즈키와 대화를 나눌 때에만 로브를 입고 가면을 썼다는 이야기다. 로브는 그렇다고 해도 낮은 부피가 다소 큰 편인데 도대체 어디에 숨겨 놓았던 것일까. 아무튼 로브와 가면이 있으면 원래의 모습을 완전히 숨길 수 있다. 미즈키를 협박하는 것만이 목적이 아니라 어쩌면 상당히 기능적인 부분까지 의식한 분장일지도 모른다.

거짓말을 간파할 수 있는 능력을 얻은 내게 범인 찾기는 그리 어려운 작업이 아닐 수 있다. A반과 B반의 학생들 전원에게 "네가 세 사람을 죽인 범인이냐" 질문하면 된다. 언젠가는 범인을, 사신을 찾을 수 있겠지.

그러나 그것이 그다지 현실적이고 이상적인 방법이 아닌 이유는 상대에게 '사람을 죽일 수 있는 능력'이 있을지도 모르기 때문이다. 내가 세 사람의 자살이 사실은 타살이 아닐까 의심하고 있다는 사실을 사신이 눈치채는 순간, 다음 표적은 바로 내가 될 것이기 때문이다.

그러므로 사신의 흉악한 짓을 막기 위해 해야 할 일은 크게 두 가지로 나눌 수 있다. 우선 사신이 누구인지를 알아내는 것. 그리고 사신이 지닌 능력의 자세한 내용을 파헤치는 것.

**3. 능력의 내용과 발동 조건을 다른 사람이 알게 되거나 알아맞히면 능력은 순식간에 사라집니다. 그러므로 당신은 능력과 관련된 자세한 내용을 누구에게도 말해서는 안 됩니다. 능력을 다른 사람에게 과시하는 듯한 행위도 삼가시기를 추천합니다.**

그러니까 이 규칙을 역으로 이용해서 상대의 능력과 발동 조건의 상세 내용만 밝혀내면 사신의 능력을 사라지게 할 수 있다는 이야기다. 그러면 사신의 반격에 겁먹을 필요도 없고, 무엇보다 새로운 피해자가 나올 가능성도 사라진다.

"어째서…… 갑자기 내 이야기를 믿게 된 거야?"

편지 이야기를 솔직하게 밝힐 수 없기에 어떤 말을 꺼내야 할지 몰라 망설이자, 미즈키는 내 마음이 변할까 우려한 듯 재빨리 고개를 젓고 고맙다며 고개를 살짝 숙였다.

"이럴 때에만 의지해서 정말 미안해."

"미안해하지 않아도 괜찮아…… 오히려 이야기해 줘서 고마워. 나라도 그 사신을 가만히 내버려 뒤서는 안 된다고 생각할 거야."

거짓말을 할 생각은 없다. 그래도 사신의 정체를 파헤치고 싶어 하는 이유가 전부 정의감 때문이 아님은 인정할 필요가 있었다. 만약 고바야카와 도우카, 무라시마 다쓰야, 다카이 겐유 세 사람에게 마수를 뻗고도 계속해서 야마기리 코즈에를 죽이려는 인간이 있다면, 나는 그놈을 만나야만 한다. 그리고 그 짓을 막아야만 한다.

기필코 무슨 일이 있어도.

"어쨌든 코즈에를 지켜 줘."

미즈키는 눈물을 흘리며 애원했다.

"학교에 나가지 말라고 설득해 줘. 나도 처음에는 학교에 가지 말라고 몇 번이나 라인으로 말했는데, 전혀 듣지를 않아서…… 학교에 가지 않으면 그놈을 만나지도 않을 테니까, 일단은 안전할 거야…… 네가 말 좀 해 줘."

친한 친구가 부탁하는데도 안 듣는데, 과연 내가 뭘 할 수 있을까.

"왜 학교에 나오면 안 되는데?"

역시나. 친구와 대화를 나누고 있을 때 말을 거는 것은 꺼려져서 야마기리 혼자 있는 타이밍을 노리다 보니 순식간에 방과 후가 되고 말았다. 어쩔 수 없이 가방을 들고 교실을 막 나서려는 순간에 불러 세웠다.

"레크리에이션 기획 말인데, 잠깐 시간 괜찮아?"

그럴듯한 이유를 들어 친구들과 떼어놓고는, 적당한 아이디어를 두세 개 꾸며내 적은 설문지를 건네며 본론으로 들어갔다. 역시 사신 이야기는 할 수 없었기에 야마기리는 학교생활을 너무 열심히 하니까, 라며 설득력이 눈곱만큼도 없는 논거를 들어 학교를 쉬도록 설득했다. 당연히 내 말이 가슴에 와닿을 리 없으니 노골적인 의심의 빛이 떠올랐다. 계획을 바꿔야 한다는 압박에 나는 더욱 설득력 없는 말을 지껄였다.

"갑작스럽지, 미안해. 하지만 사실 학교는 별로 안전하지 않아서……."

"뭐야, 설마 미즈키에게 무슨 얘기라도 들은 거야? 미즈키도 똑같은 말을 하던데, 왜 내가 학교를 땡땡이쳐야 해?"

몇 가지 그럴듯한 말을 꺼내려고 노력했지만 결국 도움은 되지 않았다.

더 이상 할 말은 아무것도 없다는 듯이 내 앞에서 사라지려는 야마기리의 가방에, 'kozu-jin0427'이라고 적힌 발랄한 글씨체의 화려한 열쇠고리가 매달려 흔들리고 있었다. 물론 추측이지만, 그녀의 이름과 B반 소속 남자친구 모리우치 진의 이름에 사귀기 시작한 날을 기념 삼아 붙인 것이라는 사실을 쉽게 짐작할 수 있었다. 모리우치 진을 통해 그녀에게 학교를 쉬라고 설득할 수 있겠다는 생각도 문득 들었지만 묘안은 아니었다. 그와는 모르는 사이기도 하고 계속 눈에 띄게 행동하다가 사신이 눈치챌까 봐 걱정도 됐다.

나는 어쩔 수 없이 야마기리 코즈에를 설득하는 것을 포기하고 A반 또는 B반에 숨어 있는 사신의 정체와 능력을 알아내는 데 주력해야겠다고 판단했다. 그나마 하루라도 빨리 알아내면 근본적인 문제가 해결된다. 그러기 위해서는 세간에는 자살했다고 알려진 세 사람이 살해당했을 때의 정황을 자세하게 알아야 한다. 거기에 사신의 정체나 '수취인'으로서의 능력을 밝혀낼 증거가 널려 있을 가능성이 컸다.

나는 야마기리 코즈에의 뒤를 따라가 성가신 듯 얼굴을 찌푸린 그녀를 간신히 불러 세웠다.

고바야카와 도우카의 사체를 가장 처음 발견한 사람은 바로 야마기리 코즈에였다. 그녀에게 이야기를 들을 수밖에 없었다.

뜬금없이 고바야카와 도우카의 사체를 발견했을 때의 정황에 관심이 있다고 말을 꺼내면, 당연히 상식도 체면도 없이 호기심 많은 천박한 인간 내지는 행동이 가벼운 혐오스러운 엽기 취미자라고 생각할 것이다. 야마기리 코즈에도 사체를 발견하고 나서 충격을 받아 며칠 동안 학교를 쉬었다. 말을 신중하게 고를 필요가 있었다.

"적당하게 둘러대서 미안해, 솔직히 말할게. 절대 아무에게도 말해서는 안 돼."

내 말이 다소 의외였던지, 야마기리는 계단 앞에 멈춰 섰다. 나는 성실함과 절실함이 최대한 전해지도록 사정을 설명했다. 잇따라 목숨을 끊은 세 사람이 실은 자살이 아닌 타살이 아닐까 의심하고 있어. 즉 우리 학교에 살인범이 있다는 말이야. 그리고 나와 미즈키는 그다음 목표가 야마기리가 아닐까 염려하고 있어. 그러니까 아까는 어중간하게 둘러댔던 거야. 사체를 발견했을 때의 정황을 물으면 괴로운 기억이 떠오를 거라는 점은 충분히 알고 있어. 그래서 미안해. 하지만 고바야카와의 사체 모습이나 당시의 정황을 꼭 알고 싶어. 범인을 찾아낼 단서를 발견할지도 몰라.

야마기리 코즈에는 불현듯 되살아나는 잔혹한 광경을 봉인하듯 한숨을 한 번 크게 내쉬었다.

"왜 다음 목표가 나라는 거야?"

"이유는 설명할 수 없어. 하지만 제발 믿어 줘. 야마기리를 걱정하는 마음은 미즈키도 나도 진심이야."

"……어이가 없네."

기가 막힌다는 듯 말했지만 표정에 그만큼의 불쾌감은 떠오르지 않았다.

"나도, 다른 아이들도, 다들 같은 마음이었어."

그녀는 다시 한번 깊은 한숨을 내쉬고는 자신이 신고 있는 로퍼의 발끝 부근을 응시하며 말을 이었다.

"절대로 그럴 리 없다며 다들 필사적으로 이것저것 조사했고, 여러 가지 가능성을 떠올려 봤어. 하지만……."

"……하지만?"

"도우카의 죽음은, 틀림없는, 자살이야."

사람들의 눈에 띄는 공간에서 대화를 나누는 것은 되도록 피하고 싶어서 무리해서 인적이 드문 2층까지 내려와 복도에 있는 벤치에 앉았다. 야마기리 코즈에가 들려준 고바야카와 도우카의 자살에 대한 일련의 설명은 다음과 같았다.

지금으로부터 한 달 전, 5월 29일 수요일. 수업 시작 전. 야마기리 코즈에는 우리 2학년 교실에서 가장 가까운 화장실인 신관 4층 화장실에서 목을 맨 고바야카와 도우카의 사체를 발견했다. 고바야카와 도우카는 천장 부근에 있는 저수탱크에서 튀어나온 쇠파이프에 밧줄을 걸어 목을 맸다. 발밑에는 쓰러진 접사다리와 자필 유서가 있었다. 야마기리 코즈에는 자극적인 표현을 피하며 에둘러 말했지만 사체에서는 이미 고약한 냄새가 났고, 발밑에는 체액도 고여 있었다는 사실을 넌지시 알려 주었다. 즐겨 달던 핑크색 리본이 가슴팍에 달려 있지 않았다면 사체가 고바야카와 도우카라는 것을 금방 알아볼 수도 없을 정도로 그녀의 얼굴이 일그러져 있었다는 점도.

밧줄은 행맨즈 노트라고 불리는, 이름 그대로 교수형에서 사용되는 단단한 매듭법으로 묶여 있었다. 정식 명칭을 조사하려고 일부러 스마트폰으로 검색까지 했다. 사용한 밧줄은 면 소재였으며, 고바야카와 도우카 본인이 홈센터*에서 구입했다는 사실을 증명하는 영수증이 이후에 그녀의

---

* 주거공간을 스스로 꾸밀 수 있는 소재나 도구를 파는 상점.

집에서 발견되었다. 야마기리 코즈에 무리와 사이가 좋았던 교사가 알려 주었다고 한다.

경찰 조사에 따르면 그녀가 목을 맨 추정 시각은 그 전날인 5월 28일 화요일 오후 5시경으로 밝혀졌다. 이것 또한 교사가 알려 주었다고 했다. 밧줄에서는 그녀의 것 외에 눈에 띄는 지문은 검출되지 않았다. 언뜻 봐도 사건성이 없다고 밝혀졌으므로 유서의 필적 감정 역시 실시하지 않았다. 다만 친했던 야마기리 코즈에가 보나, 유서를 건네받은 가족이 보나 틀림없이 고바야카와 도우카의 글씨체였다고 했다. 특징이 뚜렷한 둥글둥글한 글씨체로, 하루아침에 흉내 낼 수 있는 것은 아니었다. 유서는 진짜였다.

유서에는 단 한 마디만 적혀 있었다는 것은 그저 소문일 뿐이고, 실제로는 편지지 몇 장을 남겼다고 한다. 유서를 침착하게 읽어 볼 기회가 없어서 두 번째 장 이후의 내용은 모르지만, 첫 번째 장에는 분명 소문 속의 그 문구가 적혀 있었다고 했다.

**나는 교실에서 너무 큰 소리를 냈습니다. 조율되어야만 합니다. 안녕.**

이야기를 전부 듣고 나서 야마기리가 처음에 했던 말이 틀림없는 사실이라는 것을 실감했다.

이것은 영락없는 자살이다. 타의 가능성은 물론, 불행한 사고일 가능성도 전혀 없어 보인다. **적어도 상식의 범위 내에서는.**

"의심하는 건 아닌데 하나만 확인할게……. 방금 이야기, 전부 다 믿어도 되지?"

나는 조심스럽게 주머니 속에 있는 안전핀을 쥐고 허벅지를 찔렀다.

야마기리 코즈에는 내 눈을 똑바로 바라보며 말했다.

"당연하지……. 나도 믿고 싶지 않지만 전부 진짜야."

목소리는 떨리지 않았다.

나는 내심 당시 현장에는 간과할 수 없을 정도로 몹시 불가사의하고, 누가 보아도 기묘하고 이상한 점이 몇 가지나 널려 있었을 것이라고 예상했다. 무언가를 발견하지 못했다거나 누군가의 모습이 이상했다거나 기괴한 이야기를 한 학생이 있었다거나. 그러나 그런 것들은 존재하지 않았다. 야마기리가 풀어놓은 이야기는 어디까지나 드라마틱함이 배제된, 그러나 묘하게 생생한 한 인간의 자살 전모였다.

"그렇게나…… 매일 즐거워 보였는데."

야마기리 코즈에는 눈시울을 붉히며 말했다.

"레크리에이션 기획도 정말 재밌었고, 다들 신이 나서

는…… 정말로, 정말로 즐거웠는데…….”

나는 적절한 말을 찾지 못해, 그저 입을 다물고 고개를 살짝 끄덕였다.

“하지만 우울해?”

뒤집힌 목소리를 가다듬고는,

“우울해하기만 해서는 안 되는 거 알지? 앞으로, 또 천천히, 다 함께 즐거운 반을 만들어 가야지.”

“……응.”

“그러니까 가키우치도 꼭 협조해 줘. 다 같이 다시, 조금씩 즐거운 반을 만들자.”

나는 그래, 라고 대답하며 고요한 표정으로 천천히 고개를 끄덕였다.

“다 함께, 말이지.”

6

다음 날 점심시간을 이용해 두 번째 자살자인 무라시마 다쓰야가 뛰어내렸을 때의 정황을 물어보러 갔다. 그의 죽음에 대해서는 뛰어내리는 순간을 매우 가까운 거리에서 목격했다는 C반의 농구부원에게 묻기로 했다. C반과는 직접적인 연결고리가 없지만 활동적인 학생들은 행동 범위가 넓기 때문에 자연스럽게 눈에 띄어서 대화해 본 적은 없어도 이름을 기억하게 된다. 아마 농구부 인연으로 무라시마 다쓰야를 만나러 왔겠지. 우리 반에도 자주 얼굴을 내밀던 학생이었다.

솔직히 처음 만나다시피 하는 사람에게 먼저 말을 거는 데 능숙하지 않았고, 내키지도 않았다. 게다가 상대는 키가 큰 농구부원. 망설여질 만했다. 그런데도 화장실에서 나온 그에게 "사이토 맞지?"라고 말을 걸자 사이토 나오키는 긴장을 풀어 주려는 것처럼 붙임성 있는 미소를 되돌려주었다.

"나한테 무슨 용건이라도?"

여드름 많은 볼에 볼우물이 패였다.

나는 야마기리 코즈에게 했던 것과 똑같은 설명을 하고, 무엇이든 좋으니 무라시마 다쓰야의 마지막 모습을 가르쳐 줄 수 없냐고 부탁했다. 그러자 역시 주저하는 듯 복잡한 표정을 짓더니 내 진심을 느꼈는지, 매점에 가자는 친구들에게 양해를 구하고 안뜰 벤치에서 대답해 주었다.

"아직도 믿기지 않아……. 다쓰야가 죽다니."

"……나도 그래."

"하지만 그거 말이야, 진짜로 아무리 생각해도 자살이었어."

그는 거기서 말을 끊더니,

"무릎이 망가지고 나서 정신적으로도 상당히 무너진 것 같았으니까."

무라시마 다쓰야는 전 농구부원이었고, 사이토 나오키는 다름 아닌 현역 농구부원이다. 아는 사이라서 그런지 사이토의 말투에는 비통한 심정이 배어나왔다.

무라시마 다쓰야가 목숨을 끊은 것은 고바야카와 도우카가 자살한 지 일주일하고도 며칠이 지난 6월 6일 목요일의 일이었다. 사이토 나오키는 동아리 담당 교사에게 그날의 훈련 내용을 묻기 위해 교무실에 가려고 신관 4층 복도를 걷고 있었다. 그가 동아리에서 맡고 있는 역할이었고, 매일 반드시 수행해야 하는 일과였다. 그런데 그때 시청각실 쪽에서 어떤 학생의 고함소리가 들렸다.

"아마 다쓰야의 친구였던 것 같아. 시청각실 문을 주먹으로 쾅쾅 두드리고 있었어. 그래서 무슨 일이냐고 물었더니, 다쓰야가 죽으려고 한다며 같이 좀 말려 달라고 했어."

갑작스러운 일에 당황한 사이토 나오키는 시청각실 문에 나 있는 작은 창으로 안을 들여다봤다. 안에는 그동안 본 적 없을 정도로 새파랗게 질린 무라시마 다쓰야가 있었다. 그는 의자에 앉아서 무서울 정도로 느릿하게 펜을 움직여 무언가를 쓰고 있었다. 한 획, 한 획. 그야말로 목숨을 깎아 쓰 듯, 병적으로 느껴질 정도로 신중하게.

"나도 당시에는 약간 패닉 상태여서, 다쓰야가 누군가의 협박으로 이상한 계약서 같은 거에 억지로 사인하고 있는 줄 알았어. 여하튼 도대체 무슨 영문인지 몰라서 거기 있던 다쓰야의 친구에게 상황을 설명해 달라고 했지. 그랬더니 자기도 무슨 일인지 모르겠다고 하더라고. 점심시간에 갑 자기 다쓰야가 죽겠다고 했대. 그리고 그대로 시청각실로 들어가서 문을 잠그고 틀어박혔다는 거야. 뛰어내릴 거니 까 방해하지 말라고. 그 뒤로 이런 상황이라고."

사이토 나오키는 무라시마의 친구가 그랬던 것처럼 문을 쾅쾅 치고서 크게 소리쳤다.

"다쓰야, 무슨 짓이야! 당장 나와!"

문손잡이를 돌려 봤지만 역시 잠겨 있었다. 이윽고 다쓰 야는 소리를 내지 않고 살며시 펜을 책상 위에 내려놓더니 조용히 일어섰다. 사이토 나오키는 그 모습이 마치 최후의 만찬을 끝내고 젓가락을 내려놓는 사람 같았다고 표현했 다. 무라시마 다쓰야의 눈에 감돌던 몹시도 강렬한 비장함 에, 그리고 그가 매우 정중하게, 애달플 정도로 아름답게 고 개를 숙이는 것에, 사이토 나오키는 다쓰야의 각오가 진짜라는 것을 확신했다.

"이거 장난이 아니구나 싶었어……. 그래서 열쇠를 가지러 교무실로 뛰어갔지. 죽을 각오로 뛰었어."

교무실에 걸려 있는 시청각실 열쇠를 낚아채듯 가지고 돌아오기까지 2분도 걸리지 않았다. 그러나 열쇠를 들고 돌아온 사이토 나오키의 앞에는 무너져 내린 듯 주저앉은 무라시마 다쓰야의 친구가 있었다.

"손수건을 쥐고…… 어깨를 떨고 있었어."

어떻게 된 거냐고 물었지만 그 친구는 고개를 붕붕 젓기만 했다. 이미 늦었나. 최악의 예감으로 가슴이 선득해진 사이토 나오키는 작은 창으로 시청각실 안을 살폈다. 무라시마 다쓰야의 모습은 보이지 않았다. 활짝 열린 창문으로 들어오는 바람에 상황과 어울리지 않을 정도로 커튼만 시원하게 휘날리고 있었다. 열쇠로 문을 열고 무라시마 다쓰야를 부르며 안으로 들어갔다. 반쯤 포기한 채로 창밖을 살폈다.

땅 위에 내동댕이쳐진 무라시마 다쓰야의 몸과 주변으로 번진 피 웅덩이가 너무나도 처참했다.

온몸의 근육이 죽어 없어진 것처럼 힘이 쭉 빠진 사이토 나오키는 근처에 있던 의자를 끌어와 주저앉았다. 그리고 그제서야 조금 전까지 무라시마 다쓰야가 쓰고 있던 것이 유서라는 사실을 깨달았다.

필요한 이야기는 모두 했다고 판단했는지, 사이토 나오키는 팔짱을 끼며 크게 한숨을 쉬었다. 그리고 안타까운 마음이 갈 곳을 찾듯 입을 좌우로 삐죽였다.

"부상만 당하지 않았어도, 라는 생각이 드는 굉장한 선수였어, 정말로. 연습도 열정적이었고, 목소리도 자주 냈지. 누구나 좋아할 만한 리더십 있는 녀석이었어. 아마 다쓰야를 싫어하는 놈은 이 세상에 아무도 없었을 거야. 그치?"

"나도 그렇게 생각해."

"정말…… 말도 안 되게 슬퍼."

"……뭐 좀 물어봐도 돼?"

"뭘?"

"너보다 먼저 시청각실 앞에 있었다던 그 학생 이름 알아?"

더 구체적으로 물으면 조금 더 자세한 상황이 튀어나올지도 모른다.

"……아, 미안. 얼굴은 어렴풋이 기억이 나는데 이름은 기억이 잘 안 나네. 처음 본 아이였어. 녹색 넥타이를 맸다는 것 정도밖에 기억나지 않아."

남학생 대부분이 녹색이나 붉은색 넥타이를 매기 때문에

이 단서는 아무런 도움이 되지 않았다. 어떻게 해서라도 그 인물을 특정할 방법이 없을까 생각하면서 나는 가장 신경 쓰였던 것을 물었다.

"그리고 무라시마가 썼던 유서 내용, 어땠는지 기억나?"

"그거 몰라? 소문이 엄청 돌았던 걸로 아는데."

"……그러면."

"도우카의 유서 내용과 완전히 똑같았어."

**나는 교실에서 너무 큰 소리를 냈습니다. 조율되어야만 합니다. 안녕.**

고바야카와 도우카가 죽었을 때의 정황에 비하면 무라시마 다쓰야의 자살 정황에는 몇 가지 변수들이 얽혀 있다. 뛰어내리기 직전과 직후를 목격한 학생이 있고 필시 추락 장면을 목격한 학생이 있을 것이다. 그러나 시청각실에는 베란다가 없어 다른 교실과 이어져 있지 않기 때문에 베란다를 통해 바깥에서 침입할 수 없다. 유일한 진입로인 출입구는 잠겨 있었다는 사실을 사이토 나오키가 확인한 이상, 현장은 사실상 밀실이었던 셈이다. 즉 목격자의 존재는 무라시마 다쓰야가 정말로 자살했다는 사실을 뒷받침하는 것 이상의 역할은 하지 않는 것이다.

그러나 그 어떤 정보보다 나를 가장 놀라게 한 것은 유서의 내용이었다. 자살한 세 사람의 유서 내용이 똑같다는 소문은 학생들이 꾸며낸 유언비어라고 확신했던 나는 드러난 진실에 큰 충격을 받았다. 그 사실이 단지 동급생의 자살이 사신의 소행이었다는 것을 보강하는 데 그치지 않고, 이 사건 이면에 기괴함, 섬뜩함, 혹은 악의가 존재한다는 사실을 더욱 진하게 암시하는 것처럼 느껴졌기 때문이다.

"A반과 B반의 합동 레크리에이션 기획, 아직 계속하지?"

사이토 나오키가 부드러운 미소와 함께 물었다.

나는 어떻게든 사고를 끊어내고는 대답했다.

"……그래, 아마도. 계속할 것 같아."

"그렇구나. 잘됐다. 다쓰야가 시작한 기획이라고 들었는데……. 역시 농구만큼 열성적이었던 건 아니었을까?"

"……글쎄."

"언젠가, 빠르면 다음 기획에서라도 좋으니 C반도 꼭 껴줘. 우리 반 아이들도 다들 부러워해. 꼭 같이 하고 싶다고, A반이랑 B반끼리만 재밌는 거 하고 치사하다고. 하하."

나는 알았다고 대답하며 협조해 준 것에 다시 한번 감사 인사를 한 뒤 그와 헤어졌다.


그날 방과 후, 나는 다카이 겐유가 뛰어내릴 때 가장 가까이에 있었다는 행정직원을 만나러 갔다. 이때까지만 해도 이름은 몰랐는데 미노와 씨라고 했다. 미노와 씨는 몸집이 작고 얼굴이 창백했다. 마치 태어나서부터 줄곧 채소만 먹어온 것 같은 분위기의, 막대기처럼 가냘픈 여성이었다. 나이는 20대 후반 정도로 보였다.

행정직원이 근무하는 곳은 교무실이 아니라 본관 1층 동쪽 끝에 있는 행정실이었다. 보통 학생들이 드나들지 않는 장소였지만, 그만큼 다른 학생의, 특히 사신의 눈에 띌 가능성도 적으리라는 생각에 안심이 됐다.

규정상 행정실에는 들어갈 수 없기에 근처에 있는 행정직원에게 현장 목격자인 여성 행정직원을 불러 달라고 부탁했다. 당황한 기색으로 내 앞으로 다가온 미노와 씨에게 본론을 꺼냈다.

말을 꺼내기 시작하자마자 덮쳐오는 기억에 미노와 씨가 졸도할지도 모른다고 생각했지만, 상상했던 것 이상으로 훨씬 냉정하게 내 이야기를 들어주더니, 그럼 하던 일을 마저 정리하고 시간을 내겠다고 말하며 자신의 자리로 돌아갔다.

20분 정도 기다린 뒤, 업체 사람들을 상대하는 상담 공간으로 안내받았다. 원래는 학생들이 드나드는 장소가 아니다 보니 표현하기 어려운 불편한 기분이 들었지만, 사람들의 눈에 띄는 장소에서 오랫동안 머무는 것보다는 훨씬 나았다.

미노와 씨는 담담한 목소리로 다카이 겐유가 뛰어내릴 때의 정황을 알려 주었다.

다카이 겐유가 뛰어내린 6월 17일 월요일은 가장 파티가 끝난 뒤 첫 등교일이었다. 따라서 레크리에이션 위원들을 중심으로 일부 학생들은 방과 후에 가장 파티의 뒷정리를 해야 했다. 편의상 교정 구석에 모아두었던 쓰레기를 치우고, 사진 촬영에 사용한 사다리 등을 원래 장소로 돌려두러 갔다. 미노와 씨는 그 일을 돕고 있었다.

"사다리 외에도 스마트폰용 삼각대나 소형 집회용 텐트를 내가 빌려줘서 그걸 회수하는 작업을 도왔어요. 조립이나 해체하는 데 지식이 필요해서. 팀을 몇 개로 나눠서 작업했지요."

그렇게 정리 작업을 하던 중에 다카이 겐유는 커다란 짐 몇 개를 들고 신관 4층에 있는 빈 교실로 향했다.

"그때 그 학생이 자살할 정도로 침울한 모습이었냐 하면 뭐라고 대답하기 어려운 구석이 있어요. 자살을 결심한 사람의 모습이 어떤지 나는 몰라서. ……하지만 그다지 즐거워 보이지 않았다는 점은 사실이에요. 물론 뒷정리가 즐거운 사람이 얼마나 있겠냐마는 그래도 기분이 가라앉은 상태라는 건 확실히 느껴졌지요."

다카이 겐유가 빈 교실로 향한 지 10분 정도 지났을 때, 미노와 씨도 텐트의 뼈대인 철제 파이프를 들고 뒤따라갔다. 남자 고등학생과 비교하면 확실히 완력이 약한 미노와 씨는 계단 층계참마다 쉬어가며 간신히 4층에 도착했다.

그러나 열려 있는 문으로 보이는 장면은 눈을 의심케 하는 광경이었다.

다카이 겐유가 베란다 난간에 다리를 걸치고 있던 것이었다.

"뭐가 뭔지 파악하지 못한 사이에 그 학생이 뛰어내렸어요. 그와 동시에 건너편 건물에서 여학생들의 비명이 한꺼번에 터져 나왔고, 그게 안뜰에 메아리치고……. 그제서야 마침내 그 학생이 무슨 마술을 부린 것도, 몰래카메라를 찍은 것도 아니라 순수하게 땅 위로 떨어진 것이라는 사실을 깨달았어요."

파이프를 바닥에 내던지고 활짝 열린 베란다로 뛰어갔다. 아래를 내려다보니 저 밑에 꿈쩍도 하지 않는 다카이 겐유의 몸이 널브러져 있었다. 소름이 끼쳐서 고개를 들었다.

신관 건물은 U자 형태로 지어졌다. 우리는 U자의 한가운데에 있는 빈 공간을 안뜰이라고 부르는데, 안뜰에는 자그마한 나무들이 몇 그루 심어져 있다. 다카이 겐유는 U자 건물 왼쪽에서 안뜰 방향으로 뛰어내렸다. 따라서 그 맞은편인 오른쪽에 있던 관악부원들은 그가 추락하는 순간을 두 눈으로 똑똑히 목격하고 만 것이다.

미노와 씨는 한동안 아무 말도 하지 못한 채 그저 관악부원들의 비명과 소란을 바라보기만 했다.

그런데 그때, 발밑에서 뭐라고 표현하기 힘든 위화감을 느꼈다고 했다.

"……위화감, 이요?"

"집에서 고양이를 키우거든요. 고양이는 사람 다리에 얼굴을 자주 비벼대요. 굳이 표현하자면 그런 느낌이었어요. 고양이가 다리를 스치고 지나간 것 같은. 지금 생각해 보면 기분 탓이었던 것 같지만. 그리고 그때 우연히 발밑에 무언가 놓여 있다는 것을 알아차렸어요."

발밑을 흘끔 보니 그곳에 다카이 겐유의 실내화가 가지런히 놓여 있었다. 그리고 바람에 날아갈까 걱정이라도 했던 걸까, 실내화로 눌러 놓은 유서 한 장을 발견했다.

물을 것도 없다고 생각했지만 확인하지 않을 수도 없었다.

"내용은 기억하세요?"

"물론이죠. 다만 자필이 아니었어요. 워드 같은 걸로 만든 것 같았어요. 세로쓰기로, 종이를 가득 채운 커다란 글씨로……."

**나는 교실에서 너무 큰 소리를 냈습니다. 조율되어야만 합니다. 안녕.**

그 뒤에 곧바로, 새 파이프를 든 여학생이 교실로 달려 들어왔다.

"단 유리라는, 우리와 같은 팀에서 작업하던 여학생이었어요. 그 학생도 관악부원의 비명을 듣고 놀란 모습이었어요. 내가 상황을 설명하자 베란다로 나가 아래를 살피고는 곧바로 후회 가득한 표정으로 고개를 들었어요. 그러고 나서 기분이 안 좋아졌는지 한 번 쭈그리고 앉아 입을 틀어막은 뒤 이내 정신을 차리고는 구급차를 부르겠다며 스마트폰을 꺼내서……. 그 후 우리 둘은 교실을 떠났기 때문에 더 이상 내가 해 줄 이야기는 없네요. 그 이후부터는 경찰이 맡았으니까요."

묵묵히 듣고만 있는 내 표정이 지나치게 험악했을까. 미노와 씨는 미안한 기색으로 자신의 의견을 덧붙였다.

"사건일 가능성은 지극히 낮다고 생각해요. 그때 베란다에는 누구도 없었고 그 학생이 떨어지던 당시에도 누군가에게 떠밀린 것 같진 않았거든요. 틀림없이 자의로 뛰어내렸어요. 그건 자살이에요. 경찰도 같은 결론을 내렸고요."

"감사합니다. 실례지만 마지막으로 질문 하나만 더······. 지금까지 해 주신 이야기 전부 사실이라고 믿어도 될까요?"

찰나의 아픔이 몰려왔고 허벅지에는 피가 번졌다.

"물론 전부 거짓 없는 사실입니다."

목소리는 떨리지 않았다.

"다소 가슴 아픈 일들이 계속 벌어졌지만······."

미노와 씨는 나를 위로하듯 따뜻한 시선으로 말했다.

"그 레크리에이션 기획은 외부에서 보기에도 매우 재미있어 보였고 멋진 기획이었다고 생각해요. 나도 결코 경력이 긴 편은 아니지만 두 반 학생들이 함께 주도해서 이벤트를 기획하는 건 처음 봐요."

"······감사합니다."

"그런데 그 이야기는 진짜인가요?"

"그 이야기요?"

"저기, 어른스러워 보이는 소노카와와 하리모토가 너무나 즐거운 나머지 노래방 대회에서 반라 상태로 춤을 췄다는 이야기요."

"……맞아요, 진짜예요. 두 사람과 아는 사이세요?"

"작년에 청소위원회 일로 자주 교류해서……."

말하다가 두 사람이 반라로 춤을 추는 모습을 상상했는지 미노와 씨가 처음으로 표정을 흐트러뜨리며 작게 웃었다.

"즐거워 보여서 다행이에요. 가슴 아픈 사건에 지지 말고 앞으로도 계속 그런 활동을 이어간다면 멋질 거예요."

나는 표정이 흐려지지 않도록 조심하며 대답했다.

"네."


## 7


명탐정이라면 조금은 기민하게, 혹은 예상 밖의 추리로 단숨에 진실에 도달할 수 있을지 모른다. 그러나 당연하게도 나는 그런 진기명기를 펼칠 수 없었다. 아르바이트를 하러 가서도 집에서 여동생이 떠드는 소리를 들으면서도 2층 침대 위층에서 형이 코를 크게 고는 와중에도 오로지 머릿속을 점령한 것은 '전혀 모르겠다'라는, 단지 그 생각뿐.

그러나 그런 나도 단 하나 단언할 수 있는 것이 있었다.

그것은 몹시 한심하고 어떤 의미에서는 패배를 인정하는 듯한 추론일지 모른다. 그래도 사실이 아니라고는 생각할 수 없어서 단언할 수밖에 없는 것은…….

그 세 사람은 **정말로 자살한 것 아닌가,** 하는 생각이었다.

모순되는 이야기지만 나는 사신의 존재를 부정하지는 않는다. 사신은 분명히 있다. 그리고 사신은 나와 같은 '수취인'이며, 본인의 능력을 이용해 세 사람에게 죽음이라는 벌을 내렸다. 그것이 아니라면 세 사람 모두 죽을 장소로 학교를 선택한 이유도, 모두 똑같은 내용의 유서를 남긴 것도 설명이 되지 않는다. 다만 그것이 세 사람을 자살로 가장해, 즉 물리적인 트릭을 이용해 죽였다는 이야기가 되지는 않는다.

사신은 자신의 능력을 이용해 세 사람을 자살하고 싶은 '심리 상태'로 유도한 것은 아닐까. 자살할 때의 상황으로 판단하건대 물리적인 트릭이 개입했을 여지는 없어 보였다. 그렇다면 그들의 심리 상태를 자살로 몰고 갔다고 보는 편이 타당하다.

고바야카와 도우카는 자살 도구인 밧줄을 직접 구입하고 자필 유서를 남겼다. 무라시마 다쓰야는 아무리 봐도 제정신이 아닌 모습으로 목격자 앞에서 유서를 썼다. 심지어 다카이 겐유의 경우, 스스로 뛰어내리는 순간을 관악부원을 포함한 열 명 이상의 사람이 목격했다. 세 사람의 죽음은 틀림없는 자살이었다.

다만 모두 사신이 정신을 조종했기 때문에 자살하고 만 것이다.

지금 상황에서는 도무지 누가 범인인지 알 수 없다. 그러나 사신이 지닌 '수취인'으로서의 능력은 일정 부분 짐작할 수 있었다. 그녀는 정신 조종 능력을 지녔다. 그것도 목숨을 끊게 하는 데다 유서까지 똑같이 작성하게 만드는 잔혹하고 흉악하며 기가 막힐 정도로 강력한 능력을.

아무튼 여기까지가 내 한계였다.

사이토 나오키와 함께 무라시마 다쓰야의 죽음을 목격했다는 녹색 넥타이를 맨 남학생에게 묻는다고 해도, 지금 세워 놓은 가설을 보강하는 수준이리라. 관악부 학생들에게 다카이 겐유가 뛰어내리던 순간에 대해 상세하게 묻는 것도 마찬가지라는 생각이 들었다. 자살이 자살이라는 사실만 재차 확인할 뿐.

모든 가능성을 염두에 두고 단 한 가지 차선책으로 생각할 만한 것이 있었지만, 이 또한 그다지 유력한 정보를 얻을 수 있을 것 같지 않았다. 집 안에서 혼자서만 있을 수 있는 장소를 생각해 낸 끝에 나는 결국 화장실 변기에 앉아 예의 편지를 펼쳐 봤다.

왜 기타카에데고등학교에 네 가지 능력이 전해지고 있는가는 우리 학교의 설립자 기시타니 료켄 씨의 자서전에 자세하게 적혀 있으므로 궁금하시면 참고하시기 바랍니다. 도서실에서 한 권만 소장하고 있습니다.

읽지 않는 것보다 읽어 두는 편이 그나마 낫지 않을까.

그 정도 마음으로 도서실로 향했다.

점심시간의 도서실은 생각보다 훨씬 한산했다. 접수 당번을 제외하면 학생들은 열 명이 채 안 됐다. 도시락을 먹고 나서 낮잠 공간으로 활용하는 학생이 대부분이었고, 자습을 하는 성실한 학생도 몇 명 보였다. 순수하게 독서가 목적인 학생은 거의 보이지 않았다.

책은 생각보다 쉽게 발견했다.

〈기시타니 료켄 자서전〉

도서실 가장 안쪽에 있는 '본교 관련 서적'이라는, 나 같은 경우가 아니고서는 누구도 관심이 없을 만한 장소에 슬그머니 꽂혀 있었다. 녹색 비슷한 옅은 색상의 하드커버 책을 꺼내 책장을 팔랑팔랑 넘겨보았다. 종이 모서리는 온통 갈색으로 변한 상태였고, 책장이 바람을 일으킬 때마다, 몇 년이나 꽉 닫혀 있던 벽장 속에서나 날 법한 먼지 냄새가 진동했다. 가름끈 일부는 풀려 있기도 했다.

나는 결코 독서광이 아니므로 아는 체할 생각은 없지만, 옛날 책은 아무래도 읽기 힘들다. 그 이유는 문체뿐만이 아니라 책 디자인이나 어지럽고 독특한 글씨체도 한몫한다고 생각한다. 그래도 꾸역꾸역 읽어나갔다. 이 책은 우리 학교 설립자인 기시타니 료켄과 그의 친구 시오야 사부로의 이야기에 상당한 지면을 할애하고 있었다.

심상소학교*에서 만난 두 사람은 가족처럼 친하게 지내는 사이였다. 그런데 마음속 어딘가에 어둠을 품고 있던 시오야 사부로가 결국 열여덟 살이 된 날 밤에 자살하고 말았다.

사부로의 부고를 들었을 때 나는 황망한 심정에 사흘 동안 밥을 목구멍으로 넘길 수조차 없는 지경이었다. 아버지가 돌아가셨다는 소식을 들어도 이와 같지는 않았을 것이다.어찌하여 사부로에게 손을 내밀어 주지 못했을까 후회 속에서 허우적댔다. 손을 맞잡고 보여 줄 수 있는 빛이 있었을 것이다. 괜찮으냐고 물으면 괜찮다고 대답하며 강한 척하던 녀석을 어째서 알아

* 1886년부터 1940년까지 운영된 초등교육기관.

봐 주지 못했을까. 얼마 후 시바쿠라 가의 미치라는 여자가 사부로의 무덤 앞에서 합장하고 있는 모습을 보았다. 이야기를 들어 보니 그녀 역시 몹시 후회하고 있었다. 좋아했느냐고 물었더니 그랬다고 고개를 끄덕였다. 사부로는 나 같은 건 누구도 좋아해 주지 않는다며 자주 푸념을 늘어놓곤 했다. 살아 있었을 때 마음을 전했다면 얼마나 약이 되었을까 생각하니 또다시 눈물이 왈칵 쏟아졌다. 분명 사부로 살아생전에 상처를 어루만져 줄 수 있었을 것이다.

읽을 가치가 없다고까지는 하지 않겠지만 역시 옛날 사람의 자전적 이야기라는 감상 이상의 것은 떠오르지 않았다. 조금 더 직설적으로 표현하면 일반인 트위터의 문어체 버전 같았다. 못 읽을 것도 없지만 특별히 읽고 싶지도 않았다. 당시에도 자비출판이 있었는지는 모르겠으나 그런 식으로 출판 내지는 제본된 것이 아닐까 추측했다. 이 학교에 두기 위해 만든, 말 그대로 설립자의 자서전이다. 그 이상의 의미는 찾을 수 없었다.

시오야 사부로의 이야기는 수십 쪽 정도 더 등장한 뒤 마침내 끝을 맺었다. 그리고 드디어 사립 기타카에데고등학교의 설립과 우리 '수취인'에게 주어진 초능력의 기원에 대해 다루기 시작했다. 초능력을 준 사람은 그 시오야 사부로와 매우 비슷하게 생긴 의문의 남자였다. 이때 기시타니 료켄은 이미 마흔을 넘긴 나이였다. 동갑이었던 시오야 사부로가 살아 있었다면 당연히 마흔을 넘겼을 텐데 이 의문의 남자는 마흔이 되었을 시오야 사부로와는 분위기가 전혀 다른 인물이었다. 기시타니 료켄은 그와의 만남에서 깊은 감명을 받는다.

말수가 적은 남자였지만 그는 그때, 자네가 정말로 학교를 세울 계획이라면 조금 특별한 힘을 주겠다고 말했다. 농담이라도 재미없다며 지적하자, 그는 의심하는 내게 그 능력의 일부분을 보여 주었다. 그 기괴함에 나는 몹시 놀랐다. 진짜라고 믿을 수밖에 없었다. 그가 말하기를 자신은 인간이 아니라고 했다. 그래서 나는 네 가지 능력을 만들어 달라고 부탁했고, 그는 그 능력을 학생들 사이에 대를 이어 계승할 수 있도록 해 주었다. 나는 그를 향한 감사의 마음을 담아 그와 만났던 그 언덕에 학교를 세웠다. 이름은 호조오카언덕이라고 한다. 쇼와 22년*에 학

* 1947년.

교 교육법이 시행되면서 교사(校舍)는 현재의 기타카에데로 이전했지만 지금도 호조오카언덕은 분명한 본교의 부지다. 누구나 자유롭게 드나들 수 있으므로 관심이 있는 학생은 부디 찾아주기를 바란다. 그리 멀지도 않다.

능력의 존재를 증명하는 책을 아무나 볼 수 있는 곳에 놓아두는 것은 문제 아닐까. 그러나 이 책은 그러한 의문이라고 해야 할지 염려 같은 것들을 매우 쉽게 날려 버렸다. 우선 '수취인'이 되지 않는 한 이러한 책을 일부러 찾아볼 리 만무하고, 만에 하나 본다고 해도 너무 황당무계한 이야기라서 아무도 믿지 않을 것이다.

처음부터 조금도 기대하지 않았기에 기대에 못 미쳤다고 말하기에는 어폐가 있지만, 얻은 것이 극히 적었던 것은 사실이다. 작게 한숨을 쉬는 순간, 전혀 예기치 못하게 날아든 목소리에 소스라치게 놀랐다.

"가키우치, 왜 그런 걸 읽고 있어?"

책을 떨어뜨릴 뻔한 나는 목소리가 들린 방향으로 고개를 돌렸다. 목소리의 주인은 바로 옆에 서 있었다.

같은 반 친구인 야에가시 스구루였다. 깜짝 놀랐잖아, 그냥 궁금해서 어쩌다 꺼내 본 것뿐이야. 이런 말로 어물쩍 넘어갈 수 있는 상황이 아님을 금세 파악했다.

야에가시는 웃고 있었다. 웃고는 있지만 눈도 깜빡이지 않고 나를 뚫어져라 쳐다보는 그 시선에는 확연한 어둠이 깃들어 있었다. 왼손을 책장 위에 올려놓은 것은 결코 폼을 잡기 위해서가 아니었다. 내 유일한 탈출로를 막기 위해서였다.

나 자신의 부주의와 어리석음을 저주했다. 냉정하게 생각하면 이런 책을 당당히 꺼내 들어서는 안 됐다. 조금 전에 스스로도 생각하지 않았던가. '수취인'이 되지 않는 한 이러한 책은 일부러 찾아보지 않을 것이라고.

"대답해. 무슨 냄새를 맡고 다니는 거지?"

미즈키의 이야기에 따르면 사신의 목소리는 여자였다고 했다. 그래서 나는 사신의 정체가 여자일 것이라고 단정했다. 그러나 생각해 보면 그것은 작디작은 정보 중 하나일 뿐이었다.

심장이 세차게 뛰기 시작했다. 손끝 감각이 죽어 갔다.

"세 사람의 자살에 대해, 라고 말하면 될까?"

야에가시는 나보다 키가 크다. 체격이 우람하지는 않지만 어깨가 넓고, 축구부 소속인 만큼 허벅지와 종아리에 탄탄하게 근육이 붙어 있다. 머리는 깔끔하게 밀었고 피부는 햇빛에 그을렸다. 인상은 예리하고 날카롭다. 셔츠 앞가슴은 두 번째 단추까지 열려 있고 바짓단은 발목이 보일 듯 적당한 길이로 접혀 있다. 그러니까 뭐하고 있느냐고 물었을 뿐이지만, 일련의 모든 사실이 내 눈에는 위협이 되고 공포가 되어 앞을 가로막고 있었다.

어떻게든 내가 선택할 수 있는 최선의 대답을 짜내며 감각이 거의 사라진 오른손을 슬그머니 주머니에 넣었다.

"야…… 야에가시는."

목이 말라붙어 목소리가 매끄럽게 나오지 않았다. 작게 헛기침을 하고 다시 말했다.

"야에가시는 '수취인'이야?"

나는 안전핀으로 허벅지를 찌를 생각이었다. 야에가시는 말없이 나를 물끄러미 바라봤다.

"……대답해 줘."

내가 재촉하자 마침내,

"그래."

목소리는 떨리지 않았다. 나는 침을 한 번 삼키고는 신중하게 거듭 질문했다.

"그럼…… 야에가시가 세 사람을 죽였어?"

"뭐라고?"

"……대담해."

허벅지를 너무 깊게 찌르는 바람에 소리가 새어 나올 뻔할 때, 적의가 담긴 목소리로 그가 말했다.

"내가 죽였을 리 없지. 죽인 사람은, **바로 너잖아.**"

목소리가 떨리지 않았다는 사실에 너무나 안심한 나머지, 그 자리에 주저앉을 뻔했다.

우리는 오해를 완전히 푸는 데 점심시간을 통째로 사용했다.

내가 며칠 전에 받은 편지를 보여 줬을 때 마침내 야에가시의 시선에서 의심의 빛이 완전히 사라졌다. 물론 능력의 자세한 내용이 적힌 부분은 공개하지 않고, 선대 '수취인'이 사망함으로써 내가 능력을 이어받게 되었다는 사실을 확인할 수 있는 부분만 보여 줬다. 당연하게도 그 사실은 세 사람이 살해당했던 시점까지는 아직 내게 초능력이 없었다는 것을 증명했다.

사람들의 눈에 띄지 않도록 신관 뒤편 벤치로 이동한 뒤 야에가시는 나를 의심했던 것을 깨끗이 사과했다.

"……그렇다면 도우카, 다쓰야, 겐유 세 사람 중 누군가가 '수취인'이었다는 말이야?"

야에가시의 말을 듣고 나서야 비로소 나는 그 당연한 사실을 깨달았다. 그들 중 누군가는 지금의 나처럼 능력을 숨기고 매일 학교생활을 했던 것이다. 사신이 그들을 죽였기에 능력이 내게로 왔다. 그중 누군가가 선대 '수취인'이었을 것이다. 지금으로서는 확인할 수도 없고, 확인할 필요도 없는 일임은 분명하지만.

야에가시가 말했다. 친구였던 무라시마 다쓰야가 자살했을 때부터 강한 의문을 느꼈고, 다카이 겐유가 자살했을 때 확신했다고. 이것은 자신과 같은 '수취인'이 벌인 타살 사건이다. 그는 혼자서 조사하기 시작했다. 그 결과 나, 가키우치 도모히로가 가장 수상하다는 결론에 이르렀다. 그래서 한동안 내 뒤를 밟기로 한 것이다.

"그랬더니 아니나 다를까, 점심시간에 교실을 나가더니 그 책을 꺼내들지 뭐야. 분명 네가 범인일 거라고 생각했어…… 미안해."

"……넌 다른 '수취인'은 누군지 몰라?"

"당연히 모르지. 긴가민가하지만 이 녀석 아닐까 짐작 가는 사람은 있어. 야구부 주장인 사코라는 3학년 선배야. 음, 물론 직접 확인하지는 못했지만……. 처음에는 그 사람이 범인인가도 의심해 봤는데 그건 확실히 아니야. 애당초  그런 분위기의 사람도 아니고. ……아마 축구부와 야구부에 대대로 각각 하나씩 능력이 전해 오고 있을 거야. 내 능력도 올해 졸업한 축구부 선배가 물려줬어."

그러면 현재 학교에 있는 '수취인'은 그 사토라는 사람과 야에가시와 나, 그리고 사신 네 사람이라는 뜻이다.

우리 두 사람은 오해로 만나게 되었지만, 목적이 같다는 사실을 알고 나니 자연스럽게 협력하게 되었다. 나는 미즈키에게 얻은 정보를 미즈키에게 들었다는 사실만 빼놓고 전부 털어놓았다. 미즈키에게 들었다고 말해도 그다지 문제가 되지 않을 것 같지만, 다름 아닌 그녀 본인이 그것을 꺼린다. 많은 이야기는 하지 않았다. 이야기를 듣자 야에가시는 무언가 깨달은 표정을 지었다.

"전혀 생각도 못 했어……. 그래, 여자였구나."

야에가시는 범인은 틀림없이 남학생일 것이라는 선입견에 사로잡혀 있었던 것이다.

"여자애들을 중심으로 조사하면 찾을 수 있을지 몰라."

"조사한다니……, 어떻게?"

"그야 능력을 사용해야지. 내 능력은—"

야에가시가 너무나 쉽게 자신의 능력을 설명하려 했기에 나는 당황해서 서둘러 저지했다. 새삼스럽게 확인할 필요가 없다는 생각도 들었고, 그 상세 내용을 다른 사람이 알게 되면 능력이 사라지고 말기에 조심스러웠다. 그러나 그 말을 듣고도 야에가시는 아무렇지 않은 듯 차분했다.

"내용만이라면 아마 문제없을걸."

"……그게 무슨 말이야?"

"발동 조건까지 완벽하게 들키면 능력을 사용할 수 없게 돼. 하지만 아마 내용만 알려진 걸로는 능력이 사라지지 않을 거야."

나는 그 자리에서 편지를 확인했다.


**3. 능력의 내용과 발동 조건을 다른 사람이 알게 되거나 알아 맞히면 능력은 순식간에 사라집니다.**


확실히 야에가시의 말대로 해석할 수 있었다.

"그렇다고 해서 아무한테나 떠벌리고 다니라는 말은 아니지만. 하지만 실제로, 내가 선배한테 편지를 받기 전에 선배가 구두로 능력의 내용만 말해 줬거든. 그래도 선배 것은 사라지지 않았어. 괜찮아."

그러더니 야에가시는 자신의 능력은 '누가 누구를 좋아하고 싫어하는지 알 수 있는 능력'이라고 가르쳐 줬다. 물론 그 발동 조건은 비밀에 부친 채.

"누가 누구를 좋아하는지 싫어하는지, 나는 그걸 알 수 있어. 좋아하면 얼마나 좋아하는지, 싫어하면 얼마나 싫어하는지, 좋고 싫음의 정도도 저절로 알게 돼. 조금 시험해 볼래? 예를 들어 가키우치가 좋아하는 사람과 싫어하는 사람을—"

"아니, 그만."

"……그래. 그건 좀 그렇지."

야에가시는 몇 번이나 고개를 끄덕이며 그건 하지 말자고 말했다.

"어쨌든 대단한 능력도 아니고, 어처구니없는 일에 휘말리기 싫어서 잘 안 쓰지만 말이야. 잘못 사용하면 그저 타인의 인간관계를 훔쳐보거나 하는 취미 이상한 쓰레기 취급을 받을 것 같고."

다른 사람이 말하면 자칫 새빨간 거짓말처럼 들리는 말이지만, 그가 말하니 설득력이 있었다. 야에가시는 정말로 능력을 악용하고 싶어 하지 않을 것이다. 이는 그가 성숙하고 완전한 인간이어서가 아니라, 그 자신이 규정하는 '꼴사나운 인간', '구질구질한 놈'을 몹시 혐오하는 부류이기 때문이다. 그리 가깝게 알고 지낸 사이는 아니지만 교실에서 지켜

보기만 해도 성격을 충분히 알 수 있다.

"다만 이 능력의 문제점은 중심이 될 인물을 한 명 정해야 한다는 거야. 예를 들어 가키우치를 중심으로 정한다면 가키우치가 좋아하는 사람, 가키우치가 싫어하는 사람을 확인할 수 있어. 하지만 그 반대, 그러니까 누가 가키우치를 좋아하고 누가 가키우치를 싫어하는지는 알 수 없지. 한 번 중심을 정하면 다음 인물로 중심을 옮기기까지 시간이 조금 걸리니까 의외로 만능은 아니야……. 뭐, 어쨌든 범인은 여자란 말이지? 이제 도우카, 다쓰야, 겐유, 거기다가 코즈에를 싫어하는 인간. 이것만 알아내면 시간은 좀 걸릴지 몰라도 능력을 사용해서 후보를 상당히 좁힐 수 있겠어. 이제…… 범인을 찾을 수 있을지 몰라."

죽은 사람을 대상으로도 능력을 발휘할 수 있는 것인가. 놀라기는 했지만 아무리 포장해서 말해도 그를 불쾌하게 만들 여지가 있을 것 같아 입 밖으로 내지는 않았다.

"문제는, 나는 수상한 후보를 찾아낼 수는 있어도 특정하지는 못한다는 거야. 헛스윙을 할 가능성이 매우 크달까—"

"후보만 추리면 알아낼 수 있어."

"……뭘?"

"후보만 좁혀 주면 그놈이 범인인지 확인할 방법이 있다고. 나한테."

"진짜야?"

나는 고개를 끄덕이고서 몸에 통증을 느껴야 한다는 발동 조건을 제외하고 능력에 대해 설명했다. 야에가시는 그 능력이라면 범인을 찾을 수 있겠다며 주먹을 불끈 쥐고는 한참을 기뻐하다가 이내 무언가를 깨달은 듯 쓸쓸한 표정을 지어 보였다.

"……그렇구나, 다쓰야였구나."

"뭐가?"

"네 전임자 말이야. 아마도 다쓰야가 '수취인'이었을 거야……. 그 녀석, 시도 때도 없이 남의 거짓말을 꿰뚫어보는 게 특기였고, 바보 같을 정도로 의심이 많았거든. 그게 다 마음을 꿰뚫어보기 때문이었다니……."

별안간 입에서 흘러나온, 지금은 세상을 떠난 친구의 이야기에 야에가시의 마음이 애달프게 조용히 떨렸다. 눈물이 고이기 시작한 눈을 숨기듯 고개를 숙인 야에가시는 코를 한 번 훌쩍였다. 그러고는 눈물이 떨어져 사라진 것을 확인하고 나서야 잠긴 목소리로 말했다.

"……정말로 용서 못 해."

나는 뭐라고 말을 건네야 할지 망설였다. 야에가시는 마치 눈에 들어간 먼지를 빼내는 듯한 몸짓으로 터져 나오려는 눈물을 훔쳤다.

"미친 게 분명해……. 셋 다 진짜 좋은 애들이었는데, 합동 레크리에이션도 하고 다들 사이좋았는데……. 도대체 왜 이런……."

야에가시는 감정을 필사적으로 눌러 삼키더니 내게 말했다.

"죽어도 찾아낼 거야, 범인 새끼."

내가 고개를 끄덕이자 야에가시는 자신의 능력을 가장 효과적으로 활용하려면 A반과 B반의 모든 학생이 한자리에 모여 있는 상황이 가장 바람직하다고 말했다. 그렇다면 딱 들어맞는 상황은 하나뿐이다. 이번 주 금요일로 예정된 A반과 B반의 합동 레크리에이션. 교정에서 진행되는 바비큐다.

야에가시가 그때 반드시 범인을 밝혀내자고 말하며 벤치에서 일어났을 때, 내가 작은 목소리로 물었다.

"저기, 뭐 하나 물어봐도 돼?"

"뭔데?"

"저…… 넌 왜 내가 범인이라고 생각한 거야?"

야에가시는 어깨너머로 잠시 나를 바라보더니 이윽고 정면으로 고개를 돌렸다. 그리고 겸연쩍다는 듯이 머리를 긁

적였다.

"아니…… 그게 굉장히 단순한 이야긴데, 요 며칠, 너 바보같이 동요했잖아? 특히 지난번 레크리에이션 기획 회의 때는 갑자기 토할 것 같은 얼굴이기도 했고……. 쟤 틀림없이 뭔가 있구나 싶었지. 그뿐이야. 그래서 지켜본 거고."

"……그때는 능력의 존재를 처음 알게 됐을 때고, 동시에 세 사람의 자살이 타살이라는 사실을 깨달았을 때였어. 그래서 당황했을 뿐이야."

"그렇구나."

야에가시는 고개를 살짝 끄덕이더니 말했다.

"가키우치, 넌 뭔가 종잡을 수 없는 구석이 있으니까 말이야. 괜히 수상쩍어 보였던 것 같아."

"종잡을 수 없다고?"

"종잡을 수 없다고 해야 하나, 뭐라고 해야 하지. 뭐라고 표현해야 할지 모르겠어. 음, 어쨌든…… 정말 미안했어. 앞으로 잘 부탁해."

야에가시는 그 말만 남기고는 조용히 걸어갔다.

야에가시의 모습이 학교 건물 그림자 속으로 완전히 사라져 버리는 것을 마지막까지 지켜보고 나서 조용히 일어났다.

## 8

"가키우치, 너 몇 조야?"

나는 배부 받은 인쇄물을 눈으로 훑으며 3조라고 알려 줬다. 소노카와는 잠버릇이 덕지덕지 묻어 있는 뻣뻣한 머리를 쓰다듬으며 입꼬리를 축 늘어뜨렸다.

"나는 7조. 하리모토는 2조래……. 역시 다들 찢어졌구나."

그렇구나, 대답하며 고개를 살짝 끄덕이자 소노카와는 땅이 꺼져라 한숨을 쉬었다.

"진짜, 오늘은 좀 쉴까 했는데. 바퀴벌레 때문에 시끄러워서. 뭐, 조금만 있으면 끝날 것 같으니까 가키우치도 힘내."

농구부인 아카니시와 축구부인 고리야마가 소리를 지르며 교실로 들어오자, 소노카와는 주인이 고함을 칠까 봐 두려워하는 하인처럼 표정을 죽이고 제자리로 돌아갔다.

도대체 소노카와가 무엇 때문에, 어떠한 이유로, '조금만 있으면 끝난다'고 생각했는지 모르겠지만, 일부러 그의 자리까지 찾아가 물을 마음은 들지 않았다.

아카니시와 고리야마 뒤로 덩치가 큰 야에가시도 교실로 들어왔다. 그는 내 옆을 지나갈 때 속도를 조금 줄이고는, 마치 산들바람에 흔들리는 버드나무 가지처럼 아주 살짝 고개를 까딱했다.

"안녕."

교실 안에서 너무 눈에 띄게 행동하기는 꺼려져서, 속삭이는 목소리로 "안녕"이라고만 대답했다.

"오늘은 진짜 잘 부탁한다."

"……응."

야에가시는 다시 속도를 올려 걸으며 그대로 친구들과 합류해 큰 소리로 떠들기 시작했다. 거기에 여학생들 몇 명이 끼어들면서 교실 뒤쪽이 와자지껄 소란스러워졌다. 오늘 바비큐에서 이걸 하자 저걸 하자, 너 몇 조냐, 진짜 나랑 같네. 그런데 그런 걸 까먹으면 어떡해, 안 까먹었어, 바보야 등 뒤에서 들려오는 잔뜩 신이 난 목소리를 들으며, 나는 미리 반창고를 붙여 둔 허벅지를 교복 위로 살며시 문질렀다. 다행히도 만지기만 하면 아프지 않다.

안전핀으로 찌른 가벼운 상처라지만 몇 번이나 거듭 찌르니 나름의 출혈이 있었다. 상처에 딱지가 앉았고 교복 안감에는 피가 조금 묻어 있었다. 한 벌밖에 없는 교복 바지를 세탁소에 맡길 수도 없어서 어젯밤에 대충 손으로 빨았다. 허벅지에 미리 반창고를 붙여 놓고 그 위를 찌르면 교복에 피가 묻지 않을 것 같았다. 그래서 오늘 아침에 급하게 구급

상자에서 반창고 한 개를 꺼내 왔다.

등교 전에 모두의 자리에 미리 놓여 있던 바비큐 조 배정표를 다시 확인했다. 야에가시는 내 옆 조인 4조였다. 같은 조였으면 움직이기 쉬웠겠지만, 옆 조라도 아마 문제없이 수월하게 움직일 수 있을 것이다.

교실 뒤쪽의 웃음소리가 또다시 커졌다. 하지만 어딘가 허전하게 들렸다. 예전이라면 몇십 초 정도 더 이어져야 했을 웃음소리가 연료가 부족한 것처럼, 도중에 침묵에 먹혀버렸다. 이 반의 누구라도 그 원인을 알고 있다.

무라시마 다쓰야가 없다. 다카이 겐유가 없다. 시라세 미즈키도 없다. 하지만 그뿐만이 아니었다.

**나는 교실에서 너무 큰 소리를 냈습니다. 조율되어야만 합니다. 안녕.**

나는 쓸데없는 생각을 물리치려고 1교시 교과서를 꺼냈다.


"자…… 여러분, 다들 빨리 시작하고 싶어서 좀이 쑤시겠지만 몇 가지 주의사항을 설명하겠습니다."

레크리에이션 위원인 B반의 다케 뭐시기라는 투 블럭 머리를 한 남학생이 구령대에 올라 클립보드를 흔들었다. 음량을 확인하려고 잠시 마이크를 두드리고는 음향 담당자를 향해 어떤 몸짓을 했다. 조정을 마치고 나서 교내니까 너무 떠들지 말라는 둥, 고기를 독차지하지 말라는 둥, 함께 자리해 주신 선생님들께도 감사하자는 둥 젠체하며 말했다. 야마기리 코즈에가 적당히 하고 빨리 시작하라고 주의를 주자 다케 뭐시기가 마침내 개회사로 넘어갔다.

"기다려 주셔서 감사합니다. 드디어 기다리던 순간이네요. 그럼 다들 '렛츠 바비큐!'라고 외치고 시작할까요? 괜찮죠? 네. 그럼 갑시다. 렛츠⋯⋯ 바비큐!"

탁자는 전부 열두 개였고, 위원들이 배정한 대로 학생 대여섯 명씩 나누어져 각각 정해진 자리에 앉아 있었다. 물론 바비큐에 사용할 캠핑용 그릴이 열두 개나 준비되지는 않았고, 실제로 고기를 굽는 곳은 구령대 옆에 설치된 철판 한 장뿐이었다. 그곳에서 레크리에이션 위원 중에서도 다소 소심해 보이는 학생들이 열심히 쉬지 않고 고기를 굽고 있었다.

다 구운 고기를 각 조의 대표들이 받으러 갔다. 대표가 받아 온 고기가 과연 나와, 내 정면에서 시선을 내리깔며 불편한 듯 앉아 있는 B반의 하마야 근처까지 올 수 있을지는 다소 의심스러웠다. 하마야는 행사용으로 붙이고 있는 명찰 덕분에 이름을 알았을 뿐 이번에 처음 만난 아이였다.

"자기 소개할까?"

기무라라고 적힌 명찰을 달고 내 대각선에 앉아 있던 B반 남자아이가 말을 꺼냈다.

"그런데 평범하게 하면 재미없으니까 이름이랑 동아리랑 이상형 정도는 말하는 게 어때? 그래, 그렇게 하자."

"그게 뭐야."

아주 싫지만은 않은 기색으로 니시나 모에카가 웃었다.

"자자, 좋잖아. 알겠지? 그럼 모에카부터 시작!"

"웃기지 마."

나는 서로 어깨를 때리며 장난치는 두 사람을 흘긋 흘기며 화장실에 간다며 눈치 보지 않고 일어섰다. 순간 하마야가 불안해 보이는 눈빛을 보냈고, 나는 마음속으로 사과했다. 레크리에이션 위원회는 교류라는 명목으로 사이가 그다지 좋지 않은 학생들을 같은 팀으로 묶어 놓고, 기무라 같은 일부 학생들에게 큐피트 같은 역할을 시켰다. 조금 떨어져서 전체를 바라보니 한눈에 알 수 있었다.

자리를 뜬 이유는 질문에 대답하고 싶지 않아서가 아니라 야에가시의 모습을 확인해야 했기 때문이다.

나는 일부러 4조 근처를 지나며 야에가시를 확인했다.

그는 같은 팀에 배정된 학생들과 대화를 나누면서도 마음은 콩밭에 가 있는 모습으로 안절부절못했다. 말하지 않으면 눈치채지 못할 정도로 미미한 변화였지만 적어도 내 눈에는 훤히 보였다. 그는 내가 서 있는 모습을 보고는 팀원들에게 양해를 구하고 자리에서 일어나 의심스러워 보이지 않도록 주의하며 내 쪽으로 다가왔다. 그저 우연히 같은 방향으로 갈 뿐이라는 듯 적당한 거리를 유지하며 입을 열었다.

"이제 겨우, 사 분의 일 정도 확인했어. 아직 그래 보이는 사람은 없어."

야에가시는 확인용으로 사용한 듯한 명단을 펼쳤다. A반과 B반 여학생들의 이름이 죽 적혀 있고, 그가 말한 대로 삼분의 일 정도에 분홍색 형광펜으로 선이 그어져 있었다. 아니라고 판단한 학생들을 지우고 있는 것 같았다.

"이름을 모르는 녀석들도 있으니까 이걸 참조하면서 보고 있어."

명단 아래에 예전에 문집용으로 촬영한 사진의 흑백 복사본을 숨겨 두었다. 그리고 죽은 세 명의 사진도 각각 클립으로 끼워 놓았다. 어쩌면 죽은 사람에게까지 능력을 사용하려면 생전의 사진이 필요한지도 모르겠다. 짐작을 하면서도 더 이상의 생각은 자중하기로 했다. 자세한 내용을 알아버리면 그의 능력이 사라질 위험이 있기 때문이었다.

"반드시 후보를 찾아낼 테니까 조금만 기다려 줘……. 그리고, 찾으면 꼭 좀 부탁할게."

나는 목 스트레칭을 하는 척하며 고개를 끄덕였다. 곧바로 자리에 돌아갈 마음은 들지 않아서 구령대 근처의 매캐한 공기에서 벗어나 신관 1층 화장실로 향했다. 실제로 볼 일을 볼 생각은 아니었던지라 잠시 변기에 앉아 시간을 때우고는 손만 닦고 교정으로 돌아왔다. 갑자기 환호성이 터져 나왔다.

남학생 두 명이 상의를 벗고 춤을 추고 있었다. 소노카와와 하리모토였다. 박수를 치며 환호성을 보내는 학생들, 시선을 돌리면서도 웃는 여학생들, 화가 나서 더 이상 그 자리에 있을 수 없다는 분위기의 학생들. 그런 그들에 둘러싸여 두 사람은 양팔을 들어 올리고 어설픈 춤을 추었다. 봉오도리*도 아니고 아와오도리**도 아니고, 하물며 재즈댄스나 힙합도 아니다. 춤을 출 줄도 모르면서 무리해서 추려고 하니

---

\* 추석에 해당하는 일본 명절 오봉에 남녀노소가 모여서 조상들의 영혼을 공양하기 위해 추는 춤.

\*\* 도쿠시마현을 중심으로 8월 12일부터 15일까지 열리는 민속 무용 축제에서 추는 춤.

아무래도 우스꽝스럽고 정체를 알 수 없는 춤이 완성되고 말았다.

"이제 그만해, 진짜 웃겨 죽겠어. 너네 진짜 천재 같아."

"오늘도 소노카와랑 하리모토가 MVP라니까."

"솔직히 까놓고 말해서 이걸 보고 싶어서 레크리에이션을 기획한 것도 있어."

그제서야 고리야마에게 셔츠를 돌려받은 두 사람은 쏟아지는 박수에 쑥스럽게 웃으며 허둥지둥 자리로 돌아갔다. 그 타이밍에 나도 자리로 돌아갔다.

"다음에는 하마야도 같이 추면 좋겠다."

자신의 이름이 불리자 하마야는 당황한 표정으로 기무라를 쳐다봤다.

말도 안 된다며 니시나 모에카가 손뼉을 치며 웃었다. 자리에 돌아온 나를 보고 기무라가 맞다, 너만 아직이니까 빨리 자기소개를 하라며 재촉했다. 더 이상 분위기를 망치기 싫어서 이름을 소개하고 동아리 활동은 하지 않는다고 설명했다.

"아니지, 가키우치. 가장 중요한 걸 빼먹었잖아."

"들켰나. 미안, 미안."

어떻게 대답해야 할지 잠시 고민하는데, 갑자기 기무라의 얼굴에서 웃음이 사라졌다. 도대체 무슨 일인가 싶어 그의 시선을 따라 뒤를 돌아봤더니 그곳에는 덩치 큰 축구부원이 서 있었다.

"……가키우치."

야에가시의 표정에는 여유가 없었다. 마치 단거리 달리기를 한 직후처럼 어깨를 들썩였고 이마에는 진땀이 흘렀다. 여름인데도 입술은 얼어붙은 듯 가늘게 떨리고 있었다.

"잠깐 이리 와 봐."

야에가시는 쉰 목소리로, 그러나 분명하게, 말했다.

**"찾았어."**

소노카와였다면 몰라도, 야에가시가 부르는데 나를 막을 사람은 없었다. 나는 의자에서 튀어 오르듯 벌떡 일어났다가 곧 눈에 띄는 행동은 피해야 한다고 반성했다. 어색할 정도로 몸을 사리는데,

"괜찮아……. 이쪽은 보이지도 않아."

야에가시를 따라 체육관 뒤로 이동했다. 교정의 모습이 완전히 보이지 않자 야에가시는 신음 같은 한숨을 뱉어 냈다. 그러고 나서도 한동안 동요를 감추지 못한 모습으로 마른세수를 하다가 간신히 입을 뗄 결심이 선 듯했다.

"거의 틀림없어. 완전 새파랬어. 그렇게나 새파란 녀석은

본 적 없어."

"……새파랗다니?"

"미안, 내 능력 이야기야. 아무튼 A반과 B반의 모든 여학생들 중에서 코즈에를 가장 싫어하는 애야. 그뿐 아니라 여기에 있는 모든 사람을 죽을 만큼 증오하더라고. 병적일 정도로, 아마 **죽이고 싶을 정도로**. 후보를 몇 명 찾으려고 했는데, 저렇게나 새파란 녀석을 찾은 이상 더는 볼 것도 없어……. 차원이 달라."

"……누군데?"

"걔와 눈이 마주칠 염려는 없겠지만, 일단 고개를 천천히 내밀어서 봐. 7조 탁자에 앉아 있는 여자애야."

그늘에서 조심스럽게 얼굴을 내밀었을 때, 마침내 야에가 시가 한 말의 의미를 이해했다. 7조, 소노카와와 같은 팀에 배정된 그녀는 떠들썩한 학생들에 둘러싸여 있으면서도 혼자 독서에 빠져 있었다. 주변 눈치를 보지 않는 것은 물론 고개를 들 생각도 없어 보였다. 주변 학생들도 그녀를 부담스러워했다. 말을 걸어도 무시당할 것 같다고 생각했을 수도, 혹은 실제로 말을 걸었다가 분명하게 무시당했을 수도 있다.

"……이름이 뭐야?"

검정색 단발머리가 거짓말처럼 깔끔하게 정돈된 여학생이었다. 앉아 있어도 키가 크고 날씬하다는 것을 잘 알 수 있었다. 들고 있는 문고판 책 때문에 얼굴은 잘 보이지 않지만, 피부가 하얗다는 사실은 그녀의 손끝만 보고도 충분히 알 수 있었다.

"……아."

나는 숨을 죽였다. 그랬던 것인가.

그녀가 자세를 바꿀 때 책의 각도가 바뀌면서 가슴팍이 슬쩍 보였다. 내가 한 가지 가능성을 머릿속에 떠올렸을 때, 야에가시가 마침내 그녀의 이름을 말했다.

"B반의 단 유리."

들어본 적 있는 이름이었다. 어디서 들었는지 바로 떠올랐다. 행정직원인 미노와 씨가 다카이 겐유가 뛰어내리는 장면을 목격하고 얼마 지나지 않아 교실로 들어왔다고 증언한 여학생이었다. 뛰어내린 '뒤'에 교실로 들어왔다는 사실 때문에 크게 염두에 두지 않았다. 상대는 '수취인'이다. 여러 가지 사항들을 상식선에서 생각해서는 안 됐던 것이다.

게다가 하나 더, 확인해야만 하는 것이 있었다.

어디 가냐고 묻는 야에가시를 향해 나는 소리쳐 대답하고는 달렸다.

"체육관. 확인해야 할 게 있어."

농구부는 평소처럼 체육관에서 연습하고 있었다. 신발이 내는 마찰음과 공이 튀어 오르며 내는 베이스 드럼 같은 낮은 소리가 독특한 분위기를 자아냈다. 평소 같으면 꽁무니를 빼고 도망쳤을 공간이지만 지금만큼은 피할 수 없었다. 단상 앞에서 소리를 지르던 연습복 차림의 사이토 나오키에게 말을 걸었다. 순간 성가시다는 표정이 떠올랐지만 심상치 않은 내 분위기를 느끼고는 이내 놀란 표정을 지었다.

"뭐야, 무슨 일이야?"

"갑자기 미안해. 지난번에 말해 줬던 무라시마 이야기 말인데, 걔가 문을 잠그고 시청각실에 틀어박혔을 때, 입구에서 문을 두드리고 있던 무라시마의 친구라는 사람, 혹시 여자애였어?"

"응." 그러고는 태연하게, "말하지 않았나?"

"내가 혼자서 착각했나 봐. 이름은 생각났어?"

"아니, 알아보지도 않았는데—"

"단 유리."

"……아아, 맞아. 분명해."

조금 전에 책 뒤로 그녀의 가슴팍이 살짝 보였다.

그녀가 매고 있던 것은……, 녹색 넥타이.

남학생들은 기본적으로 학교에서 지정한 붉은색 넥타이나 녹색 넥타이를 의무적으로 착용한다. 붉은색 넥타이가 약간 더 인기 있지만, 그래도 3, 40퍼센트 정도의 남학생들은 녹색 넥타이를 맸다. 따라서 넥타이의 색상을 알아도 이렇다 할 힌트가 되지 않는다고 굳게 믿었다. 무라시마 다쓰야의 여자친구가 B반 여학생이라는 사실은 우리 학년 학생이라면 대부분 알고 있다. 그렇기 때문에 무라시마 다쓰야의 근처에 있던 여학생을 '연인'이나 '여자친구'가 아니라 '친구'라고 표현했던 것이다. 어째서 그때, 사이토 나오키가 일부러 녹색 넥타이의 존재와 그 색상을 언급했는지, 조금 더 진지하게 생각했어야 했다.

우리 학교 여학생은 넥타이가 아닌 붉은색 리본이나 녹색 리본을 달아야 한다. 그러므로 녹색 넥타이를 맨 여학생이라는 점은 분명 놓칠 수 없는 뚜렷한 특징이었던 것이다.

나는 미노와 씨에게 들었던 그녀의 이름을 그다지 중요하게 여기지 않았던 점을 포함해 신중하지 못했던 스스로가 부끄러웠다. 그러나 지금 내가 마주해야 할 것은 한심한 자신도, 그에 대한 반성도, 앞으로의 다짐도 아니었다. 단 유리라는 여학생이 마침 두 건의 자살 현장에 있었다는 변하지 않는, 결코 무시해서는 안 되는, 단지 우연으로 치부할 수 없는 사실이었다.

일단 야에가시가 있는 곳으로 돌아와 사이토 나오키와 미노와 씨에게 들었던 이야기를 다시 한번 설명하려고 했지만, 체육관을 막 나섰을 때 생각지도 못한 광경이 눈에 들어왔다.

단 유리가 짐을 들고 학교를 나가고 있었던 것이다.

어째서 갑자기 바비큐가 끝난 것일까? 황급히 교정을 둘러봤지만, 당연히 행사는 끝나지 않았다. 구령대 옆에는 아직도 굽지 않은 고기가 스티로폼 팩에 포장된 채 산더미처럼 쌓여 있었다. 야마기리 코즈에가 마치 VIP가 참가한 퍼레이드 행사에서 경호를 맡은 사람처럼 진지한 표정으로 다른 위원들에게 지시를 내리고 있었다. 단 유리가 빠져나간 것 말고는 그 무엇도 달라진 것이 없었다.

멍하니 쳐다보는 사이에 단 유리는 점점 후문과 가까워졌다.

어쩌면 좋지. 침착하게 최선의 행동을 계산할 수 없었던 나는 계획도 없이 무작정 그녀의 뒤를 쫓았다. 놓쳐서는 안 된다. 냉정해지면 침착할 수 있을 테지만 이루 말할 수 없는 강박관념이 나를 채찍질했다.

"잠깐만!"

단 유리는 마치 그곳에서 멈춰 서기로 진즉에 정해 놓은 사람처럼 차분하게 멈춰 섰다. 그러고는 자못 귀찮은 듯 애가 탈 정도로 천천히 뒤돌아보았다.

"왜?"

그녀와 눈이 마주친 순간, 나는 생각했던 모든 말을 잊고 말았다.

처음으로 가까이에서 본 단 유리는 상상도 못한 미인이면서, 상상도 못할 정도로 차가운 눈을 하고 있었다. 예상대로 키가 커서 166센티미터인 나와 눈높이가 비슷했다.

지정 리본이 아니라 녹색 넥타이를 매고 있다는 점을 제외하면 교복 어디에도 흐트러진 곳은 없었다. 치마 길이는 기본 혹은 그보다 조금 더 길었고, 학교에서 정한 화이트 셔츠를 입고 있었다. 화려한 머리 장식도, 귀걸이도, 네일아트도 하지 않았다. 그런데도 그녀에게서는 항상 스포트라이트를 받고 있는 듯한 화려함과, 틈을 보이면 화를 입는다고 생각하는 것 아닐까 싶은 정도의 긴장감이 느껴졌다.

분명 아이라인을 날카롭고 진하게 그려서일 것이라고 생각했는데, 날카로운 눈빛은 타고난 듯했다. 단 유리는 화장을 전혀 하지 않은 모습이었다. 돌멩이를 던져도 메아리조차 없이 고요하지 않을까. 그러한 생각이 들 정도로 끝없이 깊고 검은, 차갑고 커다란 눈동자가 나를 바라보고 있었다. 그 자체만으로도 왜인지 심장을 거칠게 움켜잡히는 기분이 들었다.

"무슨 일인데?"

두 번째로 물었을 때, 나는 겨우 정신을 차렸다. 앞뒤 상황을 가리지 않고 오른손을 황급히 주머니에 넣어 안전핀의 뾰족한 부분을 준비했다. 그러나 그제서야 비로소 지금 여기에서는 능력을 사용할 수 없다는 사실을 깨달았다.

그녀는 이미 교문 밖이었던 것이다.


**4. 모든 능력은 사립 기타카에데고등학교 부지 내에서만 발동합니다.**


"……아아, 갑자기 미안."

어떻게든 이 상황을 이어갈 말을 찾으며 나는 필사적으로 능력의 규칙에 대해 생각했다. 능력을 행사하는 사람의 몸이 교내에 있기만 하면 능력이 발동하는 것일까. 혹은 역시 상대의 몸이 교내를 벗어난 시점에 모든 능력이 무효가 되는 것일까. 그녀를 교문 안으로 되돌아오게 만들 방법은 없을까. 아니, 억지로 그런 짓을 하면 내가 '수취인'이라는 사실을 들킬 위험이 있다. 그렇다면 그냥 이대로 시험 삼아 능력을 사용해 볼까. 하지만 그렇다면 목소리가 떨리지 않을 경우에 나는 어떻게 판단해야…….

스스로의 생각으로 마음속이 시끄러웠다.

"저…… 바비큐."

나는 생각을 포기하고, 자갈들 속에서 적당한 크기의 돌을 집어 들어 던지듯이 서둘러 말을 골랐다.

"아직 안 끝났는데, 벌써 돌아가나 싶어서."

단 유리는 내 의중을 파악하려는 듯 눈을 가느다랗게 뜨더니 땅바닥에 시선을 한 번 떨어뜨리고는 다시 나를 쳐다봤다.

"내가 묻고 싶은 질문인데? 너야말로 아직 안 갔어?"

"……응?"

"너, 가키우치 도모히로지?"

눈앞이 새하얘졌다.

"너 가키우치 도모히로인데, 아직도 안 돌아갔어?"

단 유리는 내가 아무런 대답도 하지 못하는 모습을 확인하고는 미소만 남긴 채 다시 걸었다.

나는 가위에 눌린 사람처럼 그 자리에 못 박힌 듯 서 있다가 왜인지 견딜 수 없는 기분에 교실을 향해 달리기 시작했다. 짐을 가져오기 위해서였다. 앞을 제대로 보지 않은 나는 계단 앞 출입구에서 나를 부르는 야에가시의 존재를 부딪치기 직전까지 알아차리지 못했다.

"가키우치, 무슨 일이야. 역시 저 녀석이 범인이야?"

"미안, 아직 모르겠어."

"못 물어봤어?"

"능력을 쓰기 전에 교문 밖으로 나가 버려서, 지금 쫓아가려고."

"……뭐, 뭐라고?"

"아직 따라잡을 수 있을 거야."

"아니, 따라가서 어쩌려고."

야에가시가 말한 대로였다. 논리적인 반박은 한 마디도 할 수 없었다. 학교 부지 밖으로 나가면 능력을 사용해 질문할 수 없고, 단 유리가 야마기리 코즈에게 위해를 가할 위험도 없어진다. 다음 주까지만 기다리면 그녀가 사신인지 아닌지 확인할 기회는 얼마든지 있다.

그러나 지금 나를 움직이는 것을 굳이 정의하자면, 어쩔 수 없는 본능이었다.

단 유리를 쫓아가야만 한다. 그녀가 내 이름을 알고 있다는 사실에 공포와 섬뜩함도 분명 느낀다. 그러나 단순히 그뿐만이 아니었다. 지금 그녀를 쫓지 않으면 나는 평생 어떠한 저주를 풀 수 없게 되고 말 것이다. 그러한 생각이 들었다.

가방을 움켜쥐고 계단을 뛰어 내려와, 나를 다시 불러 세우는 야에가시를 무시했다. 단 유리가 지나간 후문으로 달려 나오니 작아진 그녀의 뒷모습이 저 멀리 어렴풋이 보였다. 그녀는 가장 가까운 기타카에데역이 있는 북서쪽이 아니라 남쪽으로 걷고 있었다. 학교 주변은 역으로 가는 길만 다녀봤기 때문에 이곳 지리에 밝지 않았다. 놓치지 않으려 신경 쓰면서 미행을 들키지 않도록 거리를 유지했다. 전성기에서 30년은 족히 흘러 쓸쓸한 분위기를 자아내는 상점가를 지나 자동차 한 대가 겨우 지나갈 수 있을 정도로 좁은 길을 몇 개나 복잡하게 돌았다. 이쯤 되면 스마트폰의 지도 애플리케이션 없이는 혼자서 집에 돌아갈 수 없을지 모른다. 불안한 마음이 들기 시작할 때, 그녀가 드디어 걸음을 멈췄다.

그러고는 언덕 위 벤치에 앉았다.

천둥이 치는 절벽 위의 해골성에 살 것이라고 생각하진 않았지만, 나는 어쩌면 그러한 알기 쉬운 표식을 찾고 있었던 것일지도 모른다. 길을 오가는 누군가에게 칼을 드러내 보이거나 네온사인이 빛나는 수상한 바에 들어가거나 약국에서 수면제를 다량 구입하거나.

인적이 드문 언덕 위 벤치에 앉아 독서를 즐기는 것은 확실히 일반적이라고 말하기 어려운 방과 후 행동이었다. 그래도 맥이 풀리는 기분은 부정할 수 없었다.

나는 조용히 책장을 넘기는 그녀의 등을 몇 걸음 떨어진 나무 그늘에서 지켜봤다.

전망이 좋은 언덕이었지만, 관리는 잘 되고 있지 않은 모습이었다. 방금 전에 올라온 콘크리트 계단은 심하게 균열이 가고 기울어지기까지 했으며, 난간은 붉게 녹슬어 있었다. 미행이 목적이 아니었으면 올라올 마음조차 들지 않는 곳이었다. 정상에 오른 지 얼마 지나지 않아 나타난 고지대에도 벤치와 작은 간판 외에 시설다운 시설은 없었다. 사람들의 발길 때문에 생긴 벤치로 이어지는 길만이 미약하게 보일 뿐, 주변에는 잡초가 무릎 높이까지 잔뜩 자라 있었다.

독서가 끝날 때까지 기다리는 것이 과연 의미가 있을까. 도대체 나는 단 유리의 집을 알아내서 어떻게 하고 싶은 걸까. 자신의 어리석은 행동을 간신히 되돌아본 나는 그대로 조용히 언덕을 내려가기로 마음먹었다. 아니, 그러려고 했다.

꾀죄죄한 간판을 다시 읽기 전까지는.

'호조오카언덕공원 혼자시(市)'

우선은 이곳이 공원이었구나, 하는 아무 의미 없는 생각이 순간적으로 떠올랐다가 어디선가 들어본 적 있는 이름이라는 생각에까지 다다랐다. 약간의 과거 여행이 터무니없는 가설로 자라나기까지 그리 오랜 시간이 걸리지 않았다. 떠오른 것은 바로 기시타니 료켄의 자서전이었다.

나는 그를 향한 감사의 마음을 담아 그와 만났던 그 언덕에 학교를 세웠다. 이름은 호조오카언덕이라고 한다. 쇼와 22년에 학교교육법이 시행되면서 교사(校舍)는 현재의 기타카에데로 이전했지만 지금도 호조오카언덕은 분명한 본교의 부지다.

그와 함께 연관 지어 생각해야 할 것은 능력의 규칙.

4. 모든 능력은 사립 기타카에데고등학교 부지 내에서만 발동합니다.

논리적으로 이 언덕에서 능력을 사용할 수 있는 것 아닐까. 그러한 생각이 스쳤을 때, 내 오른손은 주머니 속으로 미끄러져 들어갔고 다리는 단 유리를 향하기 시작했다. 확실한 작전이랄 것은 없다. 이곳에서 끝장을 볼 필요도 없었다. 그래도 조건이 갖추어졌다는 사실을 깨달았을 때, 묘한 초조감과 변형된 자신감이 가슴을 가득 채웠다. 이것은 예기치 않게 찾아온 천재일우의 기회다.

지금, 여기에서, 단 유리에게 물어야만 한다.

발소리를 눈치챈 그녀는 교문 앞에서 만났을 때처럼 천천히 고개를 돌려 나를 바라봤다. 조금 뜻밖이라는 표정이었지만 기가 죽거나 당황한 분위기는 전혀 아니었다.

"왜 따라왔어?"

"그건……."

솔직하게 대답하기로 했다.

"모르겠어."

그녀는 입을 다문 채 내 말을 기다렸다.

"왜…… 내 이름을 알고 있어?"

"옆 반이니까 이름 정도는 알지. 합동 레크리에이션을 그렇게나 많이 하기도 했고."

"그래……?"

그도 그렇다고 스스로를 진정시키며 물었다.

"뭘, 읽고 있어? 미스터리?"

어떻게 해서든 화제를 세 명의 자살 이야기로 돌리고 싶었기에 억지로 미스터리라는 단어를 골랐을 뿐이었다. 그러나 그녀는 내가 안목이 없다고 판단했는지 모든 흥미를 잃은 듯 한숨을 쉬었다. 시선은 다시 책을 향했다.

"그런 시시한 건 안 읽어. 이상한 성벽이니 편향된 사상이니 불행한 환경에서 자랐느니 하는 범인이 어이없는 이유로 사람을 죽이는 거. 그걸 이해관계도 없는 명탐정이 느닷없이 나타나서 억지 추리와 얄팍한 설교를 닥치는 대로 쏟아내는 거. 도대체 뭐가 재밌는지 이해할 수 없어."

"……그러면 무슨 책이야?"

"이건 루소야. 인간 불평등 기원론."

책 이름만으로 이미 압도당했다.

"……어떤 책인데?"

"한 마디로 전체를 표현하기에는 부끄럽지만, 굳이 설명하면 사회제도가 생겨나면 사람은 필연적으로 불평등을 낳는 구조를 안게 되어 있다는 내용이야. 어떤 선후책을 마련하지 않는 이상 불평등은 계속 확대된다, 그리고 마침내 '왕'을 절대 정점으로 하는 피라미드에 이르게 된다고 주장하는, 그런 책이야."

"……왕을 정점으로."

나는 결코 억지스러운 주장은 아니라고 생각했다.

"최근에 자살한 세 사람에 대해 어떻게 생각해?"

갑자기 던진 질문에 단 유리는 조금도 동요하지 않고 되물었다.

"어떻게 생각하냐니, 뭘?"

"……이렇게 자살이 계속된다는 건, 난 정상이 아니라고 생각해."

"그게 그러니까 뭐? 누가 걔네들을 자살로 가장해 죽인 거 아니냐는, 그런 말이 하고 싶은 거야?"

안전핀을 쥐자 긴장이 급격하게 수면 위로 떠올랐다. 호흡이 흐트러질 것 같아서, 어깨가 떨릴 것 같아서, 시선을 헤맬 것 같아서, 괜스레 왼손으로 목덜미를 쓸었다.

"그런 가능성을 떠올려도 이상하지 않을까, 하고."

"그럼 걔네들이 어떻게 살해당했다는 말이야?"

"그건 몰라. 하지만 예컨대 그것을 가능하게 하는 '무언가' 가 범인에게 있겠지."

"'무언가', 말이지."

단 유리는 돌연 작게 웃었다.

"기게스의 반지라고, 알아?"

"……아니, 모르는데."

"플라톤의 국가라는 책에 나오는 에피소드 중 하나야. 기게스라는 목동이 어느 날 동굴에서 신비한 반지를 발견하지. 그건 자신의 모습을 투명하게 만들어 감출 수 있는 마법의 반지였어. 기게스는 그 반지를 이용해 궁전에 숨어들어 왕비와 간통, 그러니까 남녀관계를 맺게 되고, 친밀해진 두 사람은 결국 함께 왕을 죽여. 그리고 기게스는 스스로 왕이 돼. 이게 기게스의 반지 이야기야. 엄밀히는 글라우콘이 던진 질문이지만 복잡하니까 그냥 플라톤이라고 할게. 아무튼 이 이야기가 무슨 말을 하고 싶어 하는지 이해하기 어려울 수 있지만, 플라톤의 질문은 단순해. '악행을 저질러도 아무에게 들키지 않을 상황이라고 해서, 과연 그것을 실행에 옮기는 것이 타당한가'. 그저 그뿐이야."

과연 '수취인'으로서의 초능력을 얻었다고 해서 동급생을 마음대로 해도 되는 것일까.

"……플라톤은 뭐라고 대답했어?"

"당연히 안 된다고 했지."

단 유리는 책갈피를 끼우고 책을 덮었다. 그리고 언덕 아래로 펼쳐진 경치로 시선을 옮겼다. 학교가 자그마하게 보였다.

"그 이유는 사람은 선의 이데아를 추구해야 하니까. 선의 이데아에서 벗어난 행위는 그 사람이 실제로 얻어낸 것이 영광이든 뭐든 마음을 더럽혀 버리니까……. 그러니 결코 인정할 수 없다고 했어. 그러니까 만약, 뭐였지? 그 세 사람의 자살이 사실은 반지를 이용한 기게스처럼, 보이지 않는 무언가에 의한 살인이었다고 한다면…… 플라톤은 분명 용납하지 않을 거야."

"……너는 용납할 수 있어?"

"글쎄, 어떨까. 기게스의 반지가 정말로 이 세상에 존재한다는, 전제 자체가 허무맹랑한 이야기를 계속하고 싶지는 않네."

약간 김이 새는 기분이었다. 너무나도 차분한 태도에 살인은 악이라고 태연하게 단언하는 말투, 능력의 존재를 허무맹랑한 이야기로 치부하는 냉철함. 어느 모로 보나 그녀는 결백해 보였다.

단 유리는 사신이 아닐지도 모른다. 그런 예감이 마지막 질문을 던질 용기를 북돋웠다.

"그럼 적어도 너는 기게스의 반지 같은 초능력도 없고, 누구도 죽이지 않았다는 말이지?"

도대체 무슨 소리냐며 어이없다는 듯 웃더니 내 눈을 응시했다.

나는 미리 반창고를 붙여 놓은 위치를 조준하고 안전핀으로 찔렀다. 통증이 느껴지고 배어 나온 피가 거즈 부분에 스며드는 것이 느껴졌다.

단 유리는 당연하다는 얼굴로, 공상 소년을 타이르는 말투로 대답했다.

**"나는 초능력자도 아니고, 물론 아무도 죽이지 않았어."**

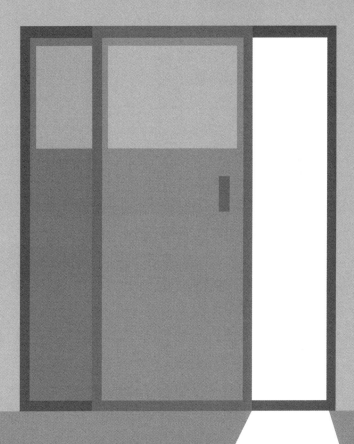

3장 **일반 언어학 강의**

9

이름: 단 유리

소속: 2학년 B반  소속 동아리: 없음  거주지: 가에데초

좋아하는 것, 잘하는 것: 독서

싫어하는 것, 못하는 것: 수영

A반, B반에서 친한 친구: 없음

모두에게 하고 싶은 말: 잘 부탁해


어떤 항목에도 한 줄 이상은 적혀 있지 않다. 힘을 준 학생들의 경우 '모두에게 하고 싶은 말'에 대여섯 줄씩이나 적으면서 화려한 일러스트까지 덧붙였다. 나조차도 세 줄 정도는 작성했다. 레크리에이션 기획 중 하나로 제작한 합동

A, B반의 자기소개 문집을 들춰 보니, 단 유리의 소개 페이지는 여백이 지나치게 많아 오히려 눈에 띄었다.

"미안, 기다렸지."

무거워 보이는 에나멜 가방을 거칠게 내려놓고 그 위에 젖은 우산을 아무렇게나 내던져 놓았다. 스포츠 타월을 머리에 뒤집어쓴 야에가시는 곧바로 음료와 감자튀김을 주문했다.

이야기를 나누는 모습이 사신의, 단 유리의 눈에 띄지 않도록 우리는 방과 후에 교내를 벗어나 패밀리 레스토랑에서 만나기로 했다. 한 번도 빠지지 않던 동아리 활동을 갑자기 쉬면 의심스러워 보인다는 야에가시의 의견도 일리가 있어서 축구부 활동이 끝나는 오후 6시까지 기다렸다.

야에가시가 음료를 들고 돌아올 때까지 탁자 위에 올려둔 그의 스마트폰의 진동이 세 번 정도 울렸다. 나는 그 사실에 놀라다 못해 무심코 감동까지 받았다.

"네 능력으로 단 유리의 '수취인'으로서의 능력을 알아맞힐 수는 없는 거야?"

"그건 힘들 것 같아. 단 유리에게는 앞으로 두 번만 더 능력을 사용할 수 있어. 거의 완벽하게 예측한 다음에 질문하지 않으면 뻘짓으로 끝날 가능성이 커."

"……그렇겠네."

야에가시는 머리에 얹어 놓았던 스포츠 타월을 얼굴로 미끄러뜨리더니 신음하듯 내뱉었다.

"절대 용서 못 해……. 그 빌어먹을 여자."

타월 뒤에서 코를 훌쩍이는 소리가 작게 났지만 못 들은 척했다.

사신이 누구인지 알아내고서도 우리가 할 수 있는 일은 놀라울 정도로 적었다. 우리에게 가장 중요한 과제는 야마기리 코즈에의 목숨을 지키는 것이었다. 그러나 범인을 특정하는 것만으로는 어떻게 할 수 없었다. 단 유리가 지닌 능력의 자세한 내용을 알아내 그것을 사라지게 만들지 않는 이상 그녀는 야마기리 코즈에를 죽일 수 있었다. '언제든지' 죽일 수 있는지는 모르지만.

또한 단순하고도 지극히 어려운 문제는 결국 그녀를 경찰에 넘길 수 없다는 사실이었다. 현 단계에서 "단 유리라는 학생이 살인을 저질렀습니다"라고 신고해도 진지하게 들어 주지 않을 것은 물론이고, 설령 능력과 살해 방법을 상세하게 밝혀낸다고 해도 경찰과 사법기관의 힘을 믿을 수가 없었다. 우리가 능력을 간파하는 순간, 단 유리의 능력이 사라져 버리기 때문이다. 능력에 대해 아무리 역설한다고 해도 고등학생들의 망상으로 치부될 것이다. 만약 전 '수취인'인 졸업생들이 여럿이 함께 몰려들어 능력의 존재를 소리 높여 주장한다고 해도 그들은 정작 능력이 사라진 상태이므로 설득력이 없다. 그렇게 터무니없는 증언임에도 경찰이 우직하게 우리의 주장을 믿고 그녀에게 수갑을 채우는 순간이 올 가능성은 조금도 상상할 수 없다. 너무나도 판타지 같은 이야기였다.

그러니까 우리는, 단 유리를 어찌할 수 없는 것이다.

우리가 야마기리 코즈에를 훌륭하게 지켜내고 단 유리의 능력을 간파한다고 해도, 적어도 이 나라의 법으로는 그녀를 전혀 심판할 수 없다. 마치 기게스처럼.

단 유리는 투명한 존재인 것이다. 투명한 사신인 것이다.

"경찰이 아무것도 할 수 없다면 우리가 뭐라도 해야 하지 않을까?"

"개인적으로 벌을…… 주겠다는 뜻이야?"

"그냥 손가락 빨고 앉아 있을 거야? 세 명이나 죽여 놓고 아무 죄도 받지 않는다니, 나는 그 꼴 못 봐."

"……하지만 걔가 지닌 능력을 모른 채 접근하는 건 너무 위험해. 보복을 당하기 쉬워. 학교 밖에서 때린다고 해도 학교 부지 내로 돌아왔을 때 반격을 당할 가능성도 크고, 애당초 물리적인 위해를 가할 경우 정작 경찰에 잡혀 가는 건 우리라고. 역시 능력이 뭔지 확인해야 해."

"나도 알아…… 안다고. 알고 있어."

확실히 우리의 상식으로 생각했을 때 세 명이나 죽여 놓고서 아무런 벌도 받지 않는 것은 도저히 받아들일 수 없는 일이었다. 그렇지만 현재 우리가 할 수 있는 일은 기껏해야 단 유리의 능력과 그 발동 조건을 분명하게 알아내는 것이었다. 알아내서 단 유리의 능력을 빼앗은 다음 야마기리 코즈에의 목숨을 지키는 것. 그것뿐이었다.

우리는 다시 단 유리가 지닌 능력의 정체에 대해 궁리했다. 다시 한번 짚고 넘어가지만 단 유리가 정신 조종 능력을 지녔다는 사실은 단정할 수밖에 없다. 고바야카와 도우카는 스스로 자살용 밧줄을 구입했고 자필 유서를 남겼다. 무라시마 다쓰야도 직접 유서를 작성했고, 아무도 들어갈 수 없는 상태의 시청각실에서 뛰어내렸다. 다카이 겐유는 미노와 씨의 눈앞에서 뛰어내렸다. 그들의 죽음이 자살이라는 점에는 의심의 여지가 없다.

단 유리가 그들의 정신 상태를 비관적인 방향으로 조종했다고 추론하는 것이 당연할 테다.

다만 간과할 수 없는 사실 하나가 새롭게 떠올랐다. 단 유리가 때마침 무라시마 다쓰야의 자살 현장과 다카이 겐유의 자살 현장에 있었다는 점이다. 무라시마 다쓰야 때는 시청각실 출입문을 두드리며 사이토 나오키를 불러들였고, 다카이 겐유가 뛰어내린 직후에는 태연한 얼굴로 교실로 들어와 미노와 씨 뒤에서 나타났다.

물론 우리가 경찰 조사 내용은 알 수 없지만, 두 자살 현장에서 모두 목격자로 등장했다면 적지 않은 의심을 받지 않았을까. 가해자로 의심받지는 않아도 자살을 부추긴 핵심 인물 정도의 취급을 받아도 이상하지 않다. 단 유리로서도 경찰이 '수취인'의 존재와 상식을 뛰어넘는 자신의 범행 내용까지는 알아내지 못할 것이라고 짐작은 해도 가능하면 의심받을 만한 행동은 피하고 싶었을 것이다.

그런데도 단 유리는 그곳에 있었다.

즉 그녀의 능력은 대상자 근처에 있어야만 사용할 수 있다는 의미일 테다. 예컨대 그녀가 능력을 사용해서 암시를 걸고 나서 3시간 후에 상대방이 스스로 자살하고 싶은 기분이 들게 만드는 것 같은 종류의 능력이라면 굳이 자살 당사자의 근처에 있을 필요가 없다. 시청각실에서는 문을 사이에 두고 있었고, 빈 교실에서는 자살한 직후에 교실로 들어온 상황을 감안하면 직접 닿을 정도로 가까운 거리에 있지 않아도 될지 모른다. 그래도 어느 정도 범위 안에는 있어야 겠지.

반경 5미터, 아니면 10미터 이내처럼.

만약 먼 곳에서 자살하고 싶은 마음이 들게 하는 에너지 같은 것을 보낼 수 있다면, 그 거리는 그다지 멀지 않을 것이다. 고바야카와 도우카의 사체는 그녀가 목을 맨 다음 날에 발견되었으므로 자살 당시의 상황을 알 수 없다. 물론 단 유리가 근처에 있었다는 목격 증언도 없다. 그렇지만 이때도 근처에 있었다고 판단해야 할 것이다.

단 유리는 대상자 근처에 다가가기만 해도 그 사람이 자살하고 싶은 기분을 느끼게 만드는 능력을 지니고 있다.

"아닐지도 몰라."

"뭐라고?"

야에가시는 스마트폰을 들여다보면서 불쑥 말했다.

"백발영감님 알지?"

"그 행정직원 할아버지?"

"응."

행정실에서 가장 눈에 띄는 자리에는 백발의 남성 행정직원이 앉아 있다. 유래는 모르겠지만 백발영감님이라고 불린다. 머리가 하얗게 센 양반이라 백발이라고 불리는 이유는 알 만하지만, 영감님이라는 말은 누가 붙였는지 모르겠다. 본명도 모른다. 아마 연세가 벌써 칠십 정도 됐을 것이라고 추측하는데, 정년이 지나고서도 행정직원으로 근무하고 있다. 인사 소리가 유난히 크다는 점이 특징인데, 학생들 사이에서는 상당한 유명 인사였다. 좋게 표현하면 친구처럼 따르는 존재라 할 수 있는데, 다소 버릇없이 굴어도 용서해 주는 마스코트처럼 인식된 측면도 부정할 수 없었다.

"좀 전에 백발영감님한테 라인 보냈는데. 아, 이 양반 그 연세에도 스마트폰을 엄청 하시거든. 그래서 전에 동아리 끝나고 애들이랑 다 같이 분위기에 휩쓸려서 연락처를 주고받아서 말이야. 아, 이런 이야긴 됐고. 아무튼 이 학교에서 이렇게 많은 자살자가 나오거나 원인 모를 죽음이나 사고사가 있었던 해가 있었냐고 물어봤어. 그랬더니……."

야에가시는 스마트폰 화면을 내게 보여 줬다. 백발영감님의 답장은 이렇게 적혀 있었다.

'여기서 일한 지 50년 정도 흘렀는데, 이렇게 가슴 아픈 일은 처음이란다. 애당초 질병이나 오토바이 사고 외의 이유로 학생들이 죽은 것 자체가 처음이기도 하고. 정말 깜짝 놀랐단다.'

"내 능력은 '누가 누구를 좋아하고 싫어하는지 알 수 있는 능력'이야."

야에가시는 스마트폰을 다시 탁자 위에 올려놓았다.

"네 능력은 '거짓말을 간파하는 능력'."

"……그래서?"

"남은 두 가지 중에 하나가 '자살을 시킬 수 있을 정도로 강력하게 타인의 정신을 조종할 수 있는 능력'이라는 것이 좀, 너무 과하다는 생각이 들어. 우리가 지닌 능력에 비해 지나치게 세잖아."

능력의 크기와 유용함이 평등하다는 보장은 어디에도 없다. 그래도 야에가시의 설명에는 일리가 있었다. 확실히 너무 튀는 것 같기는 하다.

"게다가 백발영감님이 이렇게 자살자가 많이 나온 건 이번이 처음이라고 하잖아. 단 유리가 몇 대째 '수취인'인지는 모르겠지만, 과거에 같은 능력을 보유했던 서른 명인지 마흔 명인지 모를 사람들이 있었어. 그런데 누구도 걔처럼 여러 명은커녕 한 명도 죽이지 않았어. 그 말인 즉슨……."

"그러니까 네 말은, 단 유리의 능력은 그렇게 강력한 게 아닐 거다?"

"그렇기도 하고, 살인에 특화된 게 아닐 거라고 생각해.

그 빌어먹을 여자는 상당히 머리를 굴려서 최악의 행위를 저질렀어."

야에가시는 혀를 찬 다음 스포츠 타월을 에나멜 가방 속에 욱여넣고는 비와 헤어 제품으로 범벅이 된 머리카락을 자못 짜증난 기색으로 쓸어 올렸다.

"그런데 왜 그 세 사람이었을까……. 그걸 모르겠어. 도대체 무슨 생각인 거야, 그 정신 나간 인간은."

동의를 구하는 듯 조용해져서, 정말로 완전히 모르겠다고 대답했다. 음료를 리필하러 도망친 사이에 주제가 바뀌기를 바랐지만 내가 자리에 돌아왔을 때 야에가시는 진지한 모습으로 팔짱을 끼고서 말했다.

"무슨 연관이 있는 걸까……."

생각해도 소용없어, 알 도리가 없지. 나는 콜라를 목구멍으로 흘려 넣었다.

"설마 교실에 마지막 한 명이 남을 때까지 계속 죽일 셈인가?"

"……그건 아닐걸."

"왜 그렇게 생각해?"

"아니, 미안. 별 의미 없었어."

야에가시는 한동안 팔짱을 끼고 막막한 표정을 짓다가 또

다시 진동이 울린 스마트폰에 시선을 빼앗겼다. 전화인 듯했다. 그 자리에서 스마트폰을 귀로 가져갔다. 얼마 되지 않는 대화 내용으로 상대가 야에가시의 여자친구라는 사실을 눈치챘다. 이름은 모르지만 아마 D반인가 E반 학생이었던 것 같다. 얼굴만 어렴풋이 알고 있었다.

야에가시의 목소리밖에 들리지 않아서 그저 짐작일 뿐이지만 그의 말투로 보아 여자친구의 기분이 상당히 언짢은 것 같았다. 최근에 만나지 못하는 것에 대해 불평하고 야마기리 코즈에와의 거리가 묘하게 가까운 것 같다며 캐물었다.

사실 최근 며칠 동안 야에가시는 늘 야마기리 코즈에에게 마음을 쓰고 있었다. 최대한 곁을 지키면서 정신 조종의 흔적은 없는지 살피며 주로 정신적인 면을 케어하고 있었다. 단 유리의 능력을 구체적으로 알지 못하는 이상 이 방법밖에 없었다. 그리고 그 일은 분명 나보다 야에가시가 적임이었다.

"뭐라고? 네가 왜 진이랑 같이 있어. 어이없네……. 제대로 설명해."

엿들을 생각은 없었지만 아무래도 야에가시의 목소리가 커서 귀에 들어왔다. 진은 아마도 야마기리 코즈에의 남자친구인 모리우치 진일 것이다. 'kozu-jin0427'의 진이다.

"지금 패밀리 레스토랑이야…… 누구랑 있든…… 거짓말 안 해 바보야. 너…….."

심하게 아수라장 같은 상황이 눈에 선했다. 나는 역시 여러 의미로 가만히 듣고 있을 수 없어서 귀마개 대용으로 이어폰을 꽂았다. 그리고 음악을 재생시켰다. 하타 모토히로* 가 기타를 연주하기 시작했다.

야에가시를 보고 있으니 머릿속에서 더빙이 되는 기분이 들어서 눈을 감았다. 그대로 소파에 몸을 묻었다. 그리고 앞으로 우리가, 아니 내가 실행할 수 있는 최선의 행동에 대해 생각했다. 범인은 알아냈지만 능력은 모른다. 능력을 알아냈다고 해도 그 발동 조건까지 완벽하게 파악하지 못하면 능력을 없앨 수 없다.

완전히 사면초가다.

그렇다면…….

누군가 어깨를 두드리기에 이어폰을 뺐다.

"미안, 가키우치."

야에가시는 지갑에서 동전을 땡그랑땡그랑 꺼내며 탁자

* 일본 싱어송라이터.

위에 놓았다. 그리고 450엔인 것을 확인하고는 다급한 모습으로 에나멜 가방을 뗐다.

"지금 여자친구한테 가 봐야 할 것 같아. 그 녀석 진짜 열받아서. 미안한데 앞으로의 일은 내일—"

"이제 직접 설득하는 수밖에 없을 것 같아."

"어……, 뭘?"

"야마기리를 죽이지 말라고, 단 유리한테 직접."

야에가시는 잘못 들었나 귀를 의심하듯 눈을 빠르게 깜빡이다가 어이가 없다는 듯 과장이 섞인 한숨을 푹 내쉬었다.

"……제발, 나 좀 봐줘. 너까지 이상한 소리 하지 말고."

"하지만 그것밖에 방법이 없는 것 같아."

"그렇다고 해도 그런 바보짓은 아니지."

"달리 방법이 없어. 이대로라면 야마기리가 살해당하기를 기다릴 뿐이야."

"잠깐, 일단 진정해, 알겠지? 내일 다시 이야기 하자."

야에가시가 나간 문이 원래 위치로 천천히 돌아왔다.

나는 다시 이어폰을 끼고 이번에는 다카하시 유우*의 노

* 일본 싱어송라이터.

랫소리에 귀를 기울였다.

다섯 곡쯤 들었지만 생각은 바뀌지 않았다.

10

위험한 인물임에는 틀림없다.

그러나 약간의 대화는 나눌 수 있지 않을까.

말을 주고받은 것은 언덕 위에서의 아주 짧은 시간뿐이었다. 그래도 절망적일 정도로 대화가 통하지 않는 상대는 아니었다. 설득할 수 있다거나 마음을 돌릴 수 있을 것이라고 자신하는 것은 결코 아니다. 그저 타협점을 찾을 수 있을 정도는 되지 않을까. 그러한 근거 없는 희망을 가슴에 품고 있었다.

그리고 나는 단 유리가 사실은 범인이 아닐지도 모른다는 대책 없이 안이한 희망을 버리지 못한 상태였다. 그때 단 유리의 목소리는 틀림없이 떨렸다. 그래도 굳이 변명하자면 그저 목소리가 떨렸을 뿐이다. 나는 십칠 년 인생을 살면서 최소한 상대의 표정과 음성을 근거로 발언의 진위를 판단해 왔다. 초능력의 정확도는 어느 정도 신뢰한다. 그러나 나 자신이 태어날 때부터 지니고 있던 보통의 인간으로서의 인지능력도 그와 같은 수준으로, 아니 그 이상으로 믿고 싶은 마음이 컸다.

교내에서 말을 걸면 나도 능력을 사용할 수 있다. 이때다 싶은 순간에 안전핀을 사용해서 질문하면, 어쩌면 그녀의 능력을 특정할 수 있을지도 모른다. 하지만 그러한 긍정적인 가능성보다는 틈을 보였다가는 살해당할 수 있다는 두려움이 비교도 되지 않을 만큼 강했다. 밖에서 만나자. 나는 방과 후에 그녀가 바비큐 행사를 하던 날 지나쳤던 후문 밖에서 기다리기로 했다.

어젯밤 라인으로 야에가시에게 연락이 왔다. 역시 나는 단 유리와 직접 담판을 짓고 싶다고 했다. 야에가시는 냉정해지라며 고집을 부렸지만, 결국 냉정해진 사람은 그였다. 우리 두 사람이 머리를 맞대고 필사적으로 지혜를 짜내 봤자 그녀의 능력을 알아낼 수는 없다. '수취인'인 단 유리의 능력은 정신 조종 능력이며 가까운 거리에 있어야 한다. 알아낸 사실은 이것뿐.

"네 말이 맞을지도 몰라."

한동안 대화를 주고받은 후 말했다.

"그 방법밖에 없을지도 모르겠다."

경솔하게 '수취인'의 존재를 단 유리에게 들키고 싶지 않다는 이유를 들어, 야에가시와의 동행을 거절했다. 그가 단 유리를 앞에 두고 이성을 유지할 수 있을지 걱정됐고, 개인적으로 그녀와 일대일로 대화하고 싶다는 마음도 있었다. 살해당한 무라시마 다쓰야와 다카이 겐유의 미소가, 순간 머리를 스쳤다.

단 유리가 후문으로 걸어왔다. 기다리는 동안은 공포와 긴장으로 심장이 쉬지 않고 빠르게 뛰었지만, 신기하게도 막상 본인이 나타나자 차분해졌다. 협상의 대상이 살인마라는 추상적이고 흉악한 관념에서, 일개 여고생이라는 현실적일 정도로 몹시 익숙한 관념으로 바뀌었기 때문일지도 모른다.

그녀가 확실하게 학교 부지 밖으로 나온 것을 확인하고 나서 말을 걸었다.

"왜?"

며칠 전과 똑같은 반응이었다. 고개를 갸우뚱하자 윤기가 흐르는 아름다운 단발머리가 살짝 흔들렸다.

시간을 조금 내어 줄 수 있냐고 물었다. 카페든 패밀리 레스토랑이든 상관없으니 어디에라도 들어가서 대화를 나누고 싶다고. 후문은 정문이나 남문에 비하면 사용하는 학생들이 현저히 적었다. 그래도 방학한 지 얼마 지나지 않은 시점이라 학생들 몇 명이 우리 앞을 지나갔다. 예쁜 여학생에게 말을 거는 남학생이라는 구도가 그들의 흥미를 불러일으킨 모양이다. 내 간절한 마음과는 정반대의 호기심 어린 시선들이 우리를 흘끔거렸다.

"내가 왜 너한테 시간을 써야 하지?"

예상한 반응이었다. 처음부터 가장 중요한 본론을 화제로 삼아 이끌어갈 심산이었던 나는 다소 의미심장하게 뜸을 들이고는 말했다.

"……잘 알잖아?"

"모르겠는데."

"지난번에 했던 이야기를 계속 하고 싶어."

"난 혼자 있고 싶어. 가키우치 도모히로라면 그 마음 이해할 거라고 생각하는데?"

단 유리는 할 말은 더 이상 없다는 듯 다시 걷기 시작했다. 놓칠 수 없어 뒤따라갔다. 닿을 듯 말 듯, 세 걸음 정도 뒤를 뒤따라가면서 이야기를 들어달라며 잠시 계속 말을 걸었다. 이윽고 신호에 걸려 멈추게 되자 그녀의 옆에 나란히 섰다.

"상대해 주지 않으면 계속 따라갈 거야."

"마음대로 해."

호의적인 대답은 아니었지만 명확한 거절의 뜻도 느껴지지 않았기에 정말로 따라가기로 결정했다. 너무 무시를 당한 나머지, 쉴 새 없이 말을 거는 것은 도중에 그만두었지만, 종자처럼 뒤에 딱 붙어 걷는 것만은 그만두지 않았다. 그러는 사이에 그녀가 서점으로 들어갔다. 나도 물론 뒤를 따랐다. 학교에서 가깝기도 해서 학생들도 많이들 이용하는 중간 규모 서점으로, 나도 몇 번이나 들른 적이 있는 곳이다. 만화 두 작품을 신간이 출간될 때마다 구입할 때뿐이었지만. 나는 평소에 이곳과 거리가 멀었다. 종이 냄새일까. 서점 안에 떠도는 독특한 냄새에 이끌려 책장 사이를 능숙하게 누비는 그녀의 뒤를 따라갔다.

　이윽고 그녀가 멈춰 선 곳은 철학서적 코너였다.

　어지간한 끈기에 진 것인지, 그저 대화 상대가 필요했던 것인지, 아니면 조금 상대해 줄 테니 그만 돌아가라는 의미였는지는 모르겠다. 단 유리는 책 한 권에 손가락을 얹고는 물었다.

　"소쉬르는 알아?"

　힌트가 없었다면 새로 출시된 양과자로 착각했을지 모르지만, 바로 앞에 소쉬르라고 적힌 책이 나란히 꽂혀 있어서 철학자라는 데 생각이 미쳤다. 알고 있을 리 없다.

"언어 철학을 연구한 사람이야. 소쉬르는 언어라는 것은 단어가 제각각 고유의 의미를 지니는 것이 아니라, 차이의 체계에서 의미가 나타나는 것이라고 했지."

"미안한데, 무슨 말인지 모르겠어."

"그러니까 우리는 어떤 말을 설명할 때, 그와 다른 말로 그 언어를 설명해야 하잖아. '즐겁다'는 '즐거운 것이다' 같은 토톨로지*는 사전에서 허용되지 않아. 하나의 단어는 반드시 다른 단어와의 차이 속에서만 그 의미를 지닐 수 있어. '극한'은 '춥다'보다도 더 매서운 추위를 뜻하지. '약간 춥다'는 '춥다'만큼은 춥지 않은 거야. 언어는 이렇게 나누고 비교해야만 의미를 지닐 수 있어. 차이의 세계에서만 언어의 의미를 구성할 수 있다는 말이야. 이제 알겠어?"

"⋯⋯글쎄, 조금 알 것 같기도 하고."

"소쉬르의 이런 생각을 언어뿐만이 아니라 모든 분야에 응용하려고 한 사람들이 있어. 포스트모더니스트라는 사람들인데, 1970년대 즈음부터 모든 것을 차이로 설명하려고 했지. 결국 그 연구랄까, 일종의 탐닉은 현재에 이르러서는

---

* 같은 뜻의 말을 표현만 달리해 불필요하게 되풀이하는 것.

하찮은 취급을 받지만, 일부는 확실히 수긍이 가는 부분도 있어. 나는 그들의 발상을 확장시켜서 이런 생각을 했어. 인간의 개성과 아이덴티티 역시 차이 속에서만 생겨난다고. 그러니까 그것을 획일화하려는 움직임에는 단호하게 저항해야 한다고."

조금 멍해졌다. 아니, 그보다는 아마 이해할 수 없을 것이라고 처음부터 포기한 상태라고 표현하는 편이 맞을 것이다. 그래서 시간차를 두고 이야기의 전모를 어렴풋이 이해했을 때, 소름이 끼쳤다.

이것은 거의 **자백**에 가깝지 않을까.

시간이 갑자기 천천히 흐르고 공기가 음습해졌다. 눈앞의 책장에 꽂혀 있는 수많은 철학자들이 그녀의 동료처럼 보이기 시작하면서 내 가슴을 짓눌렀다. 플라톤, 데카르트, 흄, 벤담, 밀, 니체, 그리고 소쉬르.

"자살한 세 사람……."

나는 평화로운 서점에 폭탄을 투하하는 심정으로 물었다.

"네가 죽였지?"

단 유리는 스윽, 소쉬르의 책에서 손가락을 뗐다.

"이야기가 왜 그렇게 되지?"

"속일 생각 마, 이미 알고 있거든. 나는 '수취인'이야."

아마 그럴 것이라고 예상은 했지만, 그녀는 놀란 기색 하나 없었다. "흐음"이나 "뭐라고?" 같은 대꾸도 하지 않고 '수취인'이 뭐냐며 시치미를 떼지도 않은 채 고요한 시선으로 나를 지그시 응시했다. 지금 당장에라도 나를 빨아들일 것 같은 심연의 눈동자가 그곳에 있었다.

"그런데?"

신중하게 말을 골라야 한다.

"네가 사신 분장을 하고 미즈키한테 접근했다는 이야기 들었어. 다음에는 야마기리 코즈에를 죽이겠다고 말했다는 것도. 난 무슨 수를 써서든 그걸 막고 싶어. 야마기리를 죽이지 말아 줘, 이게 내 유일한 부탁이야."

"보통……."

그녀는 조금 슬픈 눈빛을 하더니 다시 책장을 바라봤다.

"일단은 '왜 세 사람을 죽였는가'에 대해 물을 거라고 생각했는데, 그걸 묻지는 않는구나."

"……말 돌리지 마."

"애당초 어째서 네가 그렇게까지 야마기리 코즈에를 지키려는지 모르겠어. 왜 걔가 죽지 않길 바라는 거야?"

"……다른 사람이 살해당하는 걸 잠자코 보고만 있을 수는 없잖아."

"그게 다야?"

"무슨 말이 하고 싶은 거야……. 아무튼 야마기리 코즈에를 죽이지 않았으면 좋겠어."

"시라세 미즈키라면 문제없어?"

"……그런 문제가 아니잖아. 절대로 그 누구든 죽여서는 안 돼."

"죽어도 싫어."

말에 찔린 내 가슴에서 피가 흐르기 시작했다. 어쩌면 단유리는 범인이 아닐지도 모른다. 크리스마스에 머리맡에 선물을 놓아두는 사람이 어쩌면 아버지가 아니라 진짜 산타클로스일지도 모른다고 믿는 것처럼. 그런 달콤하고 어리숙하고 가슴속 깊은 곳에서는 부정하던 환상이, 지금 이 순간 소리를 내며 무너져 내리다가 완전히 절명했다. 눈물이 날 것 같았다. 그러나 그녀는 여전히 내 마음을 조롱하듯 말했다.

"라고 말하면 어쩔 건데?"

"너는……."

밀릴 수는 없었다.

"너는 '수취인'이야. 그건 내 '수취인'으로서의 능력을 사용해서 밝혀냈고, 의심할 여지없는 사실이지. 너는 상대의 자살 욕구를 부추기는 정신 조종 능력을 쓸 수 있어. 그걸로 세 사람을 자살로 몰아넣고, 모두 같은 내용의 유서까지 쓰게 만들었어. 단 대상자 근처에 있어야만 능력이 발동돼. 그래서 넌 두 건의 자살 현장에 있었던 거야. 목격 증언은 없지만 고바야카와가 목숨을 끊을 때도 분명 근처에 있었겠지. 그 정도는 짐작할 수 있어. 이미 정보도 다 모았어. 머지않아 곧 네 능력을 완전히 파헤칠 수 있을 거야. 그러면 네 능력은 사라지고 말겠지. 그러니까―"

"추리는 못하는 것 같네. 완전히 틀렸어. 전부 다."

단 유리가 비웃었다.

"……아무튼 야마기리를 죽이지 마. 너도 목적만 달성하면 그녀를 죽일 필요가 없어지겠지. 야마기리를 죽이지 않는다면 나도 협조할게."

"아마도 넌 조금 착각을 한 것 같아."

"……착각이라니?"

"나의……, 범인의 요구는 그렇게 단순하지 않아. 쉽지도 않지."

"A반과 B반에 마지막 한 명이 남을 때까지 계속 죽여야만 직성이 풀리겠다는 말이야?"

"아니야. 애석하게도."

단 유리는 허리를 약간 곧추세웠다. 늘씬한 몸이 더욱 가느다랗고 유연하게 펴졌다. 그녀는 멸시하는 시선으로 나를 바라보며 말했다.

"마지막 한 명이 아니라, **교실이 혼자가 될 때까지**, 계속 죽일 거야. 그러려면 아직 제물이 부족하지."

의미를 이해하기도 전에 먼저, 그 울림에 피부가 얼어붙었다. 나는 딱딱하게 굳어 버렸다.

"알겠어, 그럼 이렇게 할까?"

단 유리는 걷기 시작했다. 책장을 세 개 정도 지나쳤다.

"내일 점심시간에 사회과자료실로 와. 거기서 앞으로의 일에 대해 이야기를 해 보자. 거기서 내 결백을 증명할게. 이야기를 다 듣고 나면 더는 나를 따라다니지 마. 그리고 누명을 씌운 것에 대해 진심으로 사과해. 그러면 끝이야."

지리멸렬했다. 단 유리는 자신이 범인이라는 사실을 거의 인정하면서도 결백을 주장한다. 마냥 혼란스러워하는 나를 앞에 두고 그녀의 표정이 갑자기 바뀌었다. 환하게 웃어 보이는 옆모습은 어디에나 있을 법한 그저 예쁜 여고생이었다.

"모처럼 미스터리 소설 좀 읽어 볼까 싶은데 추천할 만한 작품 있어?"

너무나도 태연하게 화제를 바꾸는 바람에 마음을 조율할

타이밍을 놓쳤다. 허둥대면서도 나도 잘 모른다고 솔직하게 대답하고 말았다.

"그래? 그럼 들어 본 적 있는 제목으로 골라야지."

그녀가 계산대로 가져간 책은 애거서 크리스티.

그리고 아무도 없었다.

11

단 유리는 내일, 나를 죽이려는 것 아닐까.

그날 삶기용 통냄비에 여섯 타래째 소바를 아무렇게나 집어넣었을 때, 그러한 가능성이 문득 머리를 스치고 지나갔다. 단순히 스스로의 결백을 증명하고 싶을 뿐이라면 그때 서점에서 계속 대화를 나누면 됐었다. 하지만 그러지 않고 굳이 **교내에서** 처음부터 다시 이야기하자고 제안했다. 그이유는 바로 능력을 사용할 계획이기 때문 아닐까. 자신을 의심의 눈초리로 바라보는 학생이 거슬려서……. 가능성 있는 추측이다. 갑자기 속이 안 좋아져서 주방을 벗어나고 싶었다. 점장이 걱정하기는 했지만 쉬기에는 역시 너무 이른 시간이었다. 아직 괜찮다며 2시간 반 동안 겨우겨우 소바를 삶을 수 있었던 이유는, 발상을 전환하면 이것이 오히려 기회일 수 있다는 생각이 들어서였다.

만약 나를 죽이려 한다면 그녀는 분명히 '수취인'으로서의 능력을 사용할 것이다.

단 유리의 능력과 발동 조건을 알아내기에 더할 나위 없는 기회 아닐까.

물론 상당한 위험에 처하겠지만 그녀는 내 협력자인 다른 한 명의 '수취인', 야에가시 스구루의 존재를 모른다. 내가 단 유리와 둘이서 대화를 나누는 동안, 야에가시는 사회과 자료실 앞 복도에서 대기하면 된다. 내가 만약 고바야카와 도우카처럼 목을 매려고 한다면 필시 끈을 천장에 매다는 둥의 준비를 하는 데 시간이 걸릴 테다. 그사이에 나를 제압해서 학교 밖으로 끌고 나가면 된다. 학교 부지 밖으로 나가기만 하면 능력의 적용 범위에서 벗어난다. 상당히 거친 방법이기는 하나, 내가 만약 정신착란 상태에 빠진다고 해도 그 정도 체격의 야에가시라면 분명 쉽게 제압할 수 있을 것이다.

뛰어내리려고 할 경우에도 마찬가지다. 그러나 솔직하게 말하면 이 점은 그리 걱정하지 않았다.

왜냐하면 단 유리가 약속장소로 정한 사회과자료실은 신관 2층에 있었기 때문이다.

투신자살로 가장하려면 가장 높은 4층 교실이나 적어도 3층을 선택해야 한다. 무라시마 다쓰야가 뛰어내린 시청각실도 다카이 겐유가 뛰어내린 빈 교실도 전부 4층이었다. 안전하다는 보장은 어디에도 없고, 실제로 뛰어내려 보라고 한다면 단호하게 거부하겠지만, 아마도 건물 2층에서 뛰어내려 죽는 사람은 없을 것이다. 고작 골절이나 되지 않을까. 그러니까 단 유리는 나를 투신자살시킬 속셈은 아니다. 그래, 그렇다고 생각해도 좋다. 어쨌든 뛰어내릴 것 같은 상황이 되면 야에가시가 막으면 된다.

능력을 몸소 겪은 내 감각과 그것을 지근거리에서 관찰한 야에가시의 증언을 모으면 단 유리가 지닌 능력의 본질에 바싹 다가갈 수 있을 것이다. 운이 좋으면 그 자리에서 꿰뚫어볼 수 있을지도 모르고.

그런데 문득 고바야카와 도우카가 홈센터에서 산 밧줄의 존재가 떠올랐다. 당연하게도 교내에 홈센터 따위는 없다. 그러니 고바야카와 도우카는 학교 밖에서, 즉 단 유리의 능력이 미치지 못하는 곳에서 자살용 밧줄을 구입했다는 뜻이다.

유추할 수 있는 가능성은 두 가지, 하나는 고바야카와 도우카는 자살 때문이 아니라 다른 목적을 위해 우연히 밧줄을 구입했다는 것이다. 이 추론이 맞다면 아무런 문제가 없다. 그러나 나머지 하나, 그것은 내게 너무나도 두려운 가능성이었다.

단 유리의 능력이 학교 부지 안에서만 발동되지만 그 효과는 학교 밖으로 나가도 사라지지 않는다는 것. 오히려 마치 유해물질처럼, 서서히, 그러나 확실하게 몸속에 축적되어 정신을 점점 오염시키는 지효성 맹독이 아닐까.

괜찮아, 그럴 리 없어. 나는 야에가시가 했던 말을 떠올리며 스스로를 진정시켰다. 그렇게나 강력하고 야만적인 능력이 이 학교에 몇 대째 전해져 왔다면 과거에 대량 자살자가 나왔어도 이상하지 않다. 그러나 행정직원인 백발영감님은 그러한 전례는 단 한 건도 없었다고 했다.

괜찮다. 나는 결코 죽지 않는다.

정신이 서서히 오염되지도 않을 것이다.

휴게실에는 먼저 와서 자리를 차지하고 있는 사람이 다섯 있었다. 가급적 모두와 거리를 둔 곳에 앉으니 마침 눈앞에 있는 TV의 전원이 켜졌다. NHK에서는 아이가 강에 빠져 목숨을 잃고, 그 아이를 구하려고 뛰어든 53세 남성도 유명을 달리했다는 꿈도 희망도 없는 뉴스가 흘러나오고 있었다. 내 뒤에서, 강이면 정말 가망이 없기도 하지, 흐름을 이길 수는 없으니까, 라며 야키토리가게 아주머니가 무언가

지식을 풀어놓기 시작했고, 화과자점 아주머니가 끔찍하다고 혼잣말처럼 투덜대면서 맞장구쳤다.

자신을 투영하고 싶지 않았지만, 오늘 단 유리가 했던 질문이 순간적으로 내 머리를 스쳤다.

—애당초 어째서 네가 그렇게까지 야마기리 코즈에를 지키려는지 모르겠어. 왜 걔가 죽지 않길 바라는 거야?

"채널 돌리자."

누군가가 팔을 뻗어 눈앞에 있는 리모컨을 잡았다. 이렇게나 스스럼없이 말을 거는 사람은 역시 타피오카 음료 가게의 노리코 씨밖에 없다. 노리코 씨는 한동안 이리저리 채널을 바꾸다가 마침내 니혼TV의 버라이어티 방송을 선택했다. 지금 게스트석에 앉아 있는 아이돌은 누가 봐도 성형했네. 친구의 친구가 저 개그맨과 미팅했는데, 완전 경박하고 짜증나는 사람이었대. 마지막으로 학교에 나간 게 언제였지. 그건 그렇고 넷플릭스에서 보고 있는 미국드라마 진짜 재밌어, 아마 대여점에서도 빌려 볼 수 있을 테니 가키짱도 한번 봐 봐.

나는 노리코 씨의 수다에서 다시 약간의 용기를 얻었다.

내 세상이 일상과 희미한 희망을 되찾아갔다.

이시미즈 씨가 버스킹할 예정이라는 것을 알고 있었다. 아르바이트를 마친 나는 걸음을 재촉해서 로터리로 향했고, 둥글게 모여 구경하는 사람들 뒤에 합류했다. 시작 시간에 맞추지 못하리라는 것은 충분히 알고 있었기에 마지막 두 곡을 인트로부터 제대로 들을 수 있었다는 사실에 만족했다. 여느 때처럼 관중들이 흩어지기를 기다렸다가 이시미즈 씨에게 말을 걸었다.

살 만한 기타를 추천받고 싶었던 지난번과는 다르게 이번에는 특별한 용건은 없었다. 그래서 간단하게 감상만 전하고 헤어질 생각이었는데, 기타 케이스 위에 놓인 명함 한 장을 발견하고는 묻지 않을 수 없었다.

"그건……."

"아아, 이거 말이지."

이시미즈 씨는 명함을 집어 앞뒤를 확인하더니 내게 내밀었다.

"일단 메이저 데뷔 권유 같은 거야. 이번에는 대단치 않은 인사차 온 거지만."

낮에 있었던 모든 일을 완전히 잊어버릴 정도로 감동이 밀려왔다. 울컥했다. 지나치게 감격한 내 모습에 이시미즈 씨는 껄껄 웃기 시작했다.

"시간 괜찮으면 밥 먹으러 가자."

이시미즈 씨에게도 오늘은 축하할 만한 날이었던 걸까, 나를 데려간 곳은 요시노야도 히다카야 라멘집도 아닌 번듯한 고깃집이었다. 고등학생인 내게는 자그마한 메뉴 하나하나 터무니없이 비쌌다. 아니, 어른이었어도 비싸다고 생각했을 것 같다. 에라 모르겠다. 이쯤 되니 무엇을 얼마만큼 주문해야 하는지도 모르겠다. 완전히 기가 질린 나를 대신해 이시미즈 씨가 적당히 고기 몇 가지를 주문해 주었다.

맛있었다.

이 순간, 내일 단 유리와의 약속에 대해 생각할 여유는 조금도 없었지만, 이것이 최후의 만찬일까 같은 잡생각이 떠올랐다고 해도 충분히 납득했을 것이다. 이시미즈 씨의 지갑 사정을 배려하는 것을 잊고 추가 주문을 계속 해 버리고 말았다. 배가 잔뜩 부르고 나서야 겨우 너무 염치가 없었던 것 아닌가 반성했지만 다행히 식사 후에도 이시미즈 씨의 미소는 사라지지 않았다.

"……그런데 진짜 대단해요."

몇 번째인지 모를 감탄을 이시미즈 씨는 웃으며 받아들이며 여느 때와 마찬가지로 귓불을 만지작거리다가 세게 튕겼다.

"진짜 그렇게 생각하니?"

그야 당연하죠, 할 수 있는 만큼 진심을 담아 말하고는 그제서야 감사히 잘 먹었다고 감사 인사를 했다.

"됐어 뭘, 이정도 가지고. 오히려 내가 더 고맙지. 그래서 미안하기도 하고."

"⋯⋯미안하다니요?"

"얼마 전까지 너처럼 날 응원해 준 고등학생이 있었어."

이시미즈 씨는 입에 물고 있던 이쑤시개를 빈 접시에 올려놓았다.

"최근에는 더 이상 볼 수 없게 되었지만 말이야. 하지만 나보다 어린 아이가 응원해 주는 건 역시 좀 감개무량해. 내가 하고 있는 일이 적어도 이끼가 낀 과거의 음악을 답습하는 것이 아니라는 자신이 생기거든."

"그렇게 말씀해 주시니, 저도⋯⋯."

그다음은 쑥스러워서 내뱉지 못하고 말을 돌렸다.

"그래도 이번 일은 정말로 축하드려요."

"하하, 몇 번이나 고맙다. 피나는 노력이 드디어 결실을 맺었어."

이시미즈 씨는 그렇게 말하더니 살짝 눈웃음을 지었다.

"종종, 이라기보다 항상 생각해. 무엇을 위해 음악을 연주하는 걸까 하고. 그게 상당히 진부하고 빈약한 고민이라는 건 스스로도 잘 알지만, 고민할 수밖에 없어. 어째서 음악일까, 어째서 기타일까, 어째서 버스킹이지. 어디까지가 절대 양보할 수 없는 마지노선이고, 어디서부터는 버려야만 하는 의미 없는 고집일까. ……넌 어떻게 생각해?"

"……어, 네?"

"내가 왜 음악을 연주한다고 생각해?"

나는 갑작스럽게 치고 들어오는 질문에 곧바로 재치 있는 대답을 되돌려줄 수 있는 인간이 못 된다. 곰곰이 생각하는데, 이시미즈 씨가 억지로 대답하지 않아도 된다고 표정을 풀려고 했다. 그때 생각났다.

"자유로워지기 때문 아니에요?"

풋풋하다고 하면서 웃어넘길 줄 알았던 이시미즈 씨는 예상과 달리 신묘한 표정으로 팔짱을 꼈다. 혼자만의 생각에 잠겼다가 마침내 고개를 가볍게 끄덕이더니 죽은 누군가를 그리워하듯 애틋한 표정으로 대답했다.

"과연 그러네."

도심에서 집으로 돌아가는 밤의 전철은 아침 러쉬아워의 혼잡도와 견주어도 손색이 없다. 전철이 흔들릴 때마다 누군가의 어깨에, 등에, 사정없이 부딪치는 바람에 그때마다 모든 원흉이 너라는 따가운 시선을 받는다. 어째서일까. 그러는 사이에 내가 마주해야 할 문제를 떠올리지 않을 수 없었다. 소바도 노리코 씨도 이시미즈 씨도 모두 잊고 단 유리와의 약속만이 떠올랐다.

한손으로 손잡이를 잡고, 야에가시에게 간결하게 요건만 정리한 메시지를 보냈다.

'잘했어. 절호의 기회야. 나는 죽어도 너를 지킬 거야. 반드시 능력을 알아내고 말겠어.'

야에가시에게 이러한 답장을 받은 것은 내가 현관문 손잡이를 잡았을 때였다.

문득 501호에 마음이 쓰였다. 미즈키는 아직도 그 어두운 집에서 암울한 나날을 보내고 있을까. 만약 모든 일이 해결되면 다시 학교에 나올까. 나는 마음을 먹고 501호의 인터폰에 손가락을 댔지만 결국 누르지는 못했다. 여름의 문턱, 불쾌하게 뜨듯한 바람이 몸을 어루만졌다. 나는 작게 한숨을 쉬고 501호를 뒤로했다.

언제나처럼 빼곡하게 늘어선 가족들의 신발을 가장자리로 밀며 자신의 신발을 끼워 둘 공간을 만들었다. 여동생이 법석 떠는 소리와 형이 무언가에 크게 항의하는 소리가 들렸다. 혼잣말처럼 중얼거리는 "다녀왔습니다"가 소란 속으로 빨려 들어갔다.

12

4교시가 끝나고 수학 교사가 교실을 나갔다.

그대로 도시락을 즐길 수는 없었다. 책상을 들고 다가오는 소노카와 하리모토에게 양해를 구하고 혼자 교실을 빠져나왔다. 아주 잠깐 B반을 들여다볼까 생각했지만 별로 의미가 없는 것 같아 그만두었다. 그대로 계단을 내려가 2층으로 향했다. 사회과자료실 바로 앞에 있는 화장실로 들어가 가장 안쪽 칸에 사람이 있는지 확인했다. 문을 세 번 두드렸다. 금방 야에가시의 목소리가 되돌아왔다.

"가키우치야?"

"……응. 지금 가려고."

대놓고 함께 사회과자료실로 갈 수 없었기에 야에가시는 4교시 도중에 몸이 좋지 않다는 이유로 교실에서 나와 있었다. 나와 단 유리 두 사람이 사회과자료실로 들어가는 것을 확인하는 대로 복도에서 자료실 안을 감시하기로 되어 있었다. 그리고 문틈을 이용해 스마트폰 카메라로 동영상을 촬영할 예정이었다.

"동영상 찍을 준비는 해 놨어. 여차하면 끌어내서라도 널 학교 밖으로 데리고 갈게. 날 믿어."

"……고마워. 그럼 부탁할게."

"저기, 상황이 좀 그렇긴 한데, 진짜 고마워."

"응?"

"아니, 그게……."

화장실 칸 안에서 머리를 긁적이는 소리가 들렸다.

"솔직히 레크리에이션은 참가해도 너에 대해서는 잘 몰랐거든. 특별히 누구와 어울리는 기색도 아니고, 네가 먼저 말을 걸어온 적도 거의 없고, 왠지 친해지기 힘든 녀석 아닐까 생각했어. 게다가 너야말로 세 사람을 죽인 범인이 아닐까, 바로 얼마 전까지 의심했을 정도니까……. 그런데 네가 코즈에나, 살해당한 다른 아이들을 위해서 이렇게나 열심히 움직여 주는 녀석이라는 걸 알고 나니까, 흠, 진짜로 진심으로 완전 고마워."

어떻게 대답해야 할지 몰랐다.

"무슨 소릴 하는 거야."

"어쨌든 부탁할게. 기필코 끝내자."

"응."

손만 씻고 화장실을 나왔다. 신관 2층에는 사회과자료실을 비롯한 특별교실밖에 없어서 점심시간이라고 해도 학생들의 모습은 전혀 찾아볼 수 없었다. 내 안에 들끓는 불안감이 뒤섞여 왠지 폐교를 걷고 있는 기분이 들었다. 크게 한번 심호흡을 한 뒤 사회과자료실의 문을 열었다.

단 유리는 아직 오지 않았다.

사회과자료실은 여느 교실과 똑같은 크기인데, 그 이름에 비해 사회과 자료다운 것들은 별로 없었다. 두루마리 형태의 거대한 세계지도, 전국지도와 지구본 몇 개, 먼지로 뒤덮인 백과사전, 그리고 버리기에는 아까워 교실 구석에 아무렇게나 쌓아 놓은 책걸상. 서 있으니 불안한 마음에 갈피를 잡지 못하고 자꾸 이리저리 왔다 갔다 할 것 같아서 꺼내기 쉬운 의자를 하나 끌어와 앉았다.

단 유리는 아직 나타나지 않았다.

전부 거짓말이었을까. 아니면 내가 시간이나 날짜를 착각한 것일까.

점심시간이 시작된 지 벌써 20분이 지났다. 점심 먹을 시간이나 걱정할 만큼 태평하지는 않았지만, 이쯤 되면 포기하는 편이 낫지 않겠냐는 생각이 몇 번이나 머리를 스쳤다.

쓸데없이 높아진 심박수가 마침내 하향선을 그릴 때,

"기다렸어?"

단 유리가 문을 열고 나타났다.

나는 즉시 '왔다'라고 야에가시에게 라인 메시지를 보내고는 어디까지나 시간을 때우려고 보고 있었다는 듯이 스마트폰을 왼쪽 주머니에 넣었다. 넣자마자 진동이 울렸다. 야에가시가 알았다고 보내는 신호였다. 그는 화장실 칸에서 나와 사회과자료실 앞으로 오기로 되어 있었다.

솔직히 동영상을 찍을 것도 없이 내 느낌과 야에가시의 육안으로 능력을 충분히 특정할 수 있지 않을까 예상했다. 어차피 죽이려는 상대에게 발동 조건을 숨길 필요가 없기 때문이다. 그러나 만약을 위해 동영상을 찍기로 했다. 내가 주머니 속에 안전핀을 넣고 허벅지를 찌르듯이 그녀의 발동 조건도 상당히 알아채기 어려운 동작일 가능성도 제로는 아니다. 그러할 경우, 나중에 동영상을 몇 번이나 되감아 보면서 검증할 수 있다.

간류지마의 결투*에 빗대는 것은 우스울 정도로 과하지만,

---

* 일본의 유명한 검객인 미야모토 무사시와 사사키 고지로가 간류지마섬에서 벌인 유명한 결투. 두 사람은 섬에서 결투를 하기로 했는데, 미야모토 무사시는 전략상 두 시간 늦게 나타나 상대방이 기다리다 초조해지고 진이 빠지도록 심리전을 펼쳤다. 결국 사사키 고지로는 미야모토 무사시에게 최후를 맞았다.

초조하고 집중력이 떨어졌을 때 나타난 상대는 분명 극한의 긴장에 휩싸였을 때 상대하는 것보다 성가셨다.

"조금 귀찮은 일이 생겨서 빨리 빠져나오지를 못 했어……. 미안."

늦었다고 화를 내야 할지, 신경 쓰지 않는다고 해야 할지. 너무나도 사소한 생각을 하기 시작했다는 사실을 깨달았다. 어떻게든 주도권을 잡으려고 이야기를 꺼냈다.

"왜 나를 여기로 불렀어?"

"무슨 뜻이야?"

"나를 죽일 생각이야?"

"그런 생각을 했어?"

그녀는 놀리듯 웃으며 적당한 의자를 옮겨오더니 내 앞에 조용히 앉았다. 무의식중에 거리를 두고 싶다는 생각이 들었지만 꾹 참았다. 여차하면 야에가시가 뛰어 들어와 줄 것이다. 나는 두 손으로 깍지를 끼면서 단 유리가 능력을 사용하기를 마음을 졸이며 기다렸다.

"내 능력은……."

그녀는 창밖을 바라보며 말했다.

"정신을 조종해서 상대의 자살 충동을 부추기는 것으로, 대상자 근처에 있어야만 사용할 수 있다……. 이게 네 추측인 거지?"

"사실이잖아."

"말했잖아. 전혀 아니라고. 나는 결백해."

그렇게 말하더니 머리 위에서 보이지 않는 실이 잡아당기는 것처럼 슥 일어났다. 그러고는 경치에 감동이라도 받은 듯 창가로 다가갔다. 역시 창문 밖으로 나를 떨어뜨릴 작정인가. 마음의 준비를 하다가 문득 깨달았다. 이곳에는 베란다가 있다. 설령 저 창문 밖으로 뛰어내린다고 해도 내 몸은 베란다로 나갈 뿐이다. 죽기는커녕 아마 다치지도 않을 것이다.

단 유리는 두 손으로 창가에 놓인 책상을 짚고 등허리를 편 자세로 밖을 내다봤다. 감격스러울 만한 무언가가 특별히 없다는 사실은 주의 깊게 살피지 않아도 알 수 있다. 그도 그럴 것이 학교 서쪽에는 호조언덕과는 다른, 우리가 구마데오카언덕이라고 부르는 약간 높은 언덕이 있는데, 이 창문으로 보이는 풍경은 오로지 무기질의 벽돌로 쌓은 담장과 미처 관리하지 못해 무성하게 자란 수풀뿐이었기 때문이다. 사람은 물론 동물도 지나다니지 않는다.

"잠깐, 이리로 와 봐."

움직일 생각은 없었다. 아직 공포가 희미하게 남아 있었고, 그녀의 말에 쉽게 따르는 사람으로 인식되고 싶지도 않았다. 그러나 그 손짓에 몸이 반자동적으로 일어나 버렸다. 마치 그녀의 손이 부드러운 인력으로 끌어당기는 것 같다. 아니면 바닥이 기울어진 것일까. 한발 한발 조금씩 이끌린 나는, 정신을 차리고 보니 어느새 단 유리의 옆에 서 있었다.

"봐."

그러나 눈앞에는 아무것도 없었다. 직사각형의 벽돌이 서로 엇갈리며 쌓아올려져 있을 뿐. 흡사 문명에 저항하듯 벽돌 틈새로 드문드문 힘없는 잡초가 얼굴을 내밀고 있었지만, 그 이상으로 주목할 만한 것은 없었다. 벽돌담 꼭대기까지 시선을 올리자 녹색 울타리가 보였다. 그 너머로 나무들이 보였다. 그러나 역시 그 풍경들이 어떻다는 것인지 영문을 알 수 없었다.

"거기가 아니라 여기."

시선을 떨어뜨렸다. 책상 위에는 단 유리의 스마트폰이 놓여 있었다. 낯선 애플리케이션 화면이었지만 그것이 인스타그램이라는 것은 대충 알았다. 누구 계정이지? 계정 이름을 확인한 순간, 구토가 치밀어 올랐다.

엉뚱한 착각을 하고 있었던 것이다.

이 얼마나 멍청한 짓을!

"야에?"

이름을 부르면 안 된다는 생각에 황급히 입을 다물었다. 머리를 정리하지 못한 채로 복도를 향해 다시 소리쳤다.

"틀렸어! 야마기리였어! 어서 야마기리에게!"

단 유리는 한눈을 팔지 못하게 하겠다는 듯 내 어깨에 손을 얹고 다시 한번 스마트폰에 표시된 'Kozue_Yamagiri'의 계정을 보라고 지시했다. 그녀가 손가락으로 화면을 쓸어 올리자 로딩 중을 의미하는 동그란 표시가 빙글빙글 돌더니 새 게시물인 사진 한 장이 떴다.

방금 전 업로드된 풍경사진은 지금 내 눈앞에 펼쳐진 풍경과 매우 비슷했다. 재미없는 무기질의 벽돌담이 찍혀 있었다. 다만 지금 내가 보고 있는 그것보다 눈높이가 약간 더 높다.

"빨리……, 빨리 가 봐!"

나는 화면을 응시한 채 야에가시를 향해 소리쳤다.

"여, 여기 바로 위야! 거기 야마기리가?"

새 게시글에는 야마기리 코즈에가 업로드한 사진과 함께 글도 적혀 있었다.

**나는 교실에서 너무 큰 소리를 냈습니다. 조율되어야만 합니**

다. 안녕.

"단 유리…… 너는."

복도 쪽에서 무언가 문에 부딪치는 육중한 소리가 울렸다. 드디어 야에가시가 움직인 것 같았다. 서둘러 계단으로 달려가는 다급한 발소리가 들렸다.

"앞을 봐."

단 유리가 손가락으로 위쪽을 가리키…….

뒤로 넘어갈 뻔했다.

커다랗고 검은 그림자가 눈앞을 지나갔다. 그것은 마치 유리창을 뚫고 안으로 날아 들어올 것 같았다. 그러나 당연히 그런 일은 일어나지 않았고, 지면을 향해 빠른 속도로 빨려 내려갔다. 저것은, 검고, 묵직해 보이는, 평범한 비닐봉투……. 그렇게 믿을 수 있다면 얼마나 행복했을까. 그러나 당치도 않은 이야기였다. 나는 보고야 말았다.

교실에서 자주 본 갈색 머리와 흔들리는 주름치마를.

땅에 부딪치는 순간에 아무 소리도 들리지 않았다. 원래 그런 것일까, 아니면 내가 동요했기 때문일까. 단 유리의 손을 뿌리치고 베란다로 나가는 문으로 뛰어갔다. 손이 말을 듣지 않아 몇 번이나 헛손질을 했다. 비틀거리는 발걸음으로 간신히 난간에 다다랐을 때, 나는 그 자리에 주저앉고 말았다.

비정상적인 방향으로 관절이 꺾인 여자아이가 꿈쩍도 하지 않은 채 땅바닥에 널브러져 있었다. 피투성이였다. 잘못 본 것이 아니다. 야마기리 코즈에였다.

지금 내 눈앞에서, 그녀가 살해당한 것이다.

야마기리의 몸이, 그녀가 떨어지던 방향으로 예측한 지점보다 약간 오른쪽에 있는 것 같다는 생각이 들었다. 기분 탓일까, 혹은 추락할 때 충격으로 몸이 튕겨져 나간 것일까. 그도 아니면 생을 포기하고 싶지 않아 마지막의 마지막 순간까지 허공에서 버둥거린 그녀의 이성이 운명의 방향키를 조금이나마 비틀어 보인 것일까.

"이제 내가 범인이 아니라는 거, 알겠지?"

나는 무릎을 꿇은 채 베란다로 나온 단 유리를 올려다봤다.

역광이었다. 단 유리의 얼굴은 희뿌연 연무 속에 녹아 있었다.

"나는 야마기리 코즈에 근처에도 가지 않았어. 여기서 너와 떠들고 있었잖아. 확실한 알리바이가 있지. 안타깝게도 네 가설은 틀린 것 같네. 애초에 난 도우카가 죽었을 때는 학교에 나오지 않았어. 근처에 있지도 않았고."

단 유리는 그저 망연자실한 나와 눈을 맞추듯 천천히 쭈그러 앉았다. 그러고는 무리를 잃은 가여운 짐승을 격려라도 하는 듯이 상냥한 미소를 지어 보였다.

"고마워. 야에가시 스구루가 계속 야마기리 코즈에 근처에서 알짱거리는 바람에 방해가 됐거든. 어떻게든 야마기리한테서 야에가시를 떼어놓으려고 했는데. 네 덕분에 무사히 야마기리를 처리할 수 있었어."

간신히 입을 열었지만 아무 소리도 낼 수 없었다.

"내 추측이 맞는다면, 더 이상 누구도 죽지 않을 거야. 누구도 죽고 싶어지지 않을 거야. 학교에는 평화가 찾아오겠지. 그래서 나는 이쯤에서 깔끔하게 정리해 놓고 싶어. 네가 범인이냐는 둥, 네가 정신을 조종했냐는 둥 의심을 받으면서 남은 학창시절을 보내는 건 원치 않거든. 그러니까 사과를 받고 싶은데?"

무릎을 꿇고 있는 것조차 힘에 겨워 그 자리에 엎어지고 싶었다.

"'억울한 누명을 씌었습니다. 제가 틀렸습니다. 더 이상 당신을 의심하지도, 따라다니지도 않겠습니다. 죄송합니다. 용서해 주세요.' 이렇게 말해 줄래?"

정의감에서 비롯된 거절이 아니었다. 미약한 허세도, 약자 나름의 고집도 아니었다. 손끝을 아주 미세하게 움직일 기력조차 남아 있지 않았기 때문이다.

"마음의 준비가 필요하다는 걸 알아. 그러니까 여름방학 시작 전까지는 기다려 줄게. 그때까지 내게 와서 제대로 사과했으면 좋겠어. 그리고 네 친구인 야에가시 스구루한테도 나를 쫓는 건 그만두라고 전해 줄래? 안 그러면 아마 넌……, 넌 9월에 학교에 오지 못할 거야. 그 전에 **죽고 싶어 질 테니까.**"

심장이 쿵 하고 떨어지며 아플 정도로 심하게 뛰었다.

"넌 교실을 위해 조율되는 게 아니야. 제물로서 필요한 것도 아니고. 그냥 죽고 싶어질 거야. 알겠어? 가능하면 나도 너와 함께 졸업하고 싶고, 앞으로도 적당하게 거리를 두고 지내고 싶거든. 그러니까 부탁해. 사과, 기다릴게. 그럼 난 이만."

단 유리는 사회과자료실을 빠져나가 그대로 어디론가 사라졌다.

허공에서 야에가시의 포효가 쏟아져 내렸다.

## 13

추적추적 비가 내려 하늘도 고인의 죽음을 애도하는 듯 했다.

누구 한 사람 그런 감상적인 말을 꺼낼 기분은 아니었겠지만, 실제로 야마기리 코즈에의 장례식 때 비가 내렸다. 장례식이나 영결식, 두 가지 중 하나에 참석하면 된다고 했다. 다만 영결식은 수업 시간에 치러지므로 보통은 장례식에 참석했다. 입고 갈 옷은 교복으로도 충분했다. 분향 방법은 우선 합장부터 하고……. 우리는 아무도 헤매지 않았다. 슬프게도 장례식에 익숙해진 탓이었다.

고바야카와 도우카는 반이 달랐기에 장례식에 참석하지 않았지만, 우리 반 전원이 참석하기로 했던 무라시마 다쓰야와 다카이 겐유의 장례식에는 나도 참석했었다. 몸이 기억하고 있었다.

야마기리 코즈에 집안은 정토진종*이라 과거 두 사람의 장례식 때와는 독경 내용이 다를 것이라는 말을 소노카와

* 일본의 불교 종파 중 하나.

가 왜인지 자랑스럽게 알려 주었지만, 나는 맞장구조차 치지 않으며 흘려들었다. 막상 어디선가 공허한 목탁소리와 독경소리가 울려 퍼지기 시작하자 장례식장은 더욱 눈물바다가 되었다. 딸과 똑같은 밝은 색 머리를 한 야마기리 코즈에의 어머니는 스님에게 주의를 받지 않을까 싶을 정도로 통곡했다. 아버지는 무릎 위에 올려놓은 주먹에 힘을 꽉 쥐었다. 야마기리 코즈에의 남자친구 모리우치 진은 분향할 차례가 되었는데도 허리가 아픈 것처럼 느릿느릿 걸었다. 손에는 그 열쇠고리를 쥐고 있었다.

학생들 전원, 음식 대접은 정중히 사양한다는 의사를 담임이 유족에게 미리 전해 두었다. 담임도 유족을 배려하는 태도가 능숙해졌다. 독경이 끝난 뒤 우리는 줄줄이 장례식장을 나왔다. 비닐우산이 슬픔에 잠긴 수국처럼, 밤거리 속에서 맥없이 흔들거렸다.

야마기리 코즈에가 뛰어내린지 얼마 지나지 않아 출동한 경찰은 추락 순간을 목격한 중요참고인인 나와 단 유리에게 당시의 정황을 청취했다. 단 유리가 그 상황을 즐겼을 정도로 사디스트인지는 모르지만 아무튼 처음부터 끝까지 입을 다물었다. 자연스럽게 나만 지껄이는 처지가 됐다. 내 옆에는 틀림없이 야마기리 코즈에를 죽인 범인이 앉아 있었다. 그러나 경찰을 상대로 빤히 들여다보이는 거짓말을 할 수 없었다. 각색하지 않고 사실대로 진술하면 결국 단 유리의 결백과 야마기리 코즈에의 자살을 증명할 뿐이었다. 너무나도 무력했다.

"……가키우치."

야에가시가 내 옆에 나란히 섰다.

"그거, 진짜야?"

"그거라니?"

"도우카가 목을 맨 날, 그 빌어먹을 여자, 단 유리는 학교를 쉬었다는 거. B반 출석부에 그렇게 적혀 있어서, 다케자키에게 물어봤더니 틀림없다더라고…… 도우카가 목을 맸을 때, 걔는 분명 도우카 근처에 없었어."

"……그래?"

"내가…… 내가 좀 더 제대로……."

아니 내가 잘못한 거야, 아니야 내 잘못이야. 내가 더, 아니 애당초 내가……. 그러한 대화에 그만 진이 빠진 우리는 더 이상 말을 섞지 않았다. 도망치듯 시선을 옮기는데 뜻밖의 인물을 발견했다. 미즈키였다.

사람들의 눈에 띄는 것이 부끄러운지 우산으로 얼굴을 가리고 걷고 있었다. 그녀에게 무언가 할 말이 있지 않았나 생각을 더듬었지만 이내 그마저도 지쳐 버려서 어떤 생각도 할 수 없게 되었다. 그 대신에 문득, 한 가지 가능성이 떠올랐다. 하지만 그것을 검증할 기력도 없었고, 굳이 물을 필요도 느끼지 못했다.

단 유리는 이것으로 끝이라고 말했다. 단, 내가 사과를 한다면.

A반과 B반에 마지막 한 사람이 남을 때까지 죽이는 것이 아니라 교실이 혼자가 될 때까지 계속 죽이겠다고 말했다. 그 진의가 무엇인지, 또 그녀가 진정으로 노리는 것이 무엇인지는 완전히 이해할 수 없었다. 그런데도 이것으로 끝이라니 그녀의 소원이 이루어졌다는 뜻이겠지.

그렇다면 내가 사과를 해서 이 모든 일을 끝내는 것이 최선이다.

이제 단 유리는 아무도 죽이지 않을 것이다. 우리가 지켜야 했던 야마기리 코즈에는 죽고 말았다. 나는 더 이상 아무것도 바라지 않고, 단 유리는 눈곱만 한 가치도 없는 내 사과를 원할 뿐이다. 그렇다면 그 요구에 응해 주면 될 일이다. 기말고사가 끝날 때 즈음 사과하러 가자. 오기로라도 무릎 꿇고 엎드려 사과하고 싶지 않았고, 이러한 상황에서 최후의 발악을 하고 싶을 정도의 의욕도 없었다. 나는 충분히 노력했다. 야에가시도 인정할 것이다.

이성적으로 생각하면 아무런 힌트도 없는 상태에서 상대방의 능력과 그 발동 조건을 밝혀낼 수 있을 리 없다는 것은 쉽게 알 수 있었다. 우리가 재학 중인 기타카에데고등학교 학생들의 학력 수준은 평균이고, 나는 그중에서 아무리 좋게 포장해도 중상위권 정도였다. 그런 내가 무엇을 어떻게 할 수 있겠는가.

또다시 전교생 조회가 열렸다. 교장은 몹시 비통해서 아무 말도 할 수 없는 모습으로 5분도 채우지 못했다. 대신 단상에 오른 교감이 담담하게 주의사항을 전달했다. 절대로 목숨을 함부로 하지 말 것, 앞으로 개별 면담을 실시할 예정이니 고민이 있는 학생은 허심탄회하게 이야기할 것, 모든 빈 교실 출입을 원칙적으로 금지하고 모든 창문과 옥상 출입문을 철저히 단속할 것, 등하굣길에 보도진이 질문해 올 경우 대답하지 말 것.

교장과 교감은 과연 '수취인'의 존재를 알고 있을까. 교감은 차치하고, 이 학교의 설립자인 기시타니 료켄과 혈연관계인 기시타니 교장은 대략적인 내용 정도는 알고 있지 않을까. 알기는 하지만 믿지는 않는다. 그 정도 아닐까 나는 제멋대로 결론지었다.

교실은 침묵했다. 결코 과장된 표현이 아니었다.

정말로 아무도 말을 하지 않았다.

삼세번에 득한다는 말이 있으니, 네 번째 자살 사건은 쐐기를 박은 것이나 다름없었다. 모든 학생의 예감과 의혹이 확신과 공포로 바뀌었다. 설마 타살을 의심하는 아이는 없어 보였지만 일종의 저주를 믿고 싶어질 환경은 갖춰졌다. 고바야카와 도우카가 죽고, 무라시마 다쓰야가 죽고, 다카이 겐유가 죽고, 야마기리 코즈에도 죽었다. 과거의 나처럼 유서 내용에 대한 소문이 근거 없는 뜬소문이라고 확신했던 학생들도, 누구든 확인할 수 있는 인스타그램에 업로드된 문구를 보고는 믿을 수밖에 없었다. 야마기리의 계정은 아직도 공개되어 있었다. 물론 마지막 게시글도.

**나는 교실에서 너무 큰 소리를 냈습니다. 조율되어야만 합니다. 안녕.**

교실에서 큰 소리를 냈다니, 혹시 나도.

아니지, 아니야. 그런 말도 안 되는…….

이렇게 생각할지도 모른다. 그러나 실제로 네 명이 목숨을 잃은 교실에서 감히 목소리를 낼 수 있는 용자가 과연 있을까.

수업이 끝날 때마다 삼삼오오 모이던 사에키 마린, 니시나 모에카, 하야시 미쿠들. 이 세상에 존재하는 사람은 자신들 뿐이라고 확신하는 것처럼 누구의 시선도 신경 쓰지 않고 왁자지껄 웃던 아카니시와 고리야마, 그리고 야에가시. 그들만큼 시끄럽지는 않았지만 쉬는 시간마다 떠들던 관악부 여자 삼인방. 육상 관련 잡지를 보며 항상 의견을 나누던 육상부 남자아이들. 턱이 뾰족한 애니메이션 캐릭터와 그 캐릭터의 목소리를 연기한 성우들에 대해 수다를 떨던 여자아이들.

한 사람도 남김없이, 어느 누구도, 자신의 자리에서 일어서는 일조차 없었다.

겨우 일어났나 싶으면 화장실에 갔다 올 뿐. 작은 소리로 말을 주고받는 학생은 있어도 그 이상 눈에 띄는 행동을 하는 사람은 한 명도 없었다.

그렇구나. 나는 자신도 모르게 소리를 낼 뻔했다.

교실은 완전히…… **혼자가 되어 있었다.**

공교롭게도 오늘은 금요일이었지만, 이미 누구나 확신하고 있었다. 수업이 모두 끝나자마자 학생들은 망설이지 않고 교실을 빠져나갔다. 마치 꽉 누른 튜브 입구로 공기가 한꺼번에 빠져나오듯 줄줄이 복도로 사라졌다. B반 학생 몇 명이 우리 교실을 슬쩍 살폈지만 금방 상황을 파악하고는 발길을 돌렸다. 그러한 일련의 풍경을 담임은 다소 유감스럽게, 그러나 어쩔 수 없다는 표정으로 지켜봤다. 이윽고 담임도 사라졌다.

대세를 거스를 생각은 아니었지만 현실에 압도된 나는 결국 그 자리에서 움직이지 못했다. 교실에 다섯 명 정도 남았을 때, 소노카와가 다가왔다. 몹시 과장된 몸짓으로 발소리를 죽여 살금살금 다가와서는 한껏 흥분한 마음을 숨기듯 일부러 입술을 오므려 보였다. 입 크기와 달리 목소리를 잔뜩 죽이고는,

"이건, 이건, 이건 기적이야. 그 '바보 놀음' 말이야."

내가 잠자코 있자,

"지금 하리모토랑 원래 우리가 놀던 데나 갈까 이야기하고 있었는데, 괜찮으면 너도 낄래? 뭘 할지는 아직 안 정했는데 모처럼 같이 노는 거니까 완전 재밌게 노는 거 어때?"

"난 됐어."

"아, 그래? 뭐, 다음 주도 있으니까 다음엔 꼭 같이 놀자. 이젠 앞으로 매주 놀 수 있잖아. 아 그런데 진짜 이거 완전, 신이 주신 선물 아니냐. 이런 말 대놓고 하기는 그렇지만, 어디 있는지 모를 정의의 히어로가 신비한 힘으로 그 짜증나는—"

"닥쳐 줄래?"

"……어, 응?"

"더 이상 아무 말도 하지 마."

생각보다 분위기가 훨씬 나빠져 버리는 바람에 나는 한숨을 쉬고는 날카롭게 대꾸한 것을 사과했다. 아무튼 오늘은 함께 놀 수 없다고 다시 한번 뜻을 밝히고, 소노카와와 하리모토가 교실을 떠나기를 기다렸다. 소노카와는 놀란 듯 갑자기 저자세로 몇 번이나 사과했다.

두 사람이 교실 밖으로 나가자 마침 복도를 지나가던 여학생 한 명이 멈춰 섰다. 그러고는 이쪽을 바라봤다. 사과할 생각이면 지금이라도 괜찮아. 단 유리는 잠시 엷게 웃으며 내가 움직이기를 기다렸다. 그러나 나는 움직이지 않았다. 결코 반항하는 것도, 그녀가 먼저 대화를 걸어오기를 기다린 것도 아니었다. 그저 나는 좌절한 것이다. 마음도 몸도 완전히 내 의지를 벗어난 상태였다. 내가 아무 행동도 하지 않을 것이라는 사실을 깨달은 그녀는 조용히 다시 걸어갔다.

정신을 차리고 보니, 교실에는 나와 야에가시 두 사람만 남아 있었다.

"……뭐야, 이게."

야에가시는 의자 등받이에 눕다시피 기댄 채 천장에 매달린 형광등을 바라보며 말했다. 아무래도 단 유리가 복도를 지나가던 모습을 보지 못한 모양이다.

"가키우치, 이제 어쩌지."

"⋯⋯뭘?"

"이런 거지 같은 상황에 몰려서, 감쪽같이 속아 넘어가기만 하고 이대로 끝낼 수는 없잖아⋯⋯. 반드시 그 빌어먹을 여자의 능력을 알아내서 죄를 뉘우치게 하고, 그러고 나서 다시 레크리에이션을 할 수 있을 정도로 우리 반을 되돌려놔야지. 그러지 않으면 죽은 애들한테—"

"단 유리는."

나는 야에가시의 말을 끊었다.

"단 유리는 이제 아무도 죽이지 않을 거야."

"⋯⋯그래서 그게 뭐."

"끝났다고. 우리가 할 수 있는 건 이제 아무것도 없어. 내가 단 유리에게 사과하면 그걸로 모두 끝나는 거야."

"⋯⋯사과를 한다고?"

"걔가 '나를 의심한 걸 사과해'라고 했거든. 그러면 이제 아무도 안 죽이겠다고."

"⋯⋯그래서, 너, 그 미친 여자한테 사과할 거야?"

"그거 말고 달리 방도가 없잖아."

"아니…… 아니지, 그건 이상해. 넌 정말 그걸로 됐다고 생각해? 넌 걔한테 고개 숙이는 게, 아무렇지도 않냐고. 너도 그 미친 여자가 한 짓을 용서할 수 없어서 지금까지 함께 움직인 거잖아. 안 그래?"

"우리가 할 수 있는 게 아무것도 없다는 건, 안타깝지만 사실이야."

야에가시는 벌떡 일어났다. 그 반동으로 의자가 볼링 핀처럼 기우뚱기우뚱하다가 쓰러지며 우당탕 소리를 냈다. 위협하듯 상체를 바싹 들이댔지만 그러는 자신도 이렇다 할 효과적인 반론을 할 수 없다는 사실을 깨달은 기색이었다. 아무리 콧김을 내뿜어도 우리가 할 수 있는 일은 무엇 하나 없었다.

단 유리의 능력을 알아내지 못하면 흉악한 짓거리를 막을 수 없다. 그러나 우리 두 사람의 힘으로 능력을 추리하는 것은 거의 불가능하다. 갑자기 태도를 바꾸어 폭력이라도 행사하면 우리만 범죄자가 될 뿐더러, 지금에 와서는 능력을 알아낼 필요도 없어졌다. 단 유리가 더 이상 아무도 죽이지 않겠다고 했기 때문이다.

"하지만……."

야에가시는 주먹을 불끈 쥐었다.

"너도 이런 반은 싫잖아?"

그릇 바닥에 달라붙은 찌꺼기를 간신히 긁어낸 듯한 야에가시의 말에서 나는 기묘한 그리움을 느꼈다. 어디에서 누구에게 들은 말일까. 현실과 멀어져 과거를 회상하다 보니 얼마 지나지 않아 떠올랐다.

지금은 죽고 없는, 다카이 겐유가 했던 말이다.

"가키우치 너도 이렇게 쓸쓸한 반은 싫잖아?"

정말 붙임성 좋은 녀석이었다. 초등학생이나 중학생 때, 아니면 학원이나 과외에서 함께 어울린 적이 있었나? 하도 넉살 좋게 말을 걸어오기에 진지하게 이런 고민을 했다. 생각해 보니 역시나 분명 처음 보는 사이였다.

B반과 합동 레크리에이션을 해보면 어떨까. 아침 학급회의에서 처음 제안한 사람은 역시 무라시마 다쓰야였나, 정확하게 기억나지는 않는다. 하고 싶은 사람은 손을 드세요. 나를 포함한 학급 인원의 과반수가 손을 들지 않았다. 그것을 본 다카이 겐유는 사과머리를 흔들며 큰 소리로 호들갑을 떨었다.

"아니지, 아니지, 말도 안 돼!"

그는 한동안 레크리에이션을 반드시 해야 한다며 역설했

고, 레크리에이션 기획을 실행에 옮기면 얼마나 멋진 학교생활이 찾아올지를 온몸을 동원해 손짓발짓으로 표현했다. 그 연설이 예상보다 길어져서 재투표는 방과 후로 미뤄졌다. 다카이 겐유는 매 교시가 끝날 때마다 반대파 무리를 설득하러 다녔다. 아직 4월이었는데도 반 아이들의 이름을 전부 알고 있다는 점에 솔직히 감동받았다. 다만 평범하게 이름을 부르지 못하는 성격인지 상대가 누구라도 멋대로 별명을 붙여 불렀다.

다카이 겐유가 내게 다가온 것은 3교시가 끝난 직후였다.

가키웃치가 누구를 칭하는지 모를 정도로 둔하지는 않지만, 너무나도 갑자기 좁혀 오는 거리감에 정말 나를 부르는 것이 맞는지 몇 번이나 두리번거리며 확인했다. 그가 내 어깨를 두드리고 나서야 마침내 확신할 수 있었다.

"가키웃치, 수업 다 끝나고 하는 투표에서 손들자. 레크리에이션 분명 재밌을 거야, 진짜, 진짜 정말로."

나는 긍정도 부정도 하지 않은 채 어중간한 태도로 가만히 있었다.

"가키웃치, 참 이러면 안 되지. 여기서 손을 안 들면 남자도 아니야. 하자! 같이 만들어 보자! 최고의 반을, 최고의 고등학교 시절을!"

"……글쎄."

"가키우치 너도 이렇게 쓸쓸한 반은 싫잖아?"

내가 대답할 말을 찾지 못하자 그 모습을 보고는 손뼉을 짝 치며 물었다. 아무래도 시끄러울 정도로 세게 손뼉을 치는 것이 버릇인 듯했다.

"오케이, 그럼 질문을 바꿀게. 너도 혼자 있는 건 싫잖아?"

무라시마 다쓰야와 야에가시가 물었다면 적당히 맞장구를 치며 그건 그렇지, 라고 대답했을지 모른다. 하지만 다카이 겐유는 다소 당황스럽게 만들어도 괜찮을 것 같은 느낌이 드는 녀석이었다.

"나는 혼자라도 괜찮은데."

다카이 겐유는 잠시 두 손으로 나를 가리킨 채로 굳었다.

그리고 마침내 "또, 또, 또 그런다"라며 호들갑을 떨기 시작했다.

"여하튼 방과 후 투표에서는 꼭 손들어야 해, 알겠지? 부탁할게 가키우치."

그는 다시 다른 반대파 아이들을 설득하러 다녔다. 그의 설득 작업은 헛되지 않았다.

방과 후 학급회의. 찬성하는 사람은 손을 들어 주세요. 그 순간, 깜짝 놀랄 정도로 많은 아이들이 손을 들어서, 그 모습을 보고는 아웃사이더가 될까 봐 두려워진 다른 학생들도 허겁지겁 손을 들었다. 다카이 겐유는 손가락으로 브이를 표시하며 기뻐했다.

레크리에이션 기획이 시작되면서 우리 반은 그들이 목표로 하는 이상을 향해 달리기 시작했다.

지금 내 앞에는 비슷한 질문을 던진 야에가시가 있다.

"너도 이런 반은 싫잖아?"

그 말에 다시 한번 다카이 겐유가 겹쳐 보였고, 그때 어떻게 대답했어야 옳았을지 거듭 고민했다. 그리고 고민 끝에 나는 마침내 입을 열었다.

"모르겠어."

집으로 돌아온 나는 당황했다. 아무도 없었던 것이다.

누구와도 몸을 부딪치지 않고 순조롭게 냉장고에 붙어 있는 달력 앞으로 가서 식구들의 일정을 확인했다. 아버지는 당연히 회사. 어머니는 매주 금요일마다 문화센터에 뜨개질을 배우러 다니는 것 같고, 여동생은 수영 교실, 남동생은 동아리 활동으로 늦게 귀가, 형은 아르바이트였다. 금요일 오후에는 집에 아무도 없었던가, 우리집 냉장고가 이렇게 시끄러운 소리를 내며 작동했던가. 그러한 사실들을 처

음으로 깨달은 나는 문득 거실에서 기말고사 공부를 해야
겠다는 생각이 들었다.

거실에 있는 탁자는 아이들 방의 그것과 달리 참고서를
세 권이나 펼쳐 놓을 정도로 여유가 있었다. 샤프펜슬을 사
각사각 움직이고 있는 사이에 정신을 차리고 보니 두 시간
이 지나 있었다. 흡사 미즈키의 집에 있는 것처럼 시곗바늘
소리를 강하게 의식하기 시작했을 때, 나는 펜을 내려놓고
울음을 터뜨렸다.

눈물은 한참을 멈추지 않았다. 그러나 아무리 울어도 누
구도 내게 눈물의 이유를 묻지도, 얼굴을 들여다보지도, 놀
리며 웃지도 않았다. 혼자였으니까 당연한 일이다. 그 사실
을 깨닫자 또다시 눈물이 흘러내렸다.


14


"이런 거 볼 때마다 드는 생각인데, 교장은 아무것도 모를
거야. 그치?"

휴게실 TV에서는 우리 학교 교장이 플래시 세례를 피해
시선을 돌리듯 고개를 숙이고 있었다. 이전까지는 인터넷
뉴스에서 도시전설처럼 보도되었을 뿐이던 세 사람의 자살

이 네 사람으로 늘자, 세상은 역시 무시하지 않았다. 그러나 유서 내용이 똑같다는 등의 정보는 보도하지 않았다. 철저하게 교장을 비롯한 교육 현장의 실책을 강조하고 싶은 것 같았다.

학교 폭력이 있었을 겁니다. 인정하시죠.

은근히 압박하는 보도진의 질문 공세가 핵심을 벗어난 헛발질처럼 느껴졌다. 학교 폭력은 없었습니다. 모두 밝고 건전한 학생들로 학급에서 중심 역할을 한 아이들이었다고 알고 있습니다. 교장이 아무리 진실을 말해도 그럴 리 없다는 추격의 손길은 집요했다. 전교생 조회 시간에 그토록 가슴 아파하던 교장이 비난을 한몸에 받고 있으니 내 가슴도 고통으로 저릿했다. 자세한 사정은 모르지만 교장도 분명 나쁜 사람은 아닐 것이다.

"엄청 심한 괴롭힘을 당했지? 그게 아니라면 네 명씩이나 죽을 리 없잖아."

타피오카 음료 가게의 노리코 씨는 예의 자살 사건이 내가 다니는 고등학교에서 일어난 사건이라는 사실은 알지만, 네 사람 중 세 사람이 우리 반 학생인 것은 모른다. 굳이 그걸 말했다가 분위기가 어색해지는 것도 싫어서 잠자코 있었다.

학교 폭력은 없었다고 말할까 싶었지만, 다시 생각해 보니 없던 것도 아닌가 싶어 입을 다물었다. 과연 누가 진짜 가해자이고 누가 진짜 피해자인지는 아직 나로서도 판단할 수 없었지만.

"학교는 진짜 거지 같은 곳이야."

노리코 씨는 TV 화면을 응시한 채 블랙 썬더 초코바를 뜯었다. 휴게실에 들어오고 난 뒤 두 개째였다.

"특히 고등학교 말이야. 절대 다시 돌아가고 싶지 않아."

"……싫은 기억이라도 있어요?"

"그것밖에 없지."

"네?"

"싫은 기억밖에 없다고."

어떤 환경에서도 웃는 얼굴로 즐겁게 행동하는 사람이라고 생각했기에 뜻밖의 대답이었다.

"그런 거 있잖아? 바보 같은 계급 말이야, 학생들 사이에."

하라주쿠에서 가져온 것처럼 알록달록하고 화려한 그녀의 앞치마에 왜인지 모르게 회색빛 그림자가 드리운 듯 보였다.

"나는 말이야, 당시에 진지하게 고민했어. 이게 뭘까. 그랬더니 알겠더라고. 사실은 하위 계급인 사람은 없다는 걸 말이야. 결국 상위 계급인 사람만 있을 뿐이지. 그리고 계급이 더 높은 사람이 '군사력'을 마음껏 휘두를 목적으로 멋대로 시작한 '부국강병 게임'에 나머지 사람들이 휩쓸린 것뿐이라는 걸 깨달았지."

"······부국강병 게임이요?"

"군사력은 '폭력'이라는 단어로 바꿔 말할 수도 있겠네. 육체적인 힘이 세다거나 실제로 사람을 때린다는 단순한 의미가 아니야. 여차하면 자신들이 더 강하다는 것을 어필할 수 있는 힘이라는 의미지. 역시 '군사력'이라는 단어가 딱 맞는다니까."

의도를 알 수 없는 이야기에 나는 잠자코 듣기만 했다.

"상위 계급이고 싶은 사람들은 자신의 의견이 잘 먹히고 지내기 편한 쾌적한 교실을 만들려고 그룹이라는 이름의 '나라'를 만들려고 노력해. 누구든 굴복할 만한 강력하고 거대한 국가를 만들려고 말이야. 이게 부국강병 게임이야. 교실 전체를 제압할 수 있는 압도적인 군사력을 가진 사람이 열쇠를 쥐는 거야.

그럼 교실에서의 군사력이란 뭘까. 정체는 바로 '폭력'이야. 폭력에도 여러 종류가 있는데, 우선은 육체적인 힘이겠지? 힘이 센 남자아이들은 그것만으로도 상대를 위압할 수 있어. 패 버린다고 말하면 누구든 쫄아서 따르게 되니까. 그러니까 그런 남자아이들은 상위 계급이 될 수 있어. 하지만 아무리 힘이 세도 '세련되지 못한' 남자들은 상위 계급이 될 수 없지. 여자아이들 그룹과 어울릴 수 없으니까 말이야. 남자들은 무슨 일이 있어도 여자를 필요로 해. 나라를 번영시키기 위해 번식은 필수니까. 그리고 여자들까지 포섭하지 않으면 군사력에 반드시 필요한 '숫자'를 유지할 수 없지. 그렇다면 상위 계급인 남자아이들은 아무래도 외모에 신경을 써야 해. 여자아이들은 촌스럽고 땀 냄새 나는 가라테부 주장에게 열광하지 않거든. 스포츠는 스포츠이되 되도록 멋있고 호쾌하게 상대를 제압할 수 있는, 군사력에 직결될 만한 스포츠여야 하지. 탁구보다는 야구, 배드민턴보다는 축구, 배구보다는 몸싸움이 많은 농구. 강하고 멋있고 목소리가 큰 남자아이들이 상위 계급이 되어서 강한 나라를 만들려고 하는 거야.

한편 자신의 의견을 휘두르고 싶어 하는, 상위 계급을 노리는 여자들에게도 역시 남자가 필요해. 이유는 남자와 같지. 여자들만으로는 번영한 나라를 만들고 번식할 수 없으니까. 게다가 유감스럽게도 여자아이들은 아무리 힘이 세도 남자아이들보다는 약하거든. 그러니 육체적인 측면에서 압도적인 남자아이들 그룹을 보디가드 삼아서 보완할 필요가 있어. 따라서 여자아이들은 저절로 근육이 발달한 레슬링 선수가 아닌 귀여운 아이돌 타입을 지향하게 되지. 귀엽고 예쁘고 지켜 주고 싶게 만드는 사랑스러운 여자가 아니면 남자의 비호를 받을 수 없으니까. 외모를 가꾸는 데 신경을 쓰는 것은 물론, 힘으로 계급을 높일 수 없는 만큼 태생이 예쁘다는 사실이 남자보다 훨씬 중요해. 하지만 조심해야 하는 점은 '혼자 뛰어나게 예뻐서 남자아이들과 잘 어울리는 것'은 금물. 튀게 되면 쿠데타를 일으킬 위험분자 취급을 당하면서 여자아이들 사이에서 철저하게 배제되거든. 친구가 줄어들면 자신의 의견을 지지해 줄 사람들도 자연히 줄어드니까 결과적으로 계급도 떨어지지. 그래선 절대 안 되겠지? 그러니까 우선 여자아이들끼리 강한 그룹을 만들어. 가장 잘생긴 남자아이들 그룹의 시선을 끌기 위해 외모에 신경을 쓰면서 못생기거나 나처럼 뚱뚱한 사람은 가장 먼저 배제해 버리지.

재미있는 사실은 얼굴이 잘생기고 운동을 잘하는 남자아이든, 예쁘고 성격이 좋은 여자아이든 계급이 높은 애인을 얻은 아이든 '상위 계급이 되고 싶다', '부국강병 게임에 끼고 싶다'고 생각하지 않는 학생들은 하위 계급으로 인식되고 말아. 뭐 이건 상관없는 이야기인가.

　아무튼 그렇게 남자들 사이에서 가장 큰 파벌과 여자들 사이에서 가장 큰 파벌은 서로에게 끌리듯 자연스럽게 손을 잡게 돼. 그때, 그 사이에 개입할 수 있는 사람은 아무도 없어. 왜냐하면 그들에게 거스르면 학교에서 살아남을 수 없게 되거든. 단순히 폭행을 당할지도 모른다는 생각뿐 아니라 많은 아이들에게 무시당하거나 매도당할지도 모른다는 불안이 따라붙지. 보이지 않는 공포는 그야말로 '군사력' 그 자체인 거야. '폭력'이요, '숫자'요, '이데올로기'이자 '핵무기'인 거지. 나라에 들어가지 못한 학생들은, 혹은 처음부터 나라에 들어갈 마음이 없었던 학생들은 교실에서 조용히 살아가거나 상위 계급자들이 세운 나라의 속국이 될 수밖에 없어. 아무도 그들에게서 방향키를 빼앗을 수 없거든. 그들은 교실 안에 있는 모든 부를 독점하고 하위 계급 인간들에게 평생 지워지지 않는 문신처럼 강력한 열등감을 심어 주지."

　"평생 지워지지 않아요?"

　그제서야 대화 상대가 있었다는 사실이 떠오른 모양이다. 노리코 씨는 마침내 입을 뗀 나를 보며 하하하 웃었다. 너무 많이 떠들어 댔다며 TV에서 시선을 돌리는데,

"나 이렇게나 주저리주저리 떠든 거야?"

노리코 씨가 짓궂게 말했다.

"아무리 봐도 안 없어지는 것 같지 않아?"

귀가 전철은 여느 때와 같이 빈틈없이 꽉 차 있었다. 간신히 플랫폼에서 해방되고 나서도 옷에 밴 누군가의 땀 냄새 탓에 속이 울렁거렸다.

아무래도 곧장 집으로 돌아갈 기분이 아니어서 길거리 작은 공원에 있는 벤치에 앉았다. 그리고 시야에 들어온 자동판매기에서 탄산음료를 샀다. 순식간에 다 마실 수 있을 줄 알았는데 막상 입에 대고 보니 한입 마시고 질려 버렸다. 이런저런 일들에 신물이 난 나는 회색빛 한숨을 내쉬었다. 무심코 시선을 돌리다가, 아이가 만들고 간 것인지 모래밭에 있는 자그마한 산이 눈에 들어왔다. 문득 피라미드라는 단어가 떠올랐다. 그리고 노리코 씨의 이야기와 뒤섞이며 호조오카언덕 위에서 단 유리가 했던 루소의 이야기로 이어졌다.

—사회제도가 생겨나면 사람은 필연적으로 불평등을 낳는 구조를 안게 되어 있어. 어떤 선후책을 마련하지 않는 이

상 불평등은 계속 확대되지. 그리고 마침내 '왕'을 절대 정점으로 하는 피라미드……

책 제목은 기억나지 않는다. 사회계약론이 아니었다는 사실만 기억하지 그 밖의 것은 떠오르지 않는다.

모래밭에 만들어진 작은 산을 바라보면서 그 정상에 무라시마 다쓰야가 서 있는 모습을 상상했다. 그 주변에서 고바야카와 도우카와 다카이 겐유, 야에가시와 미즈키 등 여러 학생이 군림하고 있다. 노리코 씨의 표현으로는 부국강병 게임의 참가자들이다. 그들은 교실을 뜻대로 움직이고 부를 독점한다. 과연 확실히, 그럴지도 모른다.

기시타니 료켄 씨가 어떠한 생각으로 '수취인'의 능력을 만들었는지는 모른다. 하지만 과연 이 능력이 이렇게 불공평하게 분배되기를 바랐을까? 야에가시의 추측이 맞다면 내 능력의 전임자는 무라시마 다쓰야였을 것이다. 틀림없이 A반의 정점에 섰던 남자다. 야에가시도 피라미드 윗부분에 있는 인간으로, 그 능력은 예부터 축구부에서 대대로 이어져 내려오고 있다고 말했다. 능력 중 다른 하나도 야구부에서 대대로 이어져 내려오고 있으며 현재는 주장인 사코라는 3학년 학생이 지니고 있을 것이라고 했다.

피라미드 꼭대기에 있는 자들이 능력을 믿고 까분다. 하위 계급 학생들은 애당초 능력이 존재한다는 사실조차 모른다. 상위 계급에 의한 훌륭한 부의 독점이다.

필연적으로 생겨난 불평등과 왕을 정점에 둔 피라미드 구조에 체념과도 같은 박수라도 보낼까 생각했을 때, 당연히 느꼈어야 했던 위화감이 마침내 엄습했다. 아니, 마음속 한 구석에서는 진즉에 눈치챘을지도 모른다. 그러나 굳이 생각하지 않으려 밀어 둔 것이다. 그럴 수도 있지, 라고. 그러나 이 위화감을 무시하고는 더 이상 손수레를 끌고 갈 수 없었다. 다시 생각해도 확실히 기묘하기 때문이다.

무라시마 다쓰야는 농구부 선배에게 능력을 받았다고 했다. 나는 그 무라시마의 죽음으로 우연히 능력을 받게 되었다. 야에가시는 축구부 선배의 뒤를 이었다고 했다.

그렇다면 단 유리에게 능력을 준 사람은 누구일까?

그녀 주변에 친구다운 존재는 찾아볼 수 없다. 동아리 활동도 하지 않아 아마 선배와 교류하지도 않을 것이다. 귀중한 '부'가 어떻게 '나라'의 통제에서 벗어났을까.

위화감과 마주하니 자연스럽게 커다란 가능성이 세워졌다. 공사현장을 찍은 영상을 빨리감기로 재생하듯 순식간에 기초를 닦고, 발판을 마련하고, 뼈대를 세우고, 외벽과

내벽을 완성했다. 하나의 가설이 내 가슴속 한복판에 거대한 탑처럼 우뚝 솟아올랐다.

맞아, 어째서 조금 더 빨리…….

나는 현관문을 거세게 열며 뛰어 들어갔다. 이제 오니, 늦었네. 문은 살살 열어. 도모히로, 가위 어디에 뒀니. 모든 목소리에 "미안, 나중에"라고 대답하며 책가방에서 편지를 꺼냈다. 그러고는 그대로 화장실로 뛰어 들어가 문을 잠갔다. 변기에 앉아 편지를 펼치고 한 문장 한 문장 씹어 삼키듯 다시 한번 정독했다.

졸업하는 시점에 반드시 다음 학생에게 능력을 물려줘야 한다.


**5. 졸업할 때, 당신은 신입생을 포함한 재학생 중에서 다음 '수취인'을 선출해야 합니다.**


단 유리의 경우는 아마도 이 규칙에 해당되지 않을 것이다. 그렇다면 나처럼 정식 루트가 아닌 다른 과정을 거쳐 능력을 손에 넣었을 것이다. '수취인'이 선대가 아닌 인물에게 선발될 가능성은 크게 세 가지였다. 우선 규칙 6번과 8번.

6. 선출하지 않고 졸업할 경우, 1학년 신입생 중에서 무작위로 새 '수취인'이 선발됩니다.

8. 누군가가 능력을 알아맞히는 등의 행위로 능력이 사라진 경우, 다음 '수취인'은 3년 후 1학년 신입생 중에서 무작위로 선출됩니다.

만약 단 유리가 지닌 '정신 조종' 능력의 전임자가 어떠한 이유로 다음 '수취인'을 지명하지 않고 졸업했다거나, 혹은 멍청한 실수를 저질러서 누군가에게 능력을 간파당했다고 가정하자. 그 결과 당시 1학년 신입생이었던 단 유리가 무작위로 선발되었을 가능성은 논리적으로는 제로가 아니다. 그러나 그 가능성은 없다. 그렇다고 확신할 수 있다.

왜냐하면 단 유리가 잔혹한 짓을 저지르기 시작한 시점은 올해 5월 말부터였기 때문이다. 그녀가 신입생 때 능력을 얻었다면, 무려 1년 2개월 동안이나 능력을 사용하지도 사람을 죽이지도 않고 불만 가득한 환경을 가만히 견뎌내기만 했다는 이야기다. 그러다가 범행을 실행하자마자 마침내 봇물 터지듯 네 명을 연쇄 살인한다. 1학년 때부터 능력을 지니고 있었는데 과연 이토록 편향된 살해 계획을 실행에 옮길까? 나는 확실히 가능성 없는 이야기라고 생각했다.

짧은 기간에 여러 명을 죽일 수 있는 사람이 1년 이상을 가만히 참고만 있을 리 없다. 만약 레크리에이션 기획이 문제라고 생각했다면 2학년이 되자마자 계획을 실행해도 되었을 이야기다. 이 가설대로라면 상황이 어떠했든 그녀는 너무 오래 참아온 것이다.

그렇다면 남은 가능성은 단 하나. 규칙 7번.

**7. '수취인'이 사망한 경우, 선대 '수취인'이 재학생 중에서 새 '수취인'을 다시 선출해야 합니다.**

내가 선출된 이유와 마찬가지로, '수취인'이 사망해서 그 윗대의 '수취인'이 무작위로 선택한 것이다. 이 편지에도 나를 지명했을 때의 상황이 적혀 있었다.

**실례지만 재학생 명부만 보고 적당히 지명했기 때문에 당신이 어떤 사람인지 저는 모릅니다. 당신이 양식 있는 인물로, 이 능력을 부디 학교의 평화와 학생들의 행복을 위해 활용해 주기를 바랍니다.**

이 가능성밖에 생각할 수 없다. 다만 여기까지는 그다지 중요한 이야기가 아니었다. 그녀가 능력을 얻게 된 경위를 밝혀냈을 뿐.

문제는 이 가설이 맞을 경우, 네 사람의 자살이 새로운 그림을 보여 준다는 사실이다.

왜냐하면 네 사람이 단 유리의 능력으로 자살당했다는 사실과, 네 사람 가운데 누군가 죽음으로써 단 유리가 능력을 얻게 되었다는 두 가지 사실이 서로 보기 좋게 상충하기 때문이다. 누군가가 죽지 않았으면 단 유리는 능력을 얻을 수 없었고, 단 유리가 능력이 없었으면 그들은 자살할 일도 없었다. 어느 쪽도 거짓이 아니라면 논리적으로 도출할 수 있는 답은 하나뿐이었다.

가장 처음 자살한 고바야카와 노우카만은 단 유리와 아무런 관계가 없는 **진짜 자살이다.**

그리고 고바야카와 도우카는 '수취인'이었다. 그래서 선대가 그녀의 후계자로 단 유리를 선출한 것이다.

능력을 손에 넣은 단 유리는 마치 고바야카와 도우카를 포함한 네 사람을 죽인 것처럼 꾸몄지만, 실제로는 무라시마 다쓰야부터 그를 포함함 세 사람에게만 마수를 뻗쳤다.

그리고 고바야카와 도우카의 죽음만이 진짜 자살이라는 사실을 알아차린 순간부터, 그동안 위화감을 느꼈던 몇 가지 사실들이 전혀 이상하지 않고 당연하게 느껴졌다. 단 유리의 능력이 미치지 않는 학교 부지 밖에서 고바야카와 도우카가 자살 도구인 밧줄을 미리 구입한 점은 물론이고, 당일에 단 유리가 학교를 쉬었던 점도 자살에 아무런 영향도 끼치지 못했다.

생각하면 생각할수록 납득이 갔다. 무라시마 다쓰야는 사이토 나오키가 눈을 뗀 사이 시청각실 창밖으로 뛰어내려 죽었다. 다카이 겐유는 행정직원 미노와 씨의 눈앞에서 빈 교실의 베란다에서 뛰어내렸다. 야마기리 고즈에는 내가 있던 사회과자료실 바로 위, 4층 창문에서 뛰어내렸다. 모두 투신자살을 선택했지만, 가장 처음 죽은 고바야카와 도우카 혼자만 목을 맸다. 조금 떨어져서 사건의 전체 모습을 살펴보니 그녀의 죽음만 유독 이질적이었다.

이렇게 되면 하나의 진실이 떠오른다. 감히 단언해도 좋을 것이다.

단 유리는 **투신자살로만** 사람을 죽일 수 있다.

아직 결정적인 것은 무엇 하나 말할 수 없었다.

그러나 무언가가 확실하게 보이기 시작했다.

## 15

교실에서 벌어진 학생들 사이의 학교 폭력 실태를 교장이 파악하지 못했을 리 없다.

아무래도 노리코 씨만 그렇게 생각하는 게 아닌 듯하다. 우리 반 담임교사 가와무라는 담임이 직접 나서서 진상을 소상히 발표해야 한다는 일부 목소리에 이리저리 치이며 매스컴에 시달렸다. 한 시간도 채 되지 않는 기자회견 영상이 TV에 몇 번이나 보도되고, 집 앞에는 매일 카메라가 몰려든다고 했다. 악의적인 보도 탓에 세심하고 자상한 교사가 아니라 학교 폭력을 묵인한 못미더운 교사라는 이미지를 뒤집어썼다.

그래서 바쁘다며 거절당할 것이라고 예상했다. 그래도 달리 도움을 청할 사람이 없으니 어쩔 수 없었다.

"장난이나 가벼운 호기심이 아니에요. 전 정말로 세 사람의 자살이 의심스럽다고 생각해요. 부디 현장검증을 같이 좀 해 주시면 안 될까요?"

단 유리의 능력을 다시 한번 제대로 확인하려면 반드시 무라시마 다쓰야, 다카이 겐유, 야마기리 코즈에의 살해 현장을 검증해야 한다. 그러나 야마기리 코즈에가 자살한 이후, 모든 교실의 문과 창문을 철저하게 단속하고 있어서 교사와 동행하지 않으면 교실에 들어가는 것조차 허용되지 않았다.

"미안하구나……. 지금 좀 바빠서."

예상대로의 반응에 실망하면서도 가망이 전혀 없어 보이지는 않는다는 생각이 들었다. 담임과 친한 야에가시를 통하거나, 아니면……. 이러한 계산을 품고 야에가시와 함께 또 한번 머리를 숙였다.

"알겠어……. 방과 후에 시간을 내 볼게."

덩치 큰 야에가시가 깊이 고개를 숙이는 모습에는 커다란 산을 움직이게 하는 힘이 있었다.

그날 방과 후, 우연히도 화요일에는 동아리 활동이 없는 야에가시를 포함해 셋이서 현장검증을 진행했다.

그 전에 고바야카와 도우카의 자살은 진짜 자살인 것 같다는 가설을 야에가시에게 말했고, 야에가시도 충분히 다시 검토해 볼 만하다며 동의했다.

자살한 순서대로 현장을 돌기로 했다. 고바야카와 도우카가 목을 맨 화장실은 당연히 제외하고, 무라시마 다쓰야가 뛰어내린 시청각실로 향했다. 시청각실은 신관 4층에 있는데, U자 모양 건물의 왼쪽 아래, 정확히 모퉁이 부분에 있었다. 무라시마 다쓰야는 이곳 창문에서 서쪽 구마데오카언덕 방향으로 뛰어내렸다.

당시 상황을 정리하면 사이토 나오키는 교무실에 가려고 복도를 걷고 있었다. 그러다가 단 유리가 시청각실 문을 두드리는 장면을 목격했다. 그녀는 "무라시마가 죽으려고 해. 말려 줘"라고 말했다. 시청각실 문에 난 작은 유리창을 들여다보니 그곳에는 분명히 무라시마 다쓰야가 있었다. 그는 의자에 앉아서 유서를 쓰는 중이었다.

나는 시청각실 문의 작은 유리창을 통해 내부를 직접 들여다봤다. 물론 지금은 안에 아무도 없었지만, 당시 그곳에 무라시마 다쓰야가 앉아 있는 광경을 그럭저럭 상상할 수 있었다.

사이토 나오키는 무라시마 다쓰야를 말리려고 문을 두드렸다. 그러나 그는 사이토 나오키를 향해 그저 머리를 숙이며 인사할 뿐이었다. 이때 사이토 나오키는 손잡이를 돌려 문이 잠겨 있다는 사실을 분명히 확인했다.

나도 시험 삼아 손잡이를 돌려 봤다. 당시와 마찬가지로 잠겨 있었다. 문은 꼼짝도 하지 않았다. 힘으로 어떻게 할 수 있는 허술한 구조가 아니었다.

무라시마 다쓰야의 심상치 않은 얼굴을 본 사이토 나오

키는 단 유리를 그 자리에 남겨두고 열쇠를 가지러 교무실로 뛰어갔다. 전력으로 달렸기 때문에 되돌아오기까지 2분도 채 걸리지 않았다고 했지만, 검증해 볼 필요가 있었다.

야에가시가 실제로 뛰어서 교무실에 다녀오는 시간을 내가 스마트폰으로 측정하기로 했다. 막 뛰려는데 우리의 진지한 검증에 조금 압도당한 기색인 담임이 말했다.

"······꽤 본격적으로 검증하는구나."

야에가시의 날카로운 시선이 담임을 향했다.

"아까 말씀드렸잖아요. 저희는 진심이라고."

"······그래, 그렇구나. 믿을 수밖에 없구나."

담임은 고인을 향해 속삭이듯 말하며 먼 곳으로 시선을 던졌다.

"너희는 그동안 벌어진 자살들이 전부 살인사건이라고 생각하니?"

대답하기 곤란해 보이는 야에가시를 대신해서 내가 대답했다.

"······네."

"그래."

담임은 벽에 등을 기대고 기다란 한숨을 후우 내쉬었다.

"학생들의 마음에 도사리던 어둠을 알아채지 못한 무능력한 교사와, 네 명이 잇따라 살해당하는 사건을 벌어지게 만든 위기관리를 못하는 교사. 과연 어느 쪽이어야 내 죄를 덜 수 있을까?"

너무 놀랍고 기가 막혔다. 어찌나 실망스러운지……. 그러나 우리의 혐오감은 안개처럼 순식간에 흩어졌다. 담임이 볼을 타고 가느다랗게 흘러내린 눈물을 조용히 훔쳤기 때문이다.

"어느 쪽이든 둘 다 최악이지. 이것 참, 정말로 큰일이군. 큰일이야."

가벼운 말투와 달리 몹시도 무거운 울림을 품은 목소리였다.

"나는 말이야, 어렸을 때부터 장거리 선수였으니까. 어떻게 보면 자기 자신과 싸워 온 사람이거든. 자기 자신하고만 싸우면 됐어. 그렇게 어른이 되어 마흔 명쯤 되는 고등학생들을 돌보게 되니, 이 지경이 되도록 누구의 마음도 꿰뚫어볼 수 없게 된 것 같아. 그런 생각이 들어서 매일 매일이 절망의 나날이었어."

야에가시는 한숨을 쉬고 나는 입술을 짓씹었다.

"어렵구나, 사람들과 함께 지낸다는 건."

이 순간 나는 처음으로 담임이 연장자이며 인생의 선배라는 사실을 깨달았다. 그 마음을 이해하겠다는 말 따위를 가볍게 내뱉을 수 없었던 나는 그저 고개를 살짝 끄덕일 뿐이었다.

"너희가 만족할 때까지 도와줄게. 교무실까지 갔다가 되돌아오면 되는 거지?"

"아뇨, 저……."

야에가시가 고개를 저었다.

"제가 다녀올 테니 선생님은 여기서 기다리시면……."

"아니야, 괜찮아. 난 선생이니까 교무실 앞에서 뛰어도 혼나지 않을 거야. 대신에 돌아왔을 때 여기에 아무도 없다거나 하는 장난을 치면 안 된다?"

담임은 내가 상상한 것보다 훨씬 진지하게 본관 교무실로 뛰어갔다. 돌아오기까지 걸린 시간은 2분 30초였다.

사이토 나오키가 열쇠를 들고 돌아왔을 때 이미 무라시마 다쓰야는 사라지고 없었다. 사이토 나오키는 단단히 잠겨 있던 문을 열고 들어가 커튼 너머로 뛰어내린 무라시마 다쓰야의 사체와 책상 위에 놓인 유서를 확인했다.

즉 단 유리는 이 2분 30초 동안 무라시마 다쓰야를 창문 밖으로 떨어뜨렸다는 뜻이다. 의문은 가득 쌓여 있었지만,

정리하면 문제를 크게 세 가지로 나눌 수 있었다.

첫째는 어떻게 유서를 쓰게 했는가. 둘째는 어떻게 떨어뜨렸는가. 셋째는 어떻게 밀실을 뚫었는가.

"역시 문밖에서 정신을 조종할 수 있는 능력이 있는 것 같지?"

야에가시가 담임에게 들리지 않게 조심히 물었다.

"그게 아니라면 유서도 쓰게 할 수 없지. 밀실도 못 만들어. 여러 가지로 설명이 안 돼."

일리가 있었다. 그런데 그렇다면 일부러 사이토 나오키를 증인으로 불러들인 점이 몹시 기묘했다. 왜 하필 그래야만 했을까. 사실은 아무런 문제도 없이 밀실을 뚫을 수 있지만, 밀실을 쉽게 뚫지 못한다는 가짜 정보를 심기 위해서였을까. 어떤 이유에서든 틀림없이 무언가에 대한 증인을 만들기 위한 의도였을 것이다.

나는 다시 한번 손잡이를 돌려 봤다. 조금 움직이기는 하지만 덜컹덜컹 소리만 날 뿐 그 이상의 무언가는 없었다.

"안으로 들어가고 싶니?"

담임은 주머니에서 열쇠를 꺼내며 말했다.

나는 아니라고 대답했다가 이내 열쇠에 대한 이야기가 마음에 걸렸다.

"사건 당일에 시청각실이 잠겨 있었나요?"

"으음, 아니었던 것 같은데. 보통은 평소에 계속 열어 놓으니까. 비싼 기자재도 없고 특별히 위험한 곳도 아니라고 생각했거든. 그러니까 무라시마도 쉽게 들어갔을 테고. 안쪽에서 문을 잠그면 교무실에 있는 열쇠로 문을 여는 방법밖에 없단다."

"교무실 말고 시청각실 문을 열 수 있는 열쇠는 없나요?"

"없나……. 응, 없어. 기본적으로 열쇠류는 교무실에서 일괄 관리하니까. 수영장 열쇠 말고는 전부 교무실에서만 가져갈 수 있어."

"수영장만 별개예요?"

"거기 열쇠는 동아리관 관리실에서 관리해. 예전에 수영부가 있었던 흔적이지. 그런데 듣고 보니, 좀 그렇구나. 좋지 않은 것 같아, 그건."

대화가 샛길로 새는 바람에 상황을 다시 정리했다. 시청각실은 평소에 열려 있어서 누구든지 자유롭게 드나들 수 있었다. 무라시마 다쓰야도 단 유리도 시청각실 안에 어렵지 않게 들어갈 수 있었다. 그러나 열쇠가 없으니, 문을 잠그고 싶을 때는 안쪽 손잡이에 있는 잠금 장치를 돌려 잠가야만 했다. 그리고 안에 있던 사람은 무라시마 다쓰야뿐이다. 그러니까 역시 스스로 문을 잠갔다고 생각하는 편이 상식적인 추론이다.

그러나 상식적으로만 생각해서는 안 된다.

우리가 상대하는 사람은 '수취인'이다.

"문을 마음대로 열고 잠글 수 있는 능력'은 없나……."

야에가시가 혼잣말처럼 중얼거렸다.

과연, 그렇다면 확실히 사이토 나오키가 교무실에 다녀오는 사이에 쉽게 시청각실로 들어갈 수 있었을 것이다. 다시 잠그기도 쉬웠겠지. 계획대로 순조로웠다면 2분 30초 동안 무라시마 다쓰야를 창밖으로 밀어서 떨어뜨릴 수 있었을지 모른다. 그러나 그 능력으로는 스스로 유서를 쓰게 만들 수 없다. 무라시마 다쓰야는 왜 새파랗게 질린 얼굴로 유서를 쓰고 정중하게 고개를 숙여야만 했을까.

내가 그 능력은 아닌 것 같다고 자그맣게 말했다. 그러자 담임이 물었다.

"혹시 뭐야, 밀실 살인 같은 거라고 생각하는 거니?"

"……네 뭐, 일단은 그런 생각도."

"어디까지 심각하게 고민하는지 모르겠지만 문을 잠그는 건 간단해."

우리 둘은 멍해졌다.

"섬턴*에 뭘 걸어서 그대로 바깥쪽으로 잡아당기면 되거든."

"섬턴이요?"

"잠깐 기다려 봐."

몇 분 뒤 담임은 양손에 양면테이프와 가느다란 포장용 비닐 끈을 들고 돌아왔다. 담임은 일단 문을 열고서 잠금 장치인 섬턴에 양면테이프를 붙이고 비닐 끈을 붙였다. 그러고는 끈을 잡고 그대로 복도 쪽으로 나가 문을 닫았다.

"바로 이거야."

담임이 끈을 천천히 잡아당기자 찰칵 하는 묵직한 소리가 울렸다. 끈을 조금 더 세게 잡아당기니 양면테이프와 끈이 동시에 완전히 밖으로 빠져나왔다.

"끈을 회수하면 증거가 남지 않아. 이렇게 틈이 있는 문은 마음만 먹으면 얼마든지 잠글 수 있지."

"……선생님이 이런 걸 어떻게 아세요?"

"미스터리 소설을 읽다 보면 이런 거 한두 개쯤은 뭐."

"그런 거 읽으세요?"

---

* 실내에서 문을 잠글 때 열쇠가 아니라 손으로 꼭지를 돌려서 잠그는 장치.

"뭐, 마니아들이 보기에는 애송이 독자일 테지만, 어지간한 작품들은 읽었지. 본격 미스터리가 참 재밌어. 너희도 읽고 싶다면 얼마든지 빌려주마."

이런저런 의미로 단 유리에게 맞서기에 안성맞춤인 인재였던 모양이다.

"하지만 이 트릭으로는 문을 잠글 수만 있어. 열 수는 없지. 섬턴에는 접착제가 남아 있지 않겠지만 손에는 이렇게 묻고……."

담임은 양면테이프가 달린 끈을 들어 보였다.

"허점이 있네."

"이거 유명한 트릭인가요?"

"글쎄. 검색만 하면 얼마든지 나오지 않나? 이걸 안다고 해서 마치 대단한 미스터리 팬이라는 듯 의기양양 하는 건 상당히 촌스러울 정도로 유명한 트릭이지."

"꼭 끈이어야만 해요?"

"아니, 문틈으로 빼낼 수만 있다면 뭐든 괜찮아. 머리에 두르는 띠 같은 것도 되고, 긴 종이도 되고. 아니면……."

"……**손수건**."

"되지 않을까? 문을 잠글 수만 있다면 엄청나게 많은 방법이 있지."

사이토 나오키가 분명히 말했다.

—손수건을 쥐고⋯⋯ 어깨를 떨고 있었어.

그때 당시 단 유리는 손수건을 쥐고 있었다. 그렇다고 해도 선부른 예단은 금물이다. 문을 잠그는 것이 그리 어렵지 않다는 사실만 머릿속 한구석에 기억해 두면 좋을 것이다.

어떠한 방법으로 무라시마 다쓰야를 시청각실로 데리고 들어가서 어떠한 방법으로 협박한 뒤 억지로 유서를 쓰게 했다. 그러고는 혼자서 밖으로 나온 뒤 손수건을 사용한 트릭으로 밖에서 문을 잠갔다. 사이토 나오키가 동아리 담당 교사에게 훈련 내용을 묻기 위해 매일 같은 시간에 시청각실 앞을 지난다는 사실을 미리 파악해 두었을 것이다. 지나가던 사이토 나오키에게 말을 걸어서 유서를 쓰고 있는 무라시마 다쓰야의 모습을 보도록 만든다. 그리고 무라시마는 어떠한 이유로 사이토 나오키를 향해 고개 숙여 인사한다. 상황이 심상치 않다고 판단한 사이토 나오키가 교무실을 향해 뛰어간다. 그때 단 유리는 예컨대 이렇게⋯⋯.

나는 닫혀 있는 시청각실 문에 오른손을 살짝 대보았다. 그리고 단전에 힘을 모으듯, 돌풍을 불러일으키듯 상상 속

무라시마 다쓰야를 날려 보았다. 단 유리의 능력에 공격당한 그가 창밖으로 떨어진다.

"멀리 떨어진 곳에서 사람을 떠밀어 날려 버릴 수 있는 능력' 같은 거라도 생각하고 있어?"

야에가시가 물었다.

"아니, 좀……. 그런 건 어떨까 싶어서."

너무나 황당무계한 상상이었다. 협박으로 유서를 쓰게 할 방법도 새파랗게 질려 인사를 하게 할 방법도 보이지 않았다. 그리고 보니 창문은 처음부터 열려 있었을까. 열려 있었다고 해도 과연 무라시마와 떨어진 곳에서 능력을 사용해 떠밀어 깔끔하게 창밖으로 떨어뜨릴 수 있을까. 너무 터무니없는 추측이다. 그러나 엉뚱하거나 황당하거나 상식을 벗어난 생각을 꺼려서는 안 될 터다. 모든 가능성을 열어 두고 바보처럼 진지하게 고려해야 한다.

우리는 무라시마 다쓰야의 현장을 포기하고, 다카이 겐유의 자살 현장으로 향했다.

그곳도 신관 4층이었다. 다카이 겐유가 뛰어내린 빈 교실은 U자 모양 건물의 왼쪽 윗부분에 있었다. 다만 그는 안뜰을 향해 뛰어내렸으므로 무라시마 다쓰야와는 반대 방향, 동쪽을 향해 떨어진 셈이다. U자 건물의 한가운데에 떨어지는 바람에 U자 건물의 오른쪽 윗부분에 위치한 음악실에 있던 학생들이 그 순간을 목격하고 말았다.

당일 다카이 겐유는 교정에 있던 짐을 들고 이 빈 교실로 향했다. 그리고 10분 쯤 뒤에 행정직원 미노와 씨가 그 뒤를 따랐다. 빈 교실에 도착했을 때, 문은 열려 있었다고 미노와 씨가 증언했다. 그녀가 본 장면은 베란다 난간에 다리를 걸치고 있던 다카이 겐유의 모습. 그는 곧 땅으로 떨어졌고, 동시에 맞은편 음악실에 있던 여학생들이 비명을 질렀다.

나는 그때 당시의 상황을 재현했다. 우선 담임에게 부탁해서 빈 교실의 문을 열고 베란다로 이어지는 창문도 열었다. 복도에 있는데도 베란다 난간에 다리를 걸치고 있는 다카이 겐유가 보였다면 분명 이곳의 창문도 열려 있었을 것이다. 시험 삼아 야에가시에게 베란다로 나가 난간에 다리를 걸치는 시늉을 해보라고 했다. 나는 복도 쪽에서 그 모습을 바라봤다.

그 이후 미노와 씨는 들고 있던 파이프를 바닥에 내던지고는 서둘러 베란다로 뛰어갔다. 아래를 내려다보자 다카이 겐유가 안뜰에 떨어져 있었다. 이때 미노와 씨는 발에 뭐라고 표현하기 힘든 위화감을 느꼈다고 했다. 마치 고양이가 다리를 스치고 지나가는 느낌이었다고. 기분 탓이었을 것이라고 덧붙였지만 사소한 정보도 무시할 수 없다. 발밑으로 시선을 떨어뜨리자 그곳에는 다카이 겐유의 실내화가 있었고 그 밑에 유서가 깔려 있었다. 그러나 다카이 겐유가 직접 쓴 자필 유서는 아니었다.

야에가시를 실제로 안뜰로 떨어뜨릴 수는 없었기에 일단 교실 안으로 들어오라고 했다. 나는 다리에 위화감을 느꼈다고 가정하고 미노와 씨와 똑같이 시선을 떨어뜨렸다. 물론 그곳에는 아무것도 없지만 실내화와 유서를 발견했다고 치자. 복도에서 베란다를 바라본 시점에 실내화와 유서의 존재를 발견할 만하지 않았나 작은 의문이 들었지만, 만약 복도에서 바라봤을 때 약간 오른쪽에 놓여 있었다면 납득이 갔다. 바로 앞에 있는 교실의 내벽이 시야를 방해하며 사각지대를 형성했기 때문이다.

우선 다카이 겐유가 떨어지는 장면을 목격하고 베란다로 뛰어간 뒤 밑을 확인한 다음 실내화와 유서를 발견했다. 그 흐름에 이상한 점은 없었다.

단 유리가 현장에 나타난 것은 다카이 겐유가 떨어진 지 얼마 지나지 않았을 때였다. 단 유리는 놀란 모습으로 비명을 지르며 교실로 들어온 뒤 베란다로 나가 아래를 살폈다. 그리고 한 번 쭈그리고 앉았다가 구급차를 부른다며 스마트폰을 꺼냈다.

미노와 씨 역할을 맡았던 나는 단 유리의 동선을 따라 직접 움직였다. 미노와 씨 역은 야에가시에게 넘겼다. 야에가시가 실내화와 유서를 발견하고 난 다음에 내가 빈 교실 안으로 들어갔다. 베란다까지 뛰어가서 아래를 한 번 보고 나서 그 자리에 쭈그리고 앉았다. 실제로 연기해 보니 한 번 쭈그리고 앉는 행동에 위화감을 느꼈지만, 충격적인 광경을 목격하고 순간적으로 구토가 치밀어 오른 척 연기했다고 추측하면 특별히 기이한 행동은 아니었다. 실제로 단 유리는 야마기리 코즈에의 추락을 목격하고서도 눈썹 하나 까딱하지 않은 냉담한 인간이다. 과도한 행동을 보일 필요가 있었을 것이다. 어찌됐든 그 이후 두 사람은 교실에서 복도로 걸어 나왔다. 이후 처리는 경찰이 맡았다고 했다.

다카이 겐유가 추락하는 순간, 미노와 씨는 아마도 등 뒤를 확인할 여유가 없었을 것이다. 단 유리가 바로 뒤에 있었다고 해도 눈치채지 못했을 것이다. 그렇다면…….

"멀리 떨어진 곳에서 사람을 떠밀어 날려 버릴 수 있는 능력'은 틀린 것 같지 않아?"

야에가시의 말에 고개를 끄덕였다. 그 능력이었으면 확실히 단 유리는 미노와 씨에게 들키지 않고 다카이 겐유를 떨어뜨릴 수 있었을 것이다.

미노와 씨의 등 뒤에서 오른손을 내밀어 능력을 사용해서, 쿵, 하고 힘을 발휘했겠지.

다카이 겐유가 뒤에서 떠밀리듯 베란다에서 떨어졌을 것이다.

"역시 날려 버리는 능력만으로는 설명할 수 없는 게 너무 많아."

무엇보다 의문인 점은 어떻게 유서를 미리 베란다에 놓아두었을까. 컴퓨터로 작성했기에 아무리 글씨체를 흉내 낼 필요는 없었다고 해도. 그리고 미노와 씨는 다카이 겐유가 누군가에게 떠밀려 떨어지던 상황은 아닌 것 같다고 말했다. 난간에 다리를 걸치고 있었을 정도니 억지로 떠밀리지는 않았을 것이다.

시험 삼아 난간에 다리를 걸어 보려고 했지만 상당히 어려웠다. 타의로 억지로 떠밀린 것이라고 하면 그저 난간에 부딪칠 뿐 틀림없이 다리를 걸치지는 못했을 것이다. 다카이 겐유는 스스로의 의지로 뛰어내린 것이다. 그렇게 생각할 수밖에 없지만, 역시 믿기지 않는다.

"떨어지는 순간을 목격했다는 관악부원들에게 이야기를

듣고 싶은데, 안 될까요?"

"……그러지 않는 게 좋을 것 같구나. 아직 학교에 나오지 못하는 아이도 있다고 하고, 선생으로서도 '된다'고는 차마 말 못하겠구나."

당연한 반응에 고개를 끄덕이면서도 추락 순간을 목격한 사람의 증언이 필요하다고 생각했다. 떨어지던 순간, 즉 추락 시점의 목격자가 있는 사건은 다카이 겐유의 죽음뿐이다. 바로 거기에 단 유리의 능력을 파헤칠 단서가 있을 것 같다는 생각이 들었다.

시선을 돌리다가 무심결에 맨션 한 채를 발견했다. 평소에도 보던 맨션이므로 오늘 처음 발견한 것은 아니다. 그러나 다시 유심히 관찰해 보니 맨션의 베란다가 정확히 학교 방향으로 나 있어서 추락 순간을 목격한 주민이 있어도 이상하지 않을 것 같았다.

묘안이 떠오르지 않으면 맨션을 찾아가 보자고 마음먹고는 마지막 현장인 야마기리 코즈에의 자살 현장으로 향했다.

나는 2층 사회과자료실에서 추락하는 야마기리 코즈에의 모습을 목격했는데, 그녀가 뛰어내린 장소는 신관 4층 복도에 있는 창문이었다. U자 모양 건물의 왼쪽 윗부분에서 그 왼쪽인 서쪽 구마데오카언덕 방향으로 뛰어내렸다. 우리 반인 A반과 B반 교실과 멀지 않은 곳이지만, 야마기리 코즈에가 뛰어내린 창문 근처에는 설계상 실수인가 싶을 정도로 계단이나 화장실, 수도 등 시설이 아무것도 없기 때문에 평소에 학생들이 즐겨 찾는 곳이 아니었다. 소화기 정도나 놓여 있었다. 야마기리 코즈에가 뛰어내릴 때도 아마 근처에는 아무도 없었을 것이다. 교실에는 아직 학생 몇 명이 남아 있는 듯했지만 이렇게 현장검증을 하는 중에도 이쪽으로는 어느 누구도 오지 않았다.

나는 야마기리 코즈에가 뛰어내린 창문에서 스마트폰으로 사진을 찍었다. 그리고 야에가시의 스마트폰으로 야마기리 코즈에가 인스타그램에 업로드한 사진과 비교해 보았다. 물론 세세한 부분까지 완전히 똑같지는 않았지만 일단 이곳에서 찍은 사진이 분명하다고 판단했다. 두 사진은 서로 매우 비슷했다. 구도도 일치했다.

그녀의 계정은 아직도 전체 공개 상태로 방치되어 있었다. 자살한 학생의 계정이라는 정보가 인터넷상에 퍼지면서, 게시글에는 애도의 댓글과 일부 개념 없는 사람들의 장난스러운 댓글이 달려 있었다.

**나는 교실에서 너무 큰 소리를 냈습니다. 조율되어야만 합니다. 안녕.**

이 게시글은 역시 야마기리 코즈에 본인이 직접 올린 것이라고 생각할 수밖에 없었다. 게시글이 업로드됐을 때 단유리는 분명 나와 함께 사회과자료실에 있었다. 이 사진은 내가 지금 서 있는 4층 창문 앞에서 촬영한 것이고, 애당초 본인이 아닌 타인이 인스타그램 계정에 글을 올릴 수는 없다. 야마기리 코즈에가 뛰어내렸을 때, 그녀의 스마트폰이 사체 옆에 떨어져 있었다고 한다. 그녀는 스마트폰을 누구에게도 빼앗기지 않았다.

　"역시 정신 조종 능력이라는 확신만 들어……."

　야에가시가 슬며시 속삭였다.

　아무리 궁리해도 그렇다는 생각이 들었지만, 조금 더 그 자리에 가만히 우뚝 서서 팔짱을 꼈다. 혹시라도 게시글 업로드를 조작할 방법이 있지 않을까.

　우선은 야마기리 코즈에 본인에게 게시글을 업로드해 달라고 직접 부탁하는 방법. 너무 어이없는 발상이지만 생각해 보면 지금까지 자살당한 세 명 모두가 마치 단 유리의 부탁을 순순히 받아들인 듯 행동했다. 무라시마 다쓰야는 유서를 작성하고 인사를 했고, 다카이 겐유는 스스로의 의지로 뛰어내렸다고 할 수밖에 없이 움직였고, 야마기리 코즈에는 인스타그램에 유서로 추정되는 문구를 사진과 함께 업로드했다.

'짧은 시간 동안 상대를 마음대로 조종할 수 있는 능력' 또는 '작은 부탁을 상대가 실행하도록 만드는 능력'은 어떨까.

"역시…… 정신 조종은 아닌 것 같아. 그 생각은 버려."

"왜?"

"그런 게 가능하면 사건을 군이 이렇게까지 복잡하게 만들 필요가 없어."

그렇게 뭐든 할 수 있는 능력이 있다면 번거롭게 잔재주를 부릴 필요 없이 "뛰어내려"라고 한 마디 명령만 내리면 그만이다. 게다가 투신자살을 고집할 필요도 없다. 목을 매거나 칼로 가슴을 찌르게 해도 된다. 그렇게 하지 않았다는 것은 어떠한 제약이 있다는 방증이다. 사건은 어쩌다가 복잡해진 것이 아니다. 복잡해질 수밖에 없었던 것이다.

나와는 달리 인스타그램 계정을 운영하는 야에가시에게 계정을 위조하는 방법은 없냐고 물어도 묘안은 떠오르지 않는 기색이었다. 담임에게도 물었다.

"잘은 모르지만, 그런 건 메일주소와 비밀번호만 알면 간단하지 않나."

너무나 당연한 말이어서 오히려 모순됐다. 메일주소와 비밀번호를 쉽게 알 수 있을 리 없기 때문이다. 그런데 그때

한기가 느껴질 정도로 소스라치게 놀랐다.

둘 다, 알 수 있을 법한데?

무엇에 이끌리듯 몇 미터 떨어지지 않은 A반 교실로 가서 교탁 속에 있던 과거의 인쇄물을 뒤졌다. 얼마 지나지 않아 찾아낸 것은 언젠가 나눠준 적 있는 레크리에이션 기획용 설문지였다.

'여름방학 중에 이벤트 의견을 모집합니다.'

그렇게 적힌 인쇄물에는 연락처에 야마기리 코즈에의 메일주소가 버젓이 적혀 있었다. 경솔하다고 비난할 수는 없었다. 메일주소란 타인에게 알려야 효용 가치가 있는 것이다. 분명히 올바른 사용 방법이다.

그러나 비밀번호. 이것은 절대로 누구에게도 알려져서는 안 된다.

계정을 해킹하겠다는 악의를 품지 않는 이상 타인의 비밀번호 따위를 파헤치려고 하지 않는다. 번거롭고 귀찮으니까. 그러나 악의를 품고 머리를 굴리는 인간이 있다면, 안타깝게도 야마기리 코즈에의 비밀번호는 쉽게 추측할 수 있다. 아니야, 설마. 그렇게 안이하게 비밀번호를 붙이고 다닐 리가. 나는 긍정적으로 생각하려 하면서도 머릿속에 떠오른 암호를 인스타그램 로그인 화면에 입력했다.

'kozuu-jin0427'

아아, 한숨이 흘러나올 것만 같았다.

로그인을 누르자 아무런 문제없이 메인 페이지로 접속됐다.

아니, 진짜야? 야에가시가 한숨을 쉬었다.

'Kozue-Yamagiri'

여봐란 듯 매달고 달리던 남자친구와의 애정의 증표인 열쇠고리. 확실히 너무 조심스럽지 못했지만, 그래도 설마 누가 자신의 계정에 로그인을 시도하지는 않겠지 방심했을 마음도 이해는 갔다. 하지만 정작 이렇게 생각하는 나도 좋아하는 가수의 이름을 그대로 비밀번호로 사용하고 있다. 비밀번호를 알아내서 계정에 접속하려는 사람이 나타나면 방파제는 너무나도 쉽게 무너지고 말 것이다. 그러나 비밀번호를 바꾸라고, 너무 허술하다고 충고해 줄 상대는 더 이상 존재하지 않았다.

누구라도 쉽게 로그인할 수 있었다. 마음만 먹으면 가짜 게시글도 쉽게 업로드할 수 있었다. 이제 남은 문제는 업로드한 시각이다. 계정에 사진이 업로드되었을 때, 단 유리는 분명히 나와 함께 있었다. 왼손을 내 어깨에 얹고 오른손으로 책상 위에 놓은 스마트폰을 만지고 있었다. 세 번째 손을 써서 또 다른 스마트폰으로 게시글을 올렸다는 것은 당연히 말이 안 된다. 나는 야에가시에게 인스타그램에 업로드 예약 기능이 있는지 물었다.

"없어. 확실해."

그렇다면 단 유리는 어떻게 그 순간에 게시글을 업로드했을까. 그 점을 고민하면서 우리는 사회과자료실로 이동했다.

교내를 이동할 때마다 스쳐지나가는 학생들과 교직원들이 담임에게 보내는 시선에 마음이 불편했다. 마치 중대한 사건의 피의자라도 발견한 듯 처음에는 잠깐 당황한 표정을 지었다. 그러나 이내 혐오의 빛을 결코 내비치지 않으려고 노력하는 모습이 얼굴에 드러났고, 마지막에는 자신은 아무것도 신경 쓰지 않는 대범한 인간이라고 말하고 싶은 듯 무관심과 관용 사이의 딱 중간 정도 되는 미소를 지어 보였다.

"함께해 달라고 부탁드려서 죄송해요"라고 왜인지 사과하고 싶어졌다.

"왠지 신경 쓰이네"라며 담임은 메마른 미소를 지었다. 야에가시가 위로의 말을 덧붙였다.

사회과자료실에는 다시 둘러볼 만한 곳이 별로 없었다.

그래도 내가 기억하는 유일한 위화감에 대해서는 만약을 위해 다시 확인해 두고 싶었다. 위화감 탓인지 기분 탓인지 실제로 땅에 떨어져 있던 야마기리 코즈에의 사체 위치가, 그녀가 추락할 때, 그러니까 공중에 떠 있는 장면을 목격했을 때보다 다소 오른쪽에 있었던 것 같은 기분이 들었던 것이다.

추락을 목격했던 위치와 베란다로 나가 사체를 발견했을 때의 위치를 여러 번 오가며 확인하면서 당시 내 느낌이 틀리지 않았음을 확신했다. 아무리 생각해도 사체는 조금 더 왼쪽에 떨어졌어야 했다. 그 궤적을 더듬어갔다. 추락 위치로 추측컨대 약 3미터에서 5미터 정도 위화감이 있었다.

당시에는 당황해서 크게 신경 쓰지 못했지만 추락 당시 충격으로 몸이 튕기는 바람에 위치가 바뀌었다는 것은 터무니없는 이야기였다. 수십 킬로그램이나 되는 인간의 몸이 일반적인 자유낙하 속도로 땅에 부딪쳤을 때 그 정도로 튕겨나간다는 것은 역시 억지스럽다. 겁에 질린 야마기리 코즈에가 공중에서 몸부림친 탓에 이동한 것 같다는 생각도 상식적으로 말이 되지 않았다. 나는 2층 사회과자료실에서 추락 장면을 목격했다. 그 말인즉슨 그녀의 몸이 땅에 부딪치기까지 5미터도 채 남지 않았었다는 뜻이다. 그 시점에서는 아무리 몸부림친다고 해도 낙하지점이 이렇게까지 크게 차이가 나지는 않을 것이다.

야마기리 코즈에가 추락하기 직전에 단 유리가 오른손으로 천장을 가리켰던 모습이 기억났다. 일단 베란다로 나가서 4층의 창문 위치를 확인했다. 벽에서 튀어나온 형태의 창문이어서 이곳에서는 직접 볼 수 없었지만 대략적인 위치는 파악할 수 있었다. 나는 그 자리에 서 있었을 야마기리 코즈에의 모습을 상상하고 그곳을 향해 오른손을 뻗어 보았다.

"'멀리 떨어져 있는 사람을 끌어당기는 힘'은?"

꽉, 힘을 주어 야마기리 코즈에를 힘껏 잡아당긴다. 그러자 그녀의 몸이 창문 밖으로 떨어져 땅을 향해 빨려 내려간다. 당연히 그녀의 몸에 가해지는 힘은 일반적인 중력보다 훨씬 강하고 낙하속도도 빠르다. 땅에 세게 내동댕이쳐지면 그만큼……. 나는 눈을 질끈 감았다.

"끌어당기는 힘만으로는 다른 두 사람의 사건이 성립되지 않아."

야에가시의 말에 나는 한숨을 내쉬고 고개를 끄덕였다.

"B반 아이의 현장은 보지 않아도 되겠니?"

담임의 말에 현실로 돌아왔다. 나는 필요치 않다고 대답했다.

"아직 더 볼 게 있니?"

우리 둘은 한동안 침묵하다가 서서히 고개를 저었다.

"역시 다들 그냥 죽은 것 같구나……. U.N.오언*은 어디에도 없었던 거야."

담임은 타살을 뒷받침할 증거가 나오지 않으리라 확신하고는 손으로 베란다 난간을 짚고 구마데오카언덕 방향을 바라보았다. 볼 만한 것은 아무것도 없는 돌담에서 봐야 할 것을 찾아내려는 듯 눈을 가느다랗게 떴다.

"어리석은 담임은 여기에 모두 두고 간다."

고바야카와의 자살만이 유일하게 진짜라는 사실을 깨달았을 때는 무언가 길이 열린 기분이었다. 무라시마 다쓰야가 죽은 시청각실의 밀실 트릭을 깼을 때는 새로운 가능성을 발견했다. 야마기리 코즈에의 인스타그램 게시글을 조작하는 방법의 실마리도 찾았다. 전혀 의미 없는 현장검증이라고는 생각하지 않는다.


* 애거서 크리스티의 《그리고 아무도 없었다》에서 등장인물들을 외딴섬에 초대하는 미지의 인물.

그래도 결정적인 증거는 아무것도 잡지 못했다. 모든 가설이, 모든 가능성이, 모든 요소에 의해 보기 좋게 지워져 갔다. 단 유리의 능력을 모르는 우리는 아직도 미궁 속을 헤매고 있다. 열렸던 문이 서서히 조용하게 닫히는 형국이었다. 저편에 보이던 한 줄기 빛이 조금씩, 그러나 분명하게 가늘어지고 있었다.

"이것 참……."

담임이 조용히 투덜거렸다.

"정말, 왜 그랬을까……. 다들 사이좋았었잖아……. 다들 그렇게나 즐거워 보였는데……."

"정말로……."

입술 사이로 자신도 모르게 말이 흘러나왔다.

"정말로, 그렇게 생각하셨어요?"

야에가시가 놀란 얼굴로 바라보는 것을 못 본 척했다.

"……왜 그런 질문을 하니?"

"아니, 그냥요. 정말로 그 반이 선생님께 이상적으로 보였나, 해서요."

"그야 물론……."

그럴 마음은 없었지만, 우연히 주머니 속에 있는 오른손이 안전핀에 닿았다. 가벼운 마음으로 그대로 허벅지를 찔렀다. 담임은 내 눈을 똑바로 응시하며 말했다.

**"최고의 반이라고 생각했지."**

나는 출입구를 나오며 야에가시와 인사하고 헤어졌다. 그러고는 홀로 후문 너머에 우뚝 솟아 있는 맨션을 바라봤다. 크게 기대하지 않았던 맨션 주인의 한 마디에 모든 것이 뒤바뀐다는 사실을, 이때의 나는 아직 몰랐다.

16

"베란다에 있었어요."

"……네? 누가 말이에요?"

"그러니까 교복을 입은 여자아이가, 금방이라도 떨어질 것 같은 남자아이 바로 옆에 무릎을 세우고 앉아서요."

"떨어지기 직전까지요?"

"네."

나는 이해할 수 없어 멍해졌다. 거짓말인 것만 같아서 일단 교내로 데리고 가서 안전핀을 사용해 볼까 생각할 정도였지만, 상식적으로 이 사람이 거짓말을 해서 얻는 것은 아무것도 없었다.

내 이야기를 들어준 사람은 학교 북쪽에 있는 맨션 하이

크레스트 기타카에데 605호에 살고 있는 여성이었다. 다행히 맨션 입구가 보안현관이 아니어서 가장 높은 층의 전망이 좋아 보이는 집을 목표로 끝에서부터 초인종을 눌러갔다. 운이 좋게 세 번째 집에서 투신 현장을 목격했다는 사람을 찾아냈다. 아무래도 친구의 죽음에 관한 진상을 밝혀내고 싶다는 인간미 넘치는 호소가 효과가 있던 모양이다. 아무런 의심도 없이 문을 열어 준 그녀는 곧바로 목격 정보를 풀어놓았다.

안으로 들어와 차라도 마시겠냐는 제안은 거절했지만, 베란다에서 직접 풍경을 보겠냐는 제안은 거절할 수 없었다. 집 안에는 딸로 보이는 초등학생 정도의 여자아이가 두 명 있었는데, 마치 신기한 존재라도 보는 눈빛으로 나를 바라봤다. 마침내 베란다에 도착했다. 예상한 대로 학교 건물을 북쪽에서 한눈에 내려다볼 수 있었다. U자 모양 신관의 뚫린 부분을 정면에서 바라볼 수 있어서 안뜰까지 분명하게 보였다.

"그때 빨래를 걷고 있었거든요. 여기서."

여성은 당시의 상황을 설명했다.

"무심코 고등학교 쪽을 봤는데 남자아이가 베란다 난간에 다리를 걸치고 있어서 저러다가 떨어지지는 않을까, 위험하다고 생각했어요. 그런데 남자아이 바로 옆에 있던 여자아이가 남자아이를 끌어당기는 것처럼 보였어요."

"……옆에 있던 여자아이요?"

"네. 금방이라도 떨어질 것 같은 남자아이 바로 옆에, 여자아이가 있었거든요."

다카이 겐유가 추락하자마자 행정직원 미노와 씨는 곧장 베란다로 뛰어갔다. 그리고 발밑에 있는 실내화와 유서의 존재를 눈치챘다. 그러나 그곳에 여학생이 있었다는 말은 하지 않았다. 만약 그 자리에 있었다면 보지 못했을 리가 없다. 그러나 미노와 씨가 거짓말을 하지 않았다는 사실은 이미 안전핀으로 확인했다.

"여자 행정직원이 바로 달려갔다고 들었어요. 그건 보셨나요?"

"……미안해요. 남자아이가 뚝 떨어지는 순간 무서워서 집으로 들어와 버렸어요."

"……그러세요."

"내 생각에는 떨어진 남자아이를 뚫어지게 쳐다보지 않아서 이렇게 침착하게 이야기할 수 있는 거 아닐까 싶어요. 마지막 순간까지 봤으면…… 아마도."

나는 가방에서 문집을 꺼내 단 유리의 사진을 보여 줬다.

"거기 있던 여자아이요, 혹시 이 아이였나요?"

"글쎄요, 거리가 있으니까……. 사진을 보니 이런 분위기였던 것 같기도 하네요. 검정색 단발머리 여학생……. 맞는 것 같기도 해요. 확신할 수는 없지만, 아마도."

"그 아이가 다카이, 떨어지려던 남학생의 다리를 잡아당기고 있었나요?"

"그래 보였어요. 도와주려나 보다고 생각했는데."

"다리 뒤를 이렇게 밀어서, 그 너머로 밀어 떨어뜨리려는 분위기는 아니었고요?"

"그렇지는 않았어요. 그렇게 열심히 당기고 있는 것 같아 보이지는 않았지만, 적어도 떠밀고 있는 것 같지는 않았어요……. 내 눈에는 남자아이가 스스로 떨어진 것 같아 보였어요."

나는 다카이 겐유가 뛰어내렸던 4층 베란다를 다시 한번 응시했다.

만약 지금의 증언대로 단 유리가 베란다에 몸을 숨기고 있었다고 하면, 또 실내화와 유서가 있었을 곳으로 추정하는, 빈 교실의 내벽 때문에 생긴 사각지대에 몸을 숨기고 있었다고 하면 미노와 씨도 곧바로 눈치채지 못했을 것이다. 그러나 미노와 씨가 베란다로 나갈 때까지 어딘가에 몸을 숨겨야 한다. 그리고 그 후에 태연한 얼굴로 미노와 씨의 등 뒤에서 나타나야 한다.

안뜰 방향에 있는 베란다는 기본적으로 다른 교실로 이동할 수 있도록 이어져 있다. 그러나 만약 미노와 씨에게 들키지 않고 등 뒤로 돌아가려면 상당한 거리를 뛰어야 한다. 구조상 교실 두 개만큼 이동해야만 건물 안으로 이어지는 출입구에 다다를 수 있다. 순간이동이라도 하지 않는 이상 달리는 모습을 미노와 씨가 보게 된다.

그렇다면 '순간이동을 할 수 있는 능력'일까. 혹은 자신뿐 아니라 '모든 물체를 순간이동하게 만드는 능력'일까. 애초에 단 유리는 어째서 그곳에 있었을까. 그곳에서 무엇을 해야만 했을까…….

거기까지 생각했을 때였다.

손맛을 느끼지 못한 채 며칠이나 잡아당기던 낚싯줄이 광물처럼 묵직한 월척을 만나 팽팽하게 당겨졌다. 모든 가능성이, 모든 가설이 머릿속에서 힘차게 빠져나가며 중요한 사실만을 부각시켰다. 중요하다고 생각했던 것들이 엉뚱한 속임수였다는 사실을 깨닫고 특별한 의미가 없다고 생각한 정보가 놓쳐서는 안 되는 단서였다는 사실을 마침내 알아차렸다.

유서를 쓰고 인사한 무라시마 다쓰야, 스스로 뛰어내린 다카이 겐유, 떨어지기 직전에 인스타그램에 게시글을 업로드한 야마기리 코즈에. 안뜰로 뛰어내린 다카이 겐유와 구마데오카언덕 쪽으로 뛰어내린 무라시마 다쓰야와 야마기리 코즈에의 차이.

나는 스마트폰을 꺼내서 갤러리를 실행한 뒤 가장 파티 날 찍은 단체사진을 열어 봤다. 지금까지는 확인할 생각을 전혀 하지 못했는데, 사진에 사신의 모습은 없을지 몰라도 단 유리의 모습은 찾을 수 있을 터였다. 가장 파티인데도 그녀는 혼자, 익숙한 기타카에데 고등학교 교복을 입고 있었다. 웃지도 않고, 그렇다고 불쾌한 듯 불퉁한 것도 아닌 관심 없어 보이는 완벽한 중용의 표정이었다. 물론 커다란 낫도 검은색 로브도 들고 있지 않았다. 그런 것들은 어디에 숨길 수도 없는데.

나는 시간을 내 준 맨션 주인 이즈카 씨에게 감사하다고 거듭 인사하고는 빠른 걸음으로 집을 나섰다.

학교로 돌아와서 정보처리실 컴퓨터를 빌려 쓸 수 있도록 서둘러 담임에게 허가를 받았다.

아무도 없는 정보처리실에서 가장 가까운 자리에 있는 컴퓨터의 전원을 켜고 곧바로 SD카드를 꽂아 동영상을 재생했다. 이미 야마기리 코즈에의 장례식 때 받은 동영상이지만, 어차피 얻을 만한 것은 없을 것이라며 스마트폰으로 한 번 재생해 본 뒤 방치해 두었던 것이다. 바로 내가 단 유리와 만났을 때 사회과자료실의 모습을 야에가시가 스마트폰으로 촬영한 동영상이었다. 문제없이 재생됐다.

야에가시가 서서히 사회과자료실로 다가오는 장면부터 시작해서 이윽고 야에가시의 왼손이 사회과자료실의 문을 살짝 열었다. 그 틈으로 내부 모습을 촬영했다. 의자에 앉은 내가 단 유리와 대화를 하고 있다. 목소리는 미미하게 들렸다. 음량을 높이면 내용이 들릴지도 모르지만 소리는 중요한 문제가 아니므로 그대로 영상을 계속 봤다. 내가 자리에서 일어나 단 유리와 나란히 창밖을 보기 시작했다. 화면상으로는 무엇을 하고 있는지 파악하기 어려웠는데, 마침내 내가 단 유리의 스마트폰을 확인하려고 책상 위를 보는 장면이 나오기 시작했다.

"틀렸어! 야마기리였어! 어서 야마기리에게!"라고 말하는 내 목소리는 확실하게 들렸다. 그 순간 야에가시가 당황한 탓에 카메라가 작게 흔들렸다. "빨리……, 빨리 가 봐! 여, 여기 바로 위야! 거기 야마기리가—"

야에가시가 달려 나가려는 순간에 문을 걸어찬 모양이다.

쿵 하는 소리가 울리며 카메라가 다시 크게 흔들렸다. 그러고는 마침내 촬영을 포기한 듯 스마트폰이 문틈에서 벗어났다. 나와 단 유리의 모습은 화면에서 사라졌고 야에가시가 달리기 시작했다. 찍을 정신이 없었던 탓인지 야에가시 본인의 허리춤이 잠시 비췄다.

나는 영상을 정지시키고 조금씩 되감았다. 나와 단 유리의 모습을 확인할 수 있는 마지막 장면에서 간신히 멈췄다. 단 유리는 천장을 가리키고 있었고 옆에 있는 나는 몸을 살짝 뒤로 젖히고 있었다.

이 순간 거의 확신했다.

혹시 몰라서 영상 파일의 속성을 확인했다. 만든 날짜는 7월 10일 12시 43분. 이번에는 스마트폰을 꺼내 야마기리 코즈에의 계정에 유서 대신 업로드된 게시물의 날짜와 시간을 확인하려고 했지만, 인스타그램의 기능상 게시 시간을 상세하게 확인할 수는 없는 것 같았다. 이럴 것이라고는 전혀 짐작도 못했다. 단 유리가 만약 이런 점까지 계산했다면 그 치밀함에 절로 한숨이 나올 정도였다. 그런데 조금 검색을 해보니 게시 시간을 인터넷 브라우저에서 확인할 수 있는 프로그램을 발견했다. 그곳에 URL을 붙여 넣고 게시 시간을 확인하니…… 7월 10일 12시 32분.

저주가 풀린 듯 온몸이 순식간에 가벼워졌다. 등받이에 몸을 기대고 두 손으로 얼굴을 덮었다. '정신 조종 능력' 같은 소리 하네.

정신을 조종당한 사람은 피해자들이 아니라 오히려 내가 아닌가.

단 유리의 능력을 알아냈다.

4장 **인간 불평등 기원론**

## 17

 '능력을 알아내서 학교에 평화가 찾아왔다'로 끝날 간단한 상황이 아니었다.

 문제는 산더미 같이 쌓여 있었다. 우선 근본적인 문제는 내가 단 유리의 능력을 밝혀냈지만 그 발동 조건을 완벽하게 알지는 못한다는 것이다. 조금 더 분발해야겠지만 아직 단 유리의 능력을 없앨 방법에 완벽하게 도달하지 못했다.

 더욱 중요한 문제는 단 유리가 현재 내 목숨을 노린다는 점이었다. 단 유리는 무릎을 꿇고 사과하지 않으면 내가 9월에 학교에 나오지 못하게 될 것이라고 협박했다. 사과야 쉬웠다. 그 정도 굴욕은 굴욕이라고 여기지 않을 정도의 자존심을 지닌 인간이라고 자부한다. 그런 나인데 왜 그럴까.

놀랍게도 요즘 들어 그녀에게는 사과하고 싶지 않다는 생각에 휩싸이기 시작했다. 위해를 가하고 싶다거나 매운맛을 보여 주고 싶다는 뜻이 아니다. 그저 그녀의 존재를 어떤 식으로 인정할지 분명히 해야 하지 않을까. 그러한 생각이 내 안에 싹트고 있었다.

그 생각은 단순히 사람을 죽이는 행위가 윤리적으로 잘못되었다는 이유에 기인한 것이 아니었다.

단 유리가 조율해서 만든 교실의 의미를, 매우 완벽하게 이해해 버렸기 때문이었다.

능력을 알아냈으므로 목숨을 위협받는 상황에서도 대책을 세울 수 있겠다는 생각이 들었지만, 그래도 여전히 조심해야 했다. 그녀의 능력은 정신 조종이 아니다. 따라서 내가 죽고 싶어지는 일은 없을 것이다. 그러나 생각하기에 따라서는 상당히 강력한 능력이며, 적어도 내 '거짓말을 간파하는 능력'이나, 야에가시의 '누가 누구를 좋아하고 싫어하는지 알 수 있는 능력'에 비하면 확실히 위험한 것이었다.

준비도 제대로 되어 있지 않은 상태에서 맞이한 기말고사가 한창일 때, 나는 문득 창문 너머가 거슬렸다. 교실은 4층이었다. 갑자기 강력한 힘이 작용하며 나를 저 너머로 내팽개치는 것은 아닐까. 그럴 리 없다고 머리로는 이해하면서도 나는 가느다란 줄을 생명줄 삼듯 다리를 책상 다리에 살짝 감아 두었다.

일단 사과의 기한은 여름방학 시작 전까지라고 했다. 오늘 기말고사가 끝나면 남은 등교일은 방학식을 포함해서 이틀뿐. 즉 이 이틀이 사과를 할 수 있는 최종기한이고, 이 기한을 넘기면 단 유리는 나를 죽이려고 본격적으로 움직일 것이다. 단 유리는 틀림없이 "넌 9월에 학교에 오지 못할 거야. 그 전에 죽고 싶어질 테니까"라고 말했다.

그녀의 말이 진심이라고 가정하고 일정을 계산해 보면 단 유리는 여름방학 동안에 나를 죽일 것이다. 당연히 수업은 없다. 능력은 학교 부지 안에서만 사용할 수 있다. 그런데 어떻게 나를 죽이려는 것일까. 이러한 의문은 몇 주 전부터 복도에 붙어 있던 도서 당번표가 전부 불식시켰다.

'여름방학 도서 당번 8월 1일(목) 오전: 오자키 유리카, 오후: 가키우치 도모히로'

오후 도서 당번은 오후 1시부터 오후 4시까지 혼자서 도서실 당번을 선다. 여름방학 중에 도서 대출을 담당하지만 실제로 책을 빌리러 오는 학생이 나타날 확률은 분명 도심에 원숭이가 나타날 확률과 맞먹을 것이다. 한없이 제로에 가깝다. 따라서 도서 당번은 실제로 허수아비처럼 3시간 동안 우두커니 앉아 있을 뿐이다.

단 유리가 이 타이밍을 놓칠 리가 없다.

당번표는 복도에 버젓이 게시되어 있었다. 분명히 단 유리의 눈에도 띌 것이다.

"가키우치."

착각하지 않도록 당번표를 스마트폰으로 찍고 있을 때 등 뒤에서 누군가 말을 걸어 왔다. 야에가시였다. 늘 그렇지만 나보다 머리 하나는 더 큰 야에가시가 나를 완전히 위에서 내려다보고 있는 구도였다. 나를 바라보는 시선에 기시감을 느꼈다. 그것은 도서실에서 기시타니 료켄의 자서전을 읽고 있던 내게 보냈던 것과 같은 종류로, 의심과 경멸과 분노가 가득 담긴 눈빛이었다.

어째서 이런 시선을 받아야 하는지 영문을 몰라 잠시 굳었다.

"너, 뭐 알아냈지?"

"⋯⋯왜?"

"너, 어제 나랑 헤어지고 나서 학교로 다시 돌아와 컴퓨터로 뭔가를 조사했다며. 담임한테 들었어. 왜 같이 움직이지 않는 거야?"

"아아⋯⋯."

나는 대답하면서 어떻게 말을 이어가야 좋을지 고민했다. 야에가시에게 아무것도 알리지 않았다는 사실을 깨달으면서도 아직 아무것도 알리고 싶지 않은 마음이 솟구쳤다. 어색한 미소를 지으면서 겨우겨우 짜낸 변명은,

"미안……. 시험 전이니까 너무 방해하는 것 같아 미안해서."

"……진심으로 하는 소리야?"

야에가시는 잠시 아무 말 없이 나를 응시했다.

"너, 역시, 좀 이상해. 무슨 생각을 하는지 전혀 모르겠어."

"……이상하다고? 어디가?"

"전부 다. 진짜…… 이상해."

야에가시는 자못 불쾌한 듯 얼굴을 찡그리고는 머리를 마구 긁었다.

"어제만 해도 너, 계속 혼자서만 현장을 봤잖아."

"……혼자서라니?"

"뭘 보고 어떤 생각을 떠올렸는지 모르지만, 계속 난해한 얼굴을 하고는 나와는 거의 아무 말도 나누려고 하지 않았어. 자기 필요할 때만 질문하는가 하면, 정보고 추리고 뭐고 아무것도 공유하려 하지 않고 입을 다물었지. 내가 말을 걸어도 맥아리 없는 대답만 하고. 원래 처음에는 너 혼자서 현

장검증을 하게 해 달라고 부탁했었지? 담임이 안 된다고 하니까 나한테 온 거잖아. 처음에 담임이 허락했으면 너 혼자서 현장검증을 할 생각이었지? 뭐야……? 지금 나 무시해? 내가 방해가 되는 거야? 우리, 같이 진상을 파헤치려고 움직이던 거 아니었어? 어?"

예상조차 하지 못한 말에 압도당했다.

"……정말 미안해. 그렇게 생각하는지 몰랐어. 사과할게."

"진짜 그렇게 생각하는 거야?"

"……진짜로."

"……그럼 말해. 컴퓨터로 뭘 조사한 거야? 뭘 알아낸 거야?"

"아니, 그건…… 별로 중요한 거—"

야에가시가 갑자기 내 멱살을 쥐고 억지로 잡아당기더니 "야!" 하고 작은 소리로 으르댔다. 아주 조금만 움직여도 내 발꿈치가 쉽게 떠서 부끄러웠다. 야에가시의 친구로 보이는 다른 반 학생이 지나가다가 우연히 우리의 모습을 보고는 야에가시를 말린 덕분에 겨우 풀려났다. 목이 졸린 탓에 터져 나오던 마른기침이 잦아들 때 즈음,

"너 이 자식, 작작 좀 해……. 왜 같이 하려고 하지 않는 거야? 알아낸 게 있는 거지? 그럼 나한테도 공유하라고! 어!? 야!!"

내내 머뭇거린 것이 문제였다. 내 어중간한 태도에 확신을 얻은 야에가시는 여기서는 제대로 이야기할 수 없으니 체육관 뒤로 가자고 제안했다. 주변 학생들은 상황을 파악하지 못해 당황한 모습이었지만, 얌전히 야에가시를 따라가는 나를 말리지는 않았다.

공교롭게도 바비큐를 하던 날 야에가시가 단 유리라는 학생이 수상하다고 알려 준 곳이었다. 야에가시는 아까는 욱해서 미안했다고 사과하면서도 아직 흥분이 가라앉지 않은 모습으로 물었다.

"그 빌어먹을 여자의 능력을 알아낸 거지? 그래서 확인하려고 컴퓨터로 뭔가를 다시 조사한 거야. 그렇지?"

얼추 정곡을 찔렀다. 그렇지만 긍정할 마음은 들지 않았다. 미적지근한 내 태도에 야에가시는 웃는 얼굴로 분노했다.

"너 이건…… 아니지. 이제 와서 갑자기 왜 배신하려고 하는 건데. 이해할 수가 없네."

말해, 왜 안 가르쳐 주는 거야? 그러더니 결국 내 뺨을 힘껏 때렸다. 다른 사람에게 맞은 것은 아마도 초등학생 때 이후 처음일 정도로 정말 오랜만이었기에 순간 무슨 일이 일어났는지 파악하지 못했다.

그 반동으로 땅에 쓰러졌고, 코를 훌쩍이니 맑은 코피가 주르륵 흘러나오는 것을 느꼈다. 당황해서 코를 훌쩍거렸고 그 피 냄새가 입까지 퍼지고 나서야 비로소 맞았다는 사실을 깨달았다. 순간의 충격보다도 광대뼈를 중심으로 퍼지는 얼얼한 통증이 훨씬 더 아프고 불쾌했다.

**"널…… 믿었어. 친구가 됐다고 생각했는데."**

끔찍한 능력을 받았다고 스스로의 처지를 저주하면서 천천히 일어섰다. 스쿨 카스트는 군사력이야. 노리코 씨의 말이 머리를 스치면서 과연 그 말이 맞을지도 모른다고 생각하고는 손등으로 코를 훔쳤다. 선혈이 묻어났다.

"도대체 뭐 하는 거야? 말해, 말하면 안 되는 이유라도 있어?"

단 유리의 능력을 알아냈다는 사실을 야에가시에게 알리고 싶지 않았던 이유는 단순했다. 그가 그다음에 무슨 일을 벌일지 상상이 갔고, 아무래도 그 행동이 꺼려졌기 때문이다.

범인을 찾아냈을 때의 해결 방법은 경찰에 넘기며 해피엔딩.

그렇게 할 수 없다는 점이 이번 사건의 가장 큰 문제였다.

"야에가시는……."

입을 열었더니 코피가 흘러내렸다. 손으로 다시 거칠게 닦아냈다.

"야에가시는 단 유리에게서 능력을 빼앗고 나면 걔를 어떻게 할 생각이야?"

"줄곧 말했지만……."

야에가시의 눈이 나를 똑바로 응시했다.

"세 사람이나……, 소중한 친구들을 세 명이나, 죽였잖아? 당연히 복수해야지."

"……죽일 거야?"

"할 수만 있다면 그렇게 할 거야. 그런 미친 여자는 세상에서 없어져도 돼."

"하지만 우리 둘의 능력으로는 방법이 없어."

미리 생각해 놓았으리라. 잠시 시간을 두고 나서 야에가시가 당당하게 잘라 말했다.

"마지막 한 명에게, 야구부의 사코 선배에게 도와달라고 부탁해야 할 것 같아. 어떤 능력을 지니고 있는지는 모르지만, 사정을 설명하고 우리 셋이 힘을 합치면 뭐라도 할 수 있을지도 몰라."

"마지막 한 사람은……."

코에서 흘러내린 피가 입 안에 고이며 목구멍을 막았다. 멋지게 내뱉을 수 있었다면 폼났겠지만, 가래 섞인 피를 배수구에 내뱉듯 뚝뚝 떨어뜨릴 수밖에 없었다.

헛기침을 하고 목을 가다듬었다.

"마지막 한 사람은…… 그 사코라는 사람이 아니야."

"뭐라고……?"

"단 유리를 이대로 놔둬서는 안 돼. 그건 알아. 하지만 아무래도 결심이 서지 않아서. 그래서 시간이 좀 필요해. 그 마지막 한 사람과 대화를 좀 나눠 볼 테니까. 비밀로 한 건 정말 미안해……. 꼭 말해 줄 테니 조금만 기다려 줘."

등을 돌린 나를 야에가시는 따라오지 않았다.

가방을 가지러 교실로 돌아오니 소노카와와 하리모토가 내 책상 근처에서 기다리고 있었다. 뺨에 상처가 났어, 괜찮아? 라는 말로 시작한 그의 말은 요전의 일을 사과하고 싶으며 오늘은 같이 놀고 싶다는 이야기로 이어졌다. 나는 지난번 일은 정말로 신경 쓰지 않는다고 거듭 강조하며 오늘은 볼일이 있어서 함께 놀 수 없다고 말한 뒤 교실을 나왔다.

인터폰을 누르자 미즈키가 체인을 걸고 천천히 문을 열었다. 무슨 말부터 꺼내야 할지 고민하다가, 우선은 부탁을 들어주지 못해 미안하다고 사과해야겠다는 생각이 들었다.

"야마기리의 일—"

내가 미안하다고 말하기 전에,

"내가……"라고 미즈키가 재빨리 말을 꺼냈다.

"집 안에만 틀어박혀서…… 이렇게…… 최악이었어……."

무리해서 말을 보탤 필요가 없겠다는 생각에 한동안 잠자코 있었다. 미즈키도 더 이상 아무 말도 하지 않았다. 두 번 정도 심호흡을 한 뒤 본론을 꺼냈다.

"6시에 다시 올 테니까 외출 준비 좀 하고 있어."

"……응?"

"부탁이야. 정말로 데리러 올 테니까."

"……왜?"

"네가 지닌 능력에 대해 이야기를 나누고 싶어."

본능적으로 문을 닫으려고 했는지 순간 체인이 출렁거렸다가 이내 천천히 다시 팽팽해졌다. 내가 물었다.

"너, '수취인'이지?"

18

다시 미즈키를 찾아갔을 때, 미즈키는 검정색 민소매에 하얀색 롱스커트 차림이었다. 화려한 차림새는 아니었지만 교복 차림 외에는 전에 보았던 티셔츠에 반바지가 전부였기에 매우 화려해 보였다. 안색은 좋지 않았지만 적어도 건강이 나빠져서 한 달 가까이 학교를 쉬고 있는 학생으로는 보이지 않았다. 변변찮은 티셔츠에 청바지를 입고 나온 것이 미안해졌다.

"얼굴, 다쳤어?"

"아아, 좀……. 그렇게 티나?"

"……좀 많이."

거울을 볼 여유가 없어서 얼마나 다쳤는지 짐작도 가지 않았다. 둔중한 통증은 여전해서 상처 부위를 만지는 것도, 표정을 크게 바꾸는 것도 무서울 정도였다.

맨션을 나왔다. 출발하자마자 금방 목적지를 알아차렸는지, 아니면 무엇을 물을 기력조차 없는지 미즈키는 묵묵히 나를 따라왔다. 해가 기울면서 코발트블루 빛으로 어슴푸레 물드는 주택가를, 마치 박물관 안을 걷듯이 천천히, 천천히, 걸어갔다. 한동안 침묵이 흘렀지만 아마도 그녀의 머릿속에서는 몇 마디 말이 떠올랐다가 사라졌을 것이다. 10분쯤 지났을 때, 마침내 질문을 할 결심이 섰는지 입을 뗐다.

"……너도, '수취인'이구나."

그 사실이 가장 놀라웠던 모양이다. 하긴 내가 편지를 받았다는 사실을 미즈키가 알 리 없었다. 나는 편지를 받게 된 사정을 설명하면서 전임자는 아마도 무라시마 다쓰야 같다고 말했다. 죽은 친구의 이름이 등장하자 표정이 조금 어두워지며 슬픔을 견디듯 다섯 걸음, 기도를 하듯 땅을 디디며 물었다.

"어떻게, 내가 '수취인'이라는 걸 알았어?"

"⋯⋯뒷북이긴 한데."

나는 서두를 깔며 말했다.

"가만히 생각해 보면, 사신 같은 황당무계한 이야기를 너무 쉽게 믿는다는 점에서 진즉에 알아차렸어야 했다고 생각해. '내게는 초능력이 있고 그걸로 두 사람을 자살로 위장해 죽였다' 같은 이야기, 보통은 쉽게 안 믿잖아. 게다가 사신이 생명을 노리니까 야마기리가 학교에 나오지 않았으면 좋겠다고 말한 것도, 생각해 보면 능력의 범위를 파악하고 있는 것 같아 신기했지. 그때 당시에는 전혀 아무것도 몰랐지만."

"그럼 언제부터 알았어?"

"야마기리의 장례식에 왔잖아."

나는 발밑을 응시하며 말을 이었다.

"야마가리가 살해당하면 다음 표적은 자신이 될지도 모르는 상황인데, 범인이 있을지도 모르는 장례식장에 아무 걱정 없는 얼굴로 나타난 게 이상하다고 생각했어. 능력을 학교에서만 쓸 수 있다는 사실을 모른다면 아무리 조문을 하고 싶어도 그런 곳에 올 수는 없었을 테니까."

미즈키는 마치 실수를 반성하는 모습으로 입을 다물었다. 마침 그때 커플로 보이는 우리 또래의 남녀가 스쳐지나갔다.

"……남자친구는 괜찮아?"

"응?"

"아니, 뭐랄까, 이런 식으로 불러내서, 혹시 이상한—"

"예전에 헤어졌어."

"……그렇구나."

"응. 꽤 오래전에, 몇 개월 전이었을걸."

미즈키는 진지하게 떠올리려는 기색도 없이 말하고는 한숨을 쉬었다.

"왜 그랬을까?"

"싸우기라도 했어?"

"아니, 그 뜻이 아니라……. 왜일까. 어째서 아등바등 살려는 걸까, 라는 뜻이었어."

다시 한번 한숨을 쉬며 아마도 웃으려고 한 듯했다. 그러나 얼굴근육이 말을 듣지 않는지 금방이라도 울음을 터뜨릴 듯 비통한 표정을 지었다.

"열두 살이 되면 중학교에 다녀야만 해. 열다섯 살이 되면 고등학교에 다녀야 하지. 친구가 없으면 창피해. 될 수 있으면 활발하고 명랑한 아이와 친해져야 나도 멋진 사람이 될 것만 같지. 친구들과 멀어지고 싶지 않으니까 나도 모르게 보조를 맞추게 돼. 거기에 내 의사는…… 얼마나 있었을까. 여러 가지 일들이 내 취미, 희망, 이상과 조금씩 어긋나기 시작했어. 친구나 주변 환경에 맞추려고 모든 일들을 점점 아무 생각 없이 소거법으로 정하게 된 것 같아……. 너와 이야기하지 않게 된 것도, 그런 일들의 연장선일지도 몰라."

"……글쎄."

"이렇게 이야기하고 있으니, 다른 사람들에게는 말할 수 없어도 네게는 말할 수 있는 게 많다는 걸 깨달아……. 어째서일까. 나…… 정말로 코즈에를, 좋아하긴 했던 걸까."

영문도 모른 채, 그런 말을 하면 안 된다고 미즈키를 타박하려고 했지만, 내게는 그러한 말을 할 자격이 없다는 사실을 깨달았다.

"1학년 때 본관 뒤에서 다친 고양이를 발견했어."

미즈키는 왜인지 모르게 괴로운 표정을 지었다.

"고양이들끼리 싸웠는지, 학생에게 괴롭힘을 당했는지는 몰라. 한쪽 눈을 다치고 왼쪽 뒷다리를 무겁게 끌고 있었어. 더 이상 얼마 못 움직일 것 같았지. 어쩌면 좋을까 어찌할 바를 모르고 있는데 뒤에서 3학년 여학생이 나타났어.

머리를 밝게 염색하고 허리에는 카디건을 두르고 굉장히 멋있는 리본을 단 사람이었는데……. 아무튼 엄청 예쁘고 반짝반짝 빛나는 사람이었어. 그 사람이 자신에 찬 얼굴로 말했지. 내게 맡기라고. 그러고는 고양이를 소중히 안고는 어디론가 사라졌어. 며칠이 지나고 그 선배가 교실로 나를 찾아와서 '넌 고양이를 구하려고 한 멋진 녀석이야. 좋은 사람이 되겠구나'라고 말하면서 이름을 물었어. 동아리 가입을 권하려는 줄 알았는데, 그게 아니라 일단 이름만 알려 달라고 하더라고. 몇 개월이 지나도록 별다른 일은 없었는데, 2학년이 되었을 때 동글동글한 글씨가 적힌 예쁜 편지를 받았어. '고양이를 구하려고 했던 당신에게, 이 능력을 물려줍니다'라고. 기쁨보다는 과대평가 받았다는 초조함과 미안함이 더 커서, 굉장히 당황했어. 사실 그때, 아마 선배가 나타나지 않았으면 고양이를 못 본 척 그냥 지나갔을지도 모르거든."

저녁이 지나고 우리는 이미 밤의 문턱에 있었다. 순간, 자동차의 헤드라이트가 미즈키의 옆모습을 비췄다. 눈이 조금 붉그스름해 보이는 것은 기분 탓일까.

"하지만 그렇기 때문에 더욱 이런 기이한 사명감이 솟구쳤어. 나는 선택받은 특별한 존재다, 이 능력을 적극적으로 사용해 학교를 좋은 방향으로 이끌어야만 한다. 자만했다고 해도 좋아. 선택받은 자의 사죄나 속죄라고 하는 편이 맞을지도 모르지. 나는 점점 더 진정한 자신을 찾을 수 없었고, 정체 모를 누군가에게 조종당하는 것처럼 매일을 보냈어. 딱히 열렬히 동경한 것도 아니면서 마치 도덕 교과서에 나올 법한 바람직한 사람을 연기하려고 했지. 언젠가 다큐멘터리 촬영을 한다며 교실로 들어와서 나를 주인공으로 삼아도 반드시 멋진 사람으로 비춰질 수 있도록, 말이야."

미즈키가 멈춰 섰다.

목적지였기에 나도 멈춰 섰다.

눈앞에는 그녀가 한 달 가까이 쉬고 있는 우리 학교가 있었다.

나와 미즈키는 전철로 통학하지만, 우리가 살고 있는 하나조노다이에서 기타카에데까지는 역 두 정거장 거리였기에 도보나 자전거로도 갈 수 있었다. 오늘은 전철을 선택하지 않은 이유는 주변의 시선을 신경 쓰지 않고 이야기를 나누기 싫었기 때문이다. 미즈키를 일부러 학교까지 데려와야 했던 이유를, 아마 틀림없이 미즈키도 알고 있을 것이다.

"불꽃놀이."

미즈키가 본관 옥상을 바라보며 말했다.

"여름방학 때 열리는 요시미가와강 불꽃놀이. 다 같이 수영장에서 보기로 한 거, 있잖아. 그건…….."

"안 된다고 한 것 같아. 위험하다고. 하지만 만약 허가를 받았어도 행사는 못했을 거야. 레크리에이션 자체가 없어졌으니까."

"그렇구나."

미즈키는 교문을 두어 번 똑똑 두드렸다.

"그러는 게…… 좋을지도 몰라. 정말로 하고 싶었냐고 물으면 나도 아마 대답하기 힘들었을 거야."

교문은 닫혀 있지만 잠겨 있지는 않았다. 행정실을 필두로 몇몇 창문에서 따뜻한 불빛이 새어나오고 있었지만, 학생이나 교정을 걷는 직원은 보이지 않았다. 우리는 소리가 나지 않도록 슬그머니 교문 사이로 들어가 신관으로 이어지는 연결통로 근처에 있는 벤치에 앉았다. 마침 행정실에서도 교무실에서도 보이지 않는 사각지대였다.

"범인을 찾았어."

"그…… 사신?"

나는 고개를 끄덕였다.

"B반의 단 유리라는 여자애야. 아는 애야?"

미즈키는 고개를 저었다.

"본 적은 있을지 몰라도, 얼굴은⋯⋯."

나는 능력을 받고 나서 오늘까지의 일들을 핵심을 추려 설명했다. 야에가시도 '수취인'이라는 사실, 그와 힘을 합쳐 움직인 일, 사건의 진상과 범인의 능력을 알아낸 일, 그렇지만 아직 발동 조건을 모른다는 사실, 야에가시는 단 유리에게 벌을 줘야 한다고, 그러니까 죽여야 한다고 생각한다는 것, 나는 아직 여러 가지로 결정하지 못했다는 것.

"그래서⋯⋯ 마지막 한 명의 '수취인'을 만나러 온 거야?"

"의견을 듣고 싶기도 하고, 만약 단 유리에게 복수한다면⋯⋯ 네가 어떤 능력을 지니고 있는지 파악해 두고 싶어서. 넌, 어떻게 해야 한다고 생각해?"

"사신을?"

나는 고개를 끄덕였다.

"단 유리는 이제 아무도 안 죽일 것 같아. 내가 사과만 하면 그냥 내버려 둬도 위협이 되지는 않을 상황이야."

"보통 네 명이나 죽였다면, 아니구나, 세 명이구나. 그렇다면 역시 사형이겠지?"

"보통은 그렇지. 다만⋯⋯."

사실은 궁금해서 인터넷에서 미리 조사했다.

"단 유리는 미성년자니까 몇 명을 죽여도 사형을 받지는 않는 것 같아. 그렇지만 정작 사형이 선고되지 않는다는 사실이 뉴스를 타면…….”

“아무리 미성년자라도 세 명이나 죽였으니까 사형을 받아야 한다며 시끄러워질 사건이지.”

“미성년자에게 무르다며 소년법의 문제점이 부각되겠지, 아마도.”

미즈키는 사실을 곱씹듯 고개를 여러 번 끄덕이더니 정면에 있는 어둠이 떨어진 신관의 벽을 바라보며 말했다.

“확실히 그 아이의 능력은 없애 버려야 해. 더 이상 죄를 짓지 않는다고 해도, 반드시.”

미즈키가 예상보다 훨씬 강경한 말투로 잘라 말했다.

“그래서 역시 이후의 일을 빈틈없이 처리해야겠다는 생각이 들어.”

“……처리라니?”

“법이 닿지 않는 세계니까, 어른들의 눈이 닿지 않는 세계니까, 능력이라는 비상식적인 면이 끼어든 세계니까, 우리끼리 확실하게 질서를 유지해야 하는 거야.”

말을 마치자마자 여린 얼굴로 눈을 내리깔았다. 그래도 그럴 수밖에 없으니까, 라고 말하듯 허무한 시선으로 나를 바라봤다.

"아마도 2학년 A반 시라세 미즈키는 이렇게 말할 거라고 생각해."

말의 의미가 거부감 없이 시럽 약처럼 가슴속으로 녹아내려 나는 말을 잇지 못했다. 나아가야 할 방향을 판단하려고 주변을 응시한 채 침묵하는데, 미즈키가 느닷없이 손거울을 내밀었다. 가방에서 꺼낸 듯했다.

"얼굴"이라는 말을 듣고 거울을 들여다보니 눈 밑이 시퍼렇게 부은 명청한 고등학생이 보였다. 약자의 낙인인 푸른 멍은 불빛이 적은 밤중의 학교에서도 뚜렷하게 보였다. 상상했던 것보다 세 배는 컸다. 일반 반창고로는 다 가릴 수 없겠다는 생각을 하는데,

"눈 좀 감아 봐."

입맞춤을 기대할 정도로 바보는 아니다. 연고라도 발라 주려는 건가, 커다란 거즈라도 가지고 있는 걸까. 그런 생각들을 하면서 눈을 감자 미즈키가 상처 부위를 부드럽게 만졌다. 역시 찌르르 아팠지만 소리를 낼 정도는 아니었다. 무엇을 하려는 걸까 기다리는데 무엇을 하는 기척도 없이 손을 떼어서 나도 모르게 눈을 뜨고 말았다.

미즈키는 손거울을 내밀더니 다시,

"얼굴."

눈을 의심했다. 혹시나 싶어서 눈을 다섯 번 정도 깜빡였지만 틀림없었다.

멍이 사라졌다. 얼떨떨하게 뺨을 만져 봐도 통증은 전혀 느껴지지 않았다.

"이게 내가 받은 능력이야."

미즈키는 깊은 한숨을 쉬었다. 단순히 기분 전환을 하고 싶었던 것인지, 아니면 그것이 능력의 대가인지는 몰랐다. 입술을 한 번 깨물고 나서 힘을 모으듯 심호흡했다.

"미안해. 복수에는 가장 적절하지 않은 능력이라고 생각해. 하지만 다시 말하지만, 학교에서 도망쳐서 눈앞에 벌어진 끔찍한 사태를 외면한 최악의 시라세 미즈키로서 생각해도, 범인을 용서하면 안 된다고 생각해."

이윽고 미즈키는 뺨에서 손을 뗀 나를 똑바로 응시했다.

"나도 끼어 줘. 사신을 끝장내는 방법을 같이 고민하고 싶어."

19

방학식에는 결석했다.

미즈키도 여전히 학교를 빠졌다. 만약의 상황에 대비해서 야에가시에게도 학교를 쉬라고 했지만, 그는 도망치는 흉내를 낼 정도면 차라리 살해당하는 편이 낫겠다며 단호한 태도로 출석했다. 다행히 아무 일 없이 하교한 모양이었다. 무사하다는 연락을 받았을 때 안도했다.

여름방학이 시작됐다. 그것은 단 유리에게 사과를 할 기한이 끝나 버렸다는 것과 그녀가 나를 죽이기로 결심했다는 것을 의미했다.

처음으로 셋이서 의논을 한 것은 방학식 다음날인 7월 20일 토요일이었다. 오전 중에는 동아리 활동이 있는 야에가시를 배려해서, 이전에도 둘이서 만나 이야기를 나누었던 패밀리 레스토랑에 오후 2시에 모였다. 야에가시는 가장 먼저 "요전에는 정말 미안했어"라며 시원할 정도로 깔끔하게 고개를 숙였고, 내가 생각보다 많이 다치지 않았다는 사실을 확인하고는 가슴을 쓸어내렸다. 미즈키의 능력으로 치료했다는 사실을 설명하면 한동안 계속 사과를 할 것 같아 잠자코 있었다.

야에가시와 미즈키는 원래부터 친했다고 단언할 수 있을 정도로 화기애애한 사이는 아니었지만 적어도 교실 안에서는 나름대로 알고 지내던 사이였을 터였다. 기분 나쁜 표현이기는 하지만 두 사람은 같은 그룹에 속해 있었던 것이다.

교실에서는 나와 미즈키, 혹은 나와 야에가시보다는 두 사람이 훨씬 자주 이야기를 나눴다.

미즈키가 '수취인'이라는 사실에 야에가시는 뜻밖이라는 얼굴을 했지만, 더 이상의 리액션은 하지 않았다.

"이렇게나 편파적이었다고?"

아마도 '수취인'이 2학년 A반과 B반에 몰려 있었다는 사실을 말하고 싶었던 것 같다. 이러한 현상이 오래전부터 대대로 이어져 내려오던 '수취인'의 역사 속에서도 드문 일인지, 그렇지 않으면 종종 발생하는 일인지는 모른다. 다만 한 가지, '수취인'의 존재가 편중되었기 때문에 이번 비극이 일어난 것 같다는 생각이 들었다. 결코 입 밖으로 낼 생각은 없지만.

미즈키는 도망쳐서, 또 오랫동안 결석해 미안하다고 사과했지만 야에가시는 마음에 두지 말라며 단락을 지었다.

"같은 상황이었다면 나도 똑같이 행동했을 거야."

아마도 위로를 가장한 거짓말이었겠지만 미즈키를 탓할 마음이 없는 것은 사실 같았다.

자리가 정리되자 나는 단 유리가 지닌 능력에 대한 추측을 풀어놓았다. 미즈키는 애초에 자살 당시의 정황을 자세하게 몰라서 그것을 파악하는 데 집중하는 기색이었고, 야에가시는 깜짝 놀라며 머리를 쥐어뜯듯 쓸어 올렸다.

"그거야……. 틀림없어. 분명해."

문제는 아직 알아내지 못한 발동 조건을 밝혀내야 한다는 것이었다. 그것 또한 말했다. 셋이서 동분서주하면 어떻게든 발동 조건을 알아낼 수 있지 않을까. 어느 타이밍에 어떻게 움직일지는 여전히 계속 고민해야 하지만, 신중하게 움직이면 더 이상 해결할 수 없는 문제만은 아닐 것이다.

개인적으로는 현재 내가 단 유리에게 목숨을 위협받고 있다는 점이 상당히 중요했지만, 나를 노릴 만한 날을 특정할 수 있는 만큼 비교적 낙관적이었다. 분명 내가 여름방학 중 유일하게 등교하게 될 8월 1일 도서 당번일을 노리고 있을 것이다. 생각해 보면 단 유리는 사회과자료실에서 야마기리 코즈에를 처리하자마자 이렇게 말했다.

―야에가시 스구루가 계속 야마기리 코즈에 근처에서 알짱거리는 바람에 방해가 됐거든. 어떻게든 야마기리한테서 야에가시를 떼어놓으려고 했는데.

과연, 능력의 본질상 그녀는 상대가 혼자가 될 때를 노릴 것이다. 그렇다면 틀림없이 나를 협박한 시점에 이미 도서 당번일에 죽이겠다고 정해 놓았을 것이다. 그 사실을 알고 있기만 하면 그렇게까지 두려워할 이야기는 아니다. 도서 당번을 빠진다고 해도 학교에서 엄중한 벌을 내리지 않고, 반드시 출석하고 싶으면 담임에게 전화해서 당번 날짜를 바꾸면 된다. 날짜를 바꾸는 것까지는 단 유리도 대응할 수 없을 것이다. 쉽게 피할 수 있다.

따라서 우리에게 매우 중요하고 무척 민감하고 몹시 어려운 문제는 역시 단 유리를 어떻게 할 것인가 였다. 고바야카와 도우카가 스스로 목숨을 끊는 바람에 우연히 물려받은 '수취인'의 능력으로 동급생을 세 명이나 죽인 악마를, 사신을 과연 어떻게 처리해야 할까.

"절대로 용서할 수 없다는 이유 하나만으로 말할 건 아니지만. 아니지, 아니야……. 역시 용서할 수 없기 때문에 이런 말을 하는데."

야에가시는 나름대로 지나치게 감정적이지 않도록 조심하며 살얼음판을 걷듯 한 마디 한 마디 신중하게 말을 꺼냈다.

"다쓰야는 정말로 반 아이들을 진심으로 생각하는, 반 아이들의 행복을 가장 중요하게 생각하던 녀석이었어. 어떻게 그럴 수 있을까 싶었는데, 어쩌면 지금 가키우치가 지닌 거짓말을 간파하는 능력과 관계있지 않았을까 싶어. 아무튼 누구보다도 상냥하고 누구보다도 멋진 녀석이었다고. 아직도 잊을 수 없는 건……."

무라시마 다쓰야가 농구부원으로 활동할 때 이야기였다.

재능이 뛰어났던 무라시마 다쓰야는 1학년이지만 일찍이 정규 선수로 선발되었다. 우리 학교 농구부는 그리 강한 팀은 아니지만 그래도 눈에 띄는 활약을 보여 줬다고 야에가시가 칭찬했다. 그동안 당해내지 못한 라이벌 학교를 상대로 승리를 거머쥐는 데 무라시마 다쓰야가 힘을 보탰다고도 했다. 올해의 이 멤버라면 대박을 터뜨릴 수 있을지도 모르겠다고. 그러나 기대감이 최고로 부푼 상태에서 맞이한 가을, 현(県) 대회 예선에서 무라시마 다쓰야의 무릎이 망가졌다.

시합은커녕 당분간 걷는 것조차 쉽지 않다는 진단을 받았다. 대타로 선발된 선수는 3학년 선배였지만 실력은 무라시마 다쓰야의 발끝에도 미치지 못했다. 패배 후 부원들의 분노는 1학년이지만 인망이 두터운 무라시마 다쓰야가 아닌, 시합 내내 발목을 잡았던 대타로 뛴 3학년 선수에게 향했다. 연습하라고, 평상시에 무라시마의 움직임을 눈여겨봐, 할 마음이 없다면 못 하겠다고 선생님께 말씀드려, 사라져, 사과해, 돌아가, 죽어. 온갖 말이 가차 없이 쏟아지는 가운데, 무라시마 다쓰야가 모든 비난을 저지하고 그 선배를 향해 고개를 숙였다.

─중요한 시기에 부상을 당해서 정말 죄송해요. 제가 결과적으로는 선배가 실전 연습할 시간을 빼앗아 버렸어요. 경기 후반부에도 그렇게나 운동량이 떨어지지 않는 센터는 본 적이 없어요. 선배의 기초체력과 연습량이 장난 아니었구나, 새삼 깨달았어요. 감사해요. 선배들의 마지막 대회를 망쳐 정말 죄송합니다. 전부 제 책임이에요.

더 이상 그 누구도 아무 말도 꺼내지 못했다. 얼마 지나지 않아 무라시마 다쓰야는 원래의 무릎으로 돌아갈 수 없다는 사실을 알고, 2학년에 올라가는 동시에 동아리를 그만두었다.

"다쓰야는 진심으로 부딪칠 새로운 방법을 찾고 있었다고 생각해. 그래서 애들을 생각해서 이리저리 움직였지. 그런 아이를, 진심으로 아이들을 생각했던 최고의 인간을, 그 미친 여자는 아무렇지 않게 죽인 거야. 죽였고, **죽일 수 있어.** 역시 말도 안 되는 일이라고 생각해. 그런 건 상상할 수도 없어, 난."

야에가시의 눈물은 그동안 몇 번이나 봤다. 그래도 지금 흘리는 눈물이 가슴속 가장 깊은 곳에서부터 흘러나오는 눈물 같다는 생각이 들었다.

"겐유도 항상 바보 같아 보여도 진심으로 모두를 생각하는 멋진 녀석이었어. 절대로 누구의 험담도 하지 않았고, 그런 개성이라고 해야 하나, 어쨌든 멋있는 점도 많았다고. 코즈에는 정말 똑부러져서 아이들에게 항상 옳은 방향을 제시했지. 분명 미래에 남편을 휘두를 좋은 아내가 될 거라는 이야기도 했었는데. 여하튼 그런 모두의 미래를 그 빌어먹을 여자가 송두리째 빼앗아갔어."

우리가 한참 전에 다 먹은 감자튀김의 빈 접시를 치우려던 점원이 황급히 발길을 돌렸다. 인기척을 느끼고는 고개를 숙인 야에가시의 눈물이 언뜻 보였던 탓일까.

"용서해서는 안 돼. 용서할 수 없어."

"……역시 단 유리를 죽여야 한다고 생각하는 거야?"

야에가시는 단호하게 고개를 끄덕였다.

"나는 계속 그렇게 생각했어. 냉정하게 생각해도 변하지 않아. 그게 정의잖아. 그런 건 사람도 아니야. 퇴치해야 할 악마. 아니, 사신이야."

내 입에서도, 미즈키의 입에서도, 끝내 반박의 말은 나오지 않았다.

그날은 일단 헤어졌고, 앞으로의 논의는 후일로 미뤘다. 사신은 퇴치해야 할 존재일지 모른다. 그러나 실제로 퇴치도 봉인도 쉽지 않다는 것이 문제였다. 나름대로 살인에 활용할 수 있는 단 유리의 능력과 달리, 우리의 능력은 온화하고 평화롭다. 악인에게 벌을 내린다는 대의명분을 내걸면 마치 성스러운 전쟁처럼 들리겠지만, 결국 우리에게 필요한 것은 완전범죄. 초능력을 사용할 수 있다고 해도 난도가 너무 높다. 불가능하다고 판단해도 좋지 않을까.

거짓말을 간파하고, 누가 누구를 좋아하고 싫어하는지를 알아내고, 상처를 치료할 수 있는 능력들을 더하고 곱해도 사신을 물리칠 수는 없을 것만 같다.

이후에도 라인으로 계속 메시지를 주고받고, 장소를 여러 번 바꿔가며 회의랄까, 상담이랄까, 집단적인 침묵 같은 것을 이어갔지만 안타깝게도 묘안은 떠오르지 않았다. 마치 자신의 실력을 뼈저리게 깨닫고 지망 학교의 등급을 순식간에 낮춰 버리는 것처럼, 우리의 의제는 '단 유리를 어떻게 심판하느냐'에서 '단 유리의 능력을 완전히 없애는 것'으로 되돌아갔다. 모든 의미에서 자신들이 너무나도 어린 아이라는 사실에 형언할 수 없는 분통이 치밀어 올랐다.

어떻게 하면 단 유리의 발동 조건을 알아낼 수 있을까. 여러 번 오가던 논의에 문득 밝은 빛이 아주 조금 보이기 시작한 것은 네 번째 모임에서였다.

"……자서전이야. 기시타니 료켄의."

위험한 이야기를 언제까지나 특정 패밀리 레스토랑에서 할 수 없는 노릇이라 그날 우리는 노래방에 갔다. 옆방에서 희미하게 노랫소리가 들려오는 가운데 나는 확신했다.

"틀림없어……. 그걸 다시 한번 읽어 봐야겠어."

"지금 도서실에 갈 거야?"

"아니……, 일단……."

여러 가지 사정을 감안한 결과, 내 도서 당번일에 책을 확인하면 된다고 결론지었다. 물론 복도에 게시된 8월 1일은 반드시 피해야 한다.

집에 돌아오자마자 곧바로 학교에 전화해서 담임에게 도서 당번 날짜를 바꿔 달라고 부탁했다. 문제는 없지만 다른 날에 배정받은 학생과 서로 바꿔야 하므로 조금 기다리라고 해서 20분 정도 스마트폰 앞에서 대기했다. 무사히 날짜를 변경했다.

그날 밤, 형의 코고는 소리 때문에 잠을 설치다가 새벽 3시에 침대를 빠져나왔다. 방 구조상 거실에 불을 켜면 부모님의 침실에 빛이 새어 들어가기 때문에 부엌에 있는 사다리를 의자 삼아 눈꺼풀이 무거워지기를 기다렸다. 그러나 졸음은 찾아오지 않았다. 스마트폰 불빛에 눈이 말똥말똥해지는 것도 싫어서 아무 생각 없이 레크리에이션 기획으로 제작한 문집을 집어 들었다. 아무래도 눈길이 가는 페이지는······.

이름: 단 유리
소속: 2학년 B반  소속 동아리: 없음  거주지: 가에데초
좋아하는 것, 잘하는 것: 독서
싫어하는 것, 못하는 것: 수영
A반, B반에서 친한 친구: 없음
모두에게 하고 싶은 말: 잘 부탁해

한숨이 나오려는데, 냉장고가 덜커덩 큰 소리를 냈다. 어떠한 구조인지는 모르겠지만 오랫동안 사용해 온 탓에 종종 이상한 소리가 나기도 했다. 깜짝 놀라서 시선을 돌리다가 문득 그곳에 붙어 있는 전단지 한 장이 눈에 들어왔다. 엄마는 도대체 무엇에 관심이 생겨서 이런 것을 붙여 놓았지, 생각하는데 터무니없는 풍경을 보고 말았다.

오늘은 더 이상 잠자기 글렀군. 그러한 예감을 안고 다시 한번 문집으로 시선을 떨어뜨리며 현재 학교 상황을 되짚었다. 모든 가능성을 떠올리고 곰곰이 생각하며 실현가능성이 크다고 판단되는 것을 찾아냈을 때, 어느새 나는 자리에서 일어나 있었다.

번뜩임과 동시에 솟아오른 것은 기쁨보다는 어두운 공포심. 분에 넘치게 커다란 임무를 부여받은 듯한 긴장감과 당황스러움에 지배되어 급격히 구토가 치밀어 올랐다.

겁에 질려 내던진 문집이 팔랑거리다가 우연히 고바야카와 도우카의 글이 실린 페이지가 펼쳐졌다. 뜻하지 않게 엿보게 된 내용에 또다시 심장이 크게 요동쳤고 마침내 오늘은 잠들지 못하리라 확신했다.

나는 냉장고에 붙어 있는 전단지를 떼어내 두 번 접어서 문집 사이에 꽂아 넣었다.

사신을 퇴치……할 수 있을지도 모르겠다.

## 20

교문 안으로 들어서려는데 다리가 후들거렸다.

단 유리가 범인이라는 사실을 알고 나서도 학교생활은 두렵지 않았다. 그녀가 나를 죽이려는 시기는 여름방학이 시작된 이후라고 확신할 수 있었기 때문이다. 어떻게 살인범을 믿을 수 있었는가에 대해서는 굳이 구체적으로 생각하고 싶지 않지만, 아무튼 나는 사회과자료실에서 벌어졌던 사건을 제외하면, 지금까지 진지하게 교내에서 살해당할지 모른다는 공포를 느껴 본 적이 없다.

그러나 지금은 다르다. 단 유리가 달력에 나를 죽여도 좋다고 정해 놓은 날이다. 주저하지 않고 학교 안으로 들어가기가 어려웠다.

아무리 보는 눈이 없다고 해도 교문 앞에서 양팔을 벌리고 심호흡하는 짓은 바보 같았다. 자그마한 각오의 한숨을 내쉬고는 경계선을 넘었다. 괜찮아, 도서 당번 날짜는 담임을 통해서 확실하게 미뤘다. 모든 일이 잘 풀릴 것이다. 몇 번이나 스스로를 다독이며 행정실로 향했다. 백발영감님에게 도서실 열쇠를 받고, 대여 방법 등 당번 주의 사항이 적힌 확인표를 건네받았다. 오후 4시 폐실 시간이 되면 열쇠를 다시 반납하러 오면 된다.

내 대답이 시원치 않았는지, "알겠니?"라며 거듭 물어 왔다. "네"라고 대답하는 목소리가 갈라졌다. 억지로 미소를 지으며 도망치다시피 자리를 떴다. 도서실까지 가는 동안 작은 동물처럼 주위를 연신 두리번거렸다. 아무도 없다. 괜찮아, 아무도 없어. 염불을 외듯 중얼거리며 열쇠로 도서실 문을 열었다. 만일의 경우에 대비해서 미즈키와 야에가시가 근처 카페에서 대기하고 있었다. 만에 하나의 경우는 없다. 내 목숨은 위험하지 않다.

에어컨을 켜고 카운터에 앉았다. 실내 온도가 적절해지기를 기다렸다.

학생들이 여름방학 동안에도 책을 자유롭게 빌릴 수 있도록 도서실을 운영하지만, 정작 책을 빌리러 오는 사람은 거의 없다. 학교에서 걸어서 몇 분 거리에 커다란 시영 도서관이 있고, 신간을 판매하는 서점도 가깝다. 더욱이 도서실 보유 서적 목록이 상당히 빈약한 것도 학생들이 도서실을 멀리하는 이유 중 하나다. 사회과 교사들이 보유 서적의 질을 지적하며 종종 개탄하고는 했다. 사실 내가 봐도 재미있어 보이는 책들은 별로 없었다.

이 지역에 사는 학생들은 모든 면에서 주변 시설보다 뒤 떨어지는 학교 도서실까지 굳이 발걸음할 필요가 없으며, 전철로 통학하는 학생들에게도 일부러 시간을 들여 학교까지 찾아올 정도의 가치는 찾아볼 수 없었다.

그러므로 도서실 문을 두드리는 사람이 있다면 그 사람은 취향이 상당히 별난 학생이거나, 그것이 아니라면…… 나를 죽이러 온 단 유리라고 생각할 수밖에 없다.

10분쯤 지났을 때, 나는 기시타니 료켄의 자서전을 꺼내려고 가장 깊숙한 곳에 있는 본교 관련 서적 책장으로 향했다. 아무도 읽을 리 없는 책이라서 그런지 위치는 바뀌지 않았다. 꺼내들고 카운터로 돌아와 조용히 책장을 넘겼다. 읽으려는 페이지를 찾는 데 생각보다 오래 걸린 까닭은 글씨가 읽기 어려웠던 탓일까, 극도의 긴장 상태여서 내 인식능력이 저하된 탓일까.

사부로의 부고를 들었을 때 나는 황망한 심정에 사흘 동안 밥을 목구멍으로 넘길 수조차 없는 지경이었다. 아버지가 돌아가셨다는 소식을 들어도 이와 같지는 않았을 것이다.

어찌하여 사부로에게 손을 내밀어 주지 못했을까 후회 속에서 허우적댔다. 손을 맞잡고 보여 줄 수 있는 빛이 있었을 것이다. 괜찮으냐고 물으면 괜찮다고 대답하며 강한 척하던 녀석을 어째서 알아봐 주지 못했을까. 얼마 후 시바쿠라 가의 미치라는 여자가 사부로의 무덤 앞에서 합장하고 있는 모습을 보았다. 이야기를 들어 보니 그녀 역시 몹시 후회하고 있었다. 좋아했느냐고 물었더니 그랬다고 고개를 끄덕였다. 사부로는 나 같은 건 누구도 좋아해 주지 않는다며 자주 푸념을 늘어놓곤 했다. 살아 있었을 때 마음을 전했다면 얼마나 약이 되었을까 생각하니 또다시 눈물이 왈칵 쏟아졌다. 분명 사부로 생전에 상처를 어루만져 줄 수 있었을 것……

"뭐 읽어?"

눈앞에 나타난 단 유리의 모습에 비명을 지르는 것도 잊은 채 얼어붙은 듯 꼼짝도 하지 못했다. 그녀는 카운터에 팔꿈치를 대고 나를 놀리는 눈빛으로 쳐다봤다. 여름방학 중이라도 학교에 올 때는 교복을 입는다는 규칙을 성실하게 지켰는지 교복 차림이었다.

"왜 그렇게 놀라?"

"어떻게……."

책을 덮자 손끝이 얼어붙은 듯 차가워졌다는 사실을 깨달았다.

"어떻게, 내가 여기 있는 걸 알았지?"

"그런 것쯤이야 행정실에 전화해서 물어보면 금방 알 수 있지. 설령 당번일을 두 번이나 바꿨다고 해도. ……나도, 복도에 게시된 날짜에 네가 도서실 당번을 나오리라 생각할 정도로 낙관적인 사람은 아니니까. 사전에 확인 정도는 한다고."

단 유리 쪽에서는 보이지 않도록 조심스럽게 스마트폰을 꺼냈다. 두세 번이나 잠금 해제를 실패하면서 간신히 라인을 실행했다. 미즈키와 야에가시에게 메시지를 보내려는데,

"지원 요청이라도 하려고?"

단 유리는 카운터 안쪽으로 돌아 들어왔다. 메시지 발신이 성공했는지 실패했는지, 스스로도 확신할 수 없는 상황에서 스마트폰을 숨기듯 주머니에 넣었다. 제대로 보내졌기를 기도하며 그녀를 쳐다봤다.

"죽이러 왔어?"

"네가 사과하러 오지 않았으니까……."

단 유리가 웃으며 말했다.

"하지만 내가 널 죽이는 게 아니라 너 스스로 죽고 싶어질 거야. 지금까지 죽은 네 사람처럼."

"아니잖아."

"뭐가?"

"네 능력은 정신 조종 능력이 아니잖아. 죽인 것도 네 사람이 아니라, 세 사람이고."

"오호."

나로서는 단 유리가 절대로 들키고 싶어 하지 않으리라 예상한 핵심을 찔렀다고 생각했다. 그러나 그녀는 놀라지도 않고 당황하지도 않으며 내 옆에 있는 의자에 앉았다. 그리고 언젠가 그랬던 것처럼 내 어깨에 손을 얹더니 귓가에 속삭였다.

"아무 걱정하지 마. 지금 막 마음이 바뀌었으니까, 넌 죽이지 않을게. 그러니까 죽고 싶어지지 않을 거야. 무섭게 굴어서 미안."

단 유리는 맥 빠지는 소리를 하더니 그대로 벌떡 일어났다. 그러고는 어리둥절한 나를 카운터에 남겨두고는 열려 있던 문을 지나 복도로 나가 버렸다. 영문도 모른 채 살았다는 안도감과, 그렇다면 그녀는 어째서 굳이 내 앞에 나타났을까 하는 혼란스러운 마음이 가슴속에서 서로 충돌했다.

답을 내놓지 못한 채 입구를 바라보는데 뜻밖의 인물이 복도를 가로지르고 있었다.

"……미즈키?"

걸어가는 사람은 틀림없이 미즈키였다.

마치 무언가에 조종당하는 모습으로, 비유하자면 마치 보이지 않는 중력이 끌어당기는 모습으로 복도를 걸어가고 있었다. 넋이라도 나간 걸까, 뭐에 씌기라도 한 걸까. 교복 차림인 점이 이상하지는 않다. 미즈키와 야에가시는 교복을 입고 대기하기로 했으니까. 조금 전에 보낸 라인 메시지를 보고 도서실로 와 준 걸까. 그렇다면 왜 그냥 지나쳐갈까. 야에가시는 어쩌고. 애초에 너무 빨리 도착한 거 아니야?

거기까지 생각했을 때, 숨을 멈췄다.

플래시백 현상처럼 떠오른 사회과자료실에서 벌어졌던 일. 살해당할지도 모른다고 방어에만 몰두하던 나는 야마기리 코즈에를 완전히 관심 밖에 두고 말았다. 그 결과 그녀는 최악의 결말을 맞고야 말았다. 나는 지금 정말로 나 자신만 생각해도 되는 걸까. 오히려 주의를 기울여야 했던 것은, 중요하게 염두에 두었어야 했던 것은, 가장 파티에서 사신이 했던 말 아니었을까.

—첫 번째 후보는 야마기리 코즈에. 그리고 두 번째 후보는…… 너. 시라세 미즈키.

나는 튀어 오르듯 자리에서 일어났다. 셔츠 자락이 무언가에 걸린 듯한 위화감을 느꼈지만 신경 쓸 겨를이 없었다. 걸음을 재촉하며 복도로 향했다.

"미즈키!"

아무도 없는 학교 건물이 메아리치는 목소리를 집어삼켰다.

불에 올린 주전자의 물이 끓어오르듯 순식간에 초조와 공포가 엄습했다. 보글보글 거품이 일다가 부글부글 끓어올랐다. 미즈키가 복도의 가장 안쪽에 있는 계단으로 올라가는 모습이 보였다. 소리 내어 불렀지만 돌아보지 않았다. 아무 소리도 들리지 않는 모양이었다. 마침내 계단으로 걸음을 내딛었을 때 미즈키의 모습이 보이지 않았다. 벌써 2층, 아니, 3층까지 올라간 것일지도 모른다.

수도꼭지를 튼 것처럼 땀이 쏟아졌다.

미즈키의 목적지, 아니, 정확하게는 단 유리가 미즈키를 이끄는 장소로 짐작이 가는 곳이 단 한 곳 있었다. 야마기리 코즈에가 창밖으로 뛰어내린 이후 모든 교실은 철저하게 문단속을 하고 있다. 특별 교실의 열쇠는 전부 교무실에서 집중 관리를 하고 있어 학생들이 쉽게 가지고 나올 수 없다.

**단 한 군데, 수영장의 열쇠만 제외하고는.**

수영장 열쇠는 예전에 수영부가 있던 흔적으로 동아리관 관리실에서 보관한다고 담임이 말했다. 동아리관은 우리 학교 역사에서 가장 오래된 노후 건물이었다. 관리실은 이름뿐이고, 문에 작은 자물쇠가 달려 있기는 하지만 그 바로 옆에 난 창문은 몇 년 전부터 전혀 잠겨 있지 않다. 학기 중에는 관리직원이 상주하지만 여름방학 기간에는 아무도 없다. 마음만 먹으면 창문으로 들어가서 열쇠를 훔치는 일 따위, 너무나도 쉬웠다.

나는 그러한 사실을 파악하고 난 뒤로 줄곧 확신했다. 단 유리가 다음에 누군가를 밀어서 떨어뜨린다면 그곳은 분명 수영장일 것이라고.

본관의 가장 꼭대기 층인 4층에 올라갔을 때 몹시 숨이 찼다. 미즈키는 보이지 않았다. 그러나 수영장으로 연결되는 문이, 마치 닫는 것을 잊은 듯 열쇠가 꽂힌 채로 활짝 열려 있는 모습을 발견하고는 최악의 예감이 적중하고 말았다는 것을 확신했다. 전력질주를 하지 못한 이유는 피로감 때문일까, 공포심 때문일까.

비틀거리는 걸음으로 물이 없는 소독조*를 지나 수영장으

---

* 1990년대 이전 일본의 학교 수영장에 있던 하반신을 씻는 세척조. 본래 대장균이 많은 항문 주위를 강한 염소수로 소독하기 위해 이용했지만, 현재는 수영장의 염소에도 소독 효과가 있다는 사실이 밝혀졌기 때문에 불필요하다고 여겨져 사라졌다.

로 향했다. 무대의 막이 오르듯 시야가 트이면서 물이 담긴 수영장이 드러났다. 상쾌하게 불어오는 여름바람이 내 마음속 불안의 호수에 잔물결을 일으켰다. 미즈키의 모습은 보이지 않았다.

"미즈키!"

대답이 없다. 물속에는…… 아무도 없었다. 탁하긴 하지만 바닥이 보이지 않을 정도는 아니었다. 분명히 아무도 없었다. 조심조심 시선을 들어 올리다가 신음이 터져 나올 뻔했다.

당연한 이야기지만 건물 옥상에 만든 수영장 주변은 추락 방지용 철조망으로 둘러싸여 있다. 하지만 어떤 목적으로 그런 것이 필요한지 모르겠지만 한 구석에 사람이 철조망 밖으로 빠져나갈 수 있는 문이 만들어져 있었다. 물론 원래는 잠겨 있었을 것이다.

활짝 열려 있었다.

결론을 늦추고 싶은 심정으로 문으로 천천히 다가가다가, 갑자기 서둘러 달려가고 싶어졌다. 미즈키가 철조망 바깥쪽에 있었던 것이다.

그녀는 울적한 표정으로 내가 있는 방향을 바라보며 허리를 곧게 펴고 서 있었다. 새까만 머리카락이 바람에 휘날리며 얼굴에 흩뿌려졌다. 그 표정은 왜인지 자신의 죽음을 예감한 듯, 건드리면 그대로 무너져내릴 것만 같은 위태로움을 풍겼다.

"미즈키…… 이리로 와."

눈은 마주쳤는데 분명히 아무 소리도 들리지 않는 것 같았다. 그녀는 건물 끝에 서 있었다. 발끝은 이미 허공으로 삐져나가 있었다. 조금만 더, 아주 조금만 더 바람이 강하게 불면 그대로 떨어질 것 같았다. 흔들리는 치마가, 바람이 매우 위험한 방향으로 불고 있다는 사실을 알려 줬다. 나풀나풀 나부끼는 옷이 마치 목숨이 남아 있는 시간을 나타내는 등불처럼 덧없이 불안을 부채질했다.

당장 달려가서 있는 힘껏 미즈키를 이쪽으로 잡아당겨야 한다.

"……절대 거기서 움직이지 마."

나는 철조망 밖으로 뛰어나가려는데, 바로 직전에 퍼뜩 정신이 들었다.

손으로 잡은 철조망이 살짝 휘면서 징 하는 울림을 남겼다. 너무나 멍청했다며 반성하면서 가만히 눈을 감았다.

몇 번이나, 몇 번이나, 상상해 온 상황이 아닌가. 절대로 같은 수법에 당하지 않기 위해 모든 가능성을 신중하게 고려하지 않았던가. 반성이든 자기혐오든 몇 시간이고 할 수 있는 심정이었지만, 현재 내가 해야 할 일은 따로 있었다. 크게 심호흡을 하고 헐떡이던 숨을 겨우 가다듬었다.

"단 유리⋯⋯. 너, 지금 내 근처에 있지?"

10초 정도의 침묵이 흐르자 단 유리가 펌프실의 그늘에서 나타났다. 기가 막힐 정도로 느릿하게 걸어오더니 바로 내 옆에 멈춰 섰다. 철조망 너머로 미즈키의 모습을 바라보면서 희미한 미소를 지어 보였다.

"구해야 하는 거 아니야?"

그 위화감에 확신이 깊어졌다.

"⋯⋯괜찮아. 구할 필요 없어."

"그럼 내 마음대로 한다, 괜찮지?"

단 유리는 서서히 오른손을 들었다. 그리고 집게손가락을 하나 딱 세우며 금방이라도 떨어질 것만 같은 미즈키를 가리켰다.

그녀가 지닌 능력은 멀리 떨어진 곳에서 상대를 떠밀어 버리는 능력이 아니었다. 만약 그랬다면 2층 사회과자료실에 있으면서 야마기리 코즈에를 잡아당겨 떨어뜨릴 수는 없었기 때문이다. 그렇다면 반대로 상대를 잡아당기는 능력인가. 그러나 이번에는 밀실에서 떨어진 무라시마 다쓰야 건을 설명할 수 없었다. 그렇다면 떠밀 수도 잡아당길 수도 있는 능력의 일종인 '염력'이야말로 그녀의 능력이라고 생각한 적도 있다.

그러나 말 그대로 전부 **속임수였다.**

지금은 진실을 안다.

"떨어뜨리고 싶으면 떨어뜨려도 돼."

"쟤, 싫어 해?"

"아니. 지금 네 능력 때문에 위험에 빠진 사람은 미즈키가 아니라…… 나야."

단 유리는 보이지 않는 먼지라도 닦는 듯한 속도로 천천히 오른손을 내렸다. 차가운 눈동자가 나를 움켜쥐면서 신기루처럼 희미했던 미소가 사라졌다.

"네 능력을 전부 알아냈거든."

"대단한 허세를 부리네?"

"거짓말 아니야. 이제 '정신 조종 능력'이라는 둥 멍청한 소리는 안 해. 확실히, 아까까지만 해도 확신이 서지 않았거든. 그런데 기시타니 료켄의 자서전을 다시 읽고, 지금 이렇게 실제로 너와 대화하는 동안, 모든 걸 연결 지을 수 있었어."

나는 방금 전까지와 조금도 변하지 않은 모습으로 가만히 서 있는 미즈키를 바라봤다.

"수영장은 사전에 미즈키와 야에가시와 함께 꼼꼼하게 확인해 뒀어. 네가 나를 죽이려고 한다면 여기밖에는 없다고 생각했거든. 그러니까 알지. 미즈키가 지금 서 있는 옥상 끝, 저곳은…… 폭이 저렇게까지 넓지 않아. 분명해. 저기로 뛰어나갔으면 나는 아마, 저 밑으로 떨어졌을 거야. 저기에는 **발 디딜 곳이 없으니까.** 시라세 미즈키도 **저곳에 서 있지 않지.** 그리고 단 유리, 네 목소리……. 아까부터 조금 엉뚱한 곳에서 들리는 것 같아."

기시타니 료켄이 자서전에 언급했던 그의 후회. 그것은 친구의 마음속 고통을 눈치채지 못해서 친구의 죽음을 막지 못한 것이었다. 그 후 그는 친구와 쏙 빼닮은 의문의 남자에게 능력을 만들어 달라고 부탁한다. 그렇다면 그 능력들은 분명 그의 소망과 일치할 것이다.

**괜찮다고 대답하며 강한 척하던 녀석을 어째서 알아봐 주지 못했을까.**

괜찮은 척하던 친구의 속마음을 꿰뚫어보려고 만든, 거짓말을 간파하는 능력.

사부로는 나 같은 건 누구도 좋아해 주지 않는다며 자주 푸념을 늘어놓곤 했다. 살아 있었을 때 마음을 전했다면 얼마나 약이 되었을까.

타인의 호의에 민감한 친구를 격려하려고 만든, 누가 누구를 좋아하고 싫어하는지 알 수 있는 능력.

분명 사부로 살아생전에 상처를 어루만져 줄 수 있었을 것이다.

마음, 혹은 신체에 난 상처를 치유해 주려고 만든, 상처를 치료하는 능력.
그리고 마지막 하나는······.

어찌하여 사부로에게 손을 내밀어 주지 못했을까 후회 속에서 허우적댔다. 손을 맞잡고 보여 줄 수 있는 빛이 있었을 것이다.

침울한 친구에게 밝은 희망의 빛을 보여 주려고 만든,
"네 능력은······."

나는 단 유리에게 공격을 날리듯 내뱉었다.

"'환영을 보여 주는 능력'이야. 그리고 발동 조건은 환영을 보여 주고 싶은 사람을 '만지는 것'."

소리도 없고, 화려한 연출도 없이, 마치 갑자기 다른 장면으로 바뀌는 영화처럼 눈앞의 풍경이 순식간에 변했다. 미즈키의 환영은 사라지고, 그녀가 서 있던 곳인 옥상 끝의 폭이 줄어든 것처럼 30센티미터 정도 좁아졌다. 한편 내게서 일 미터쯤 떨어진 곳에 서 있어야 할 단 유리는 훨씬 더 가까운 곳에 있었다. 그녀는 바로 내 앞에 서 있었다. 누군가의 손이 닿았다는 사실을 알아채기 어려운 곳을 골랐는지, 내 셔츠자락을 살짝 잡고 있었다.

그 대단한 단 유리도 능력을 간파당하면 몹시 당황해서 안절부절못하지 않을까. 이러한 내 예상을 완벽하게 뒤엎은 그녀의 표정은 여전히 늠연했다. 놀라워지도 당황스러워하지도 않았고, 하물며 분해서 얼굴을 일그러뜨리지도, 느닷없이 욕설을 퍼붓지도 않았다. 얼굴에 어렴풋이 떠오른 것은, 몇 년이나 병상에 누워 있던 친척이 오랜 투병생활 끝에 마침내 숨을 거두었다는 소식을 들었을 때와 같은, 일말의 안도와도 비슷한 슬픔의 빛, 그뿐.

"사람을 어떻게 떨어뜨릴 수 있는지, 그것만은 알 수 없었어. 하지만 직접 겪어 보니 드디어 알게 됐지⋯⋯. 당장에라도 떨어지려는 친구를 발견한다면 보통은 구하려고 할 거야. 어서 잡으라며 손을 뻗겠지. 설령 창문 크기나 떨어지려는 사람이 있는 위치를 실제와 조금 다르게 보여 줘도 누구라도 어림짐작을 잘못해서 추락하고 말 거야."

청중은 없었다. 범인에 대한 추리를 늘어놓는 것도 부질없어서 나는 더 이상 아무 말도 하지 않았다.

능력의 정체에 다가가게 된 첫 계기는 학교 북쪽에 세워진 맨션 하이크레스트 기타카에데의 집주인과 나눈 이야기였다. 그녀는 다카이 겐유가 추락하기 직전까지 단 유리로 보이는 사람이 베란다에 있었다고 증언했다. 그러나 미노와 씨는 그곳에서 단 유리를 보지 못했다. 단 유리가 스스로의 모습이 보이지 않도록 위장했기 때문이 아닐까.

능력만 얼추 짐작하면 이후는 치료가 끝나가는 신경쇠약증이나 마찬가지였다. 모든 것들이 서로 연결되어 있었다.

첫 번째 살인. 무라시마 다쓰야 사건은 사이토 나오키의 증언이 근본부터 뒤집힌다. 그녀의 능력으로 환영을 본 사람은 다름 아닌 사이토 나오키였기 때문이다.

단 유리는 무라시마 다쓰야를 먼저 시청각실로 불러내 아마도 나를 함정에 빠뜨리려고 한 것과 비슷한 방법으로 그를 창밖으로 떨어뜨렸을 것이다. 이 시점에는 시청각실 문이 열려 있었을 테니 안으로 들어가는 데 문제는 없다. 무라시마가 떨어진 곳은 사람들의 눈에 전혀 띄지 않는다고 해도 좋을 구마데오카언덕 쪽이어서 추락 순간을 목격한 사람은 아무도 없었다. 그의 사체도 곧바로 발견되지 않았다.

단 유리는 무라시마 다쓰야를 살해하고 나서 준비해 둔 자필 유서를 책상 위에 적당히 올려놓고는 시청각실 밖으로 나온다. 그리고 아마도 담임이 알려 줬던 손수건과 양면 테이프를 사용한 트릭으로 복도에서 시청각실 문을 잠갔을 것이다. 이 방법 외에도 밖에서 문을 잠글 방법은 무수히 많다고 담임은 말했다. 따라서 특별히 주목해야 할 문제는 아니다.

사이토 나오키는 매일 시청각실 앞을 지나간다. 단 유리는 그를 목격자로 세우기로 미리 정해 둔 것이다. 그가 나타나자 연기를 시작했고, 소리를 지르며 시청각실 앞으로 불러들인다. 사이토 나오키가 문에 달린 창문으로 안을 들여다볼 때, 단 유리는 사이토 나오키의 몸에 손을 대고 능력으로 만들어 낸 환영을 보여 준다.

무라시마 다쓰야가 새파랗게 질린 표정으로 유서를 작성하고, 사이토 나오키를 향해 고개를 숙이는, 그런 환영을.

사이토 나오키가 열쇠를 가지러 교무실로 달려간 것은 단 유리로서는 아무래도 좋을 행동이었을 것이다. 이미 예상한 행동이었다고 해도 이상하지 않았다. 그러나 온 힘을 다해 달려 봤자 아무런 의미가 없었다. 만약 사이토 나오키가 움직일 기미가 보이지 않았다면 그대로 무라시마 다쓰야가 뛰어내리는 환영까지 보여 주면 되고, 열쇠를 가지러 간다면 그 자리에 주저앉아서 기다리기만 하면 된다. 실제로 벌어진 일은 후자였다.

 그가 교무실에 다녀오는 2분 동안 단 유리가 할 일은 아무것도 없었던 것이다. 열쇠로 문을 연 사이토 나오키가 안으로 들어가서 무라시마 다쓰야의 사체와 유서를 발견한다. 유서는 단 유리가 미리 준비한 것이므로 필적 감정을 했다면 분명 가짜라는 사실이 드러났을 것이다. 하지만 당사자가 직접 유서를 작성하는 장면을 목격한 사람이 둘이나 있는데 누가 굳이 새삼스럽게 필적 감정을 하려고 하겠는가. 단 유리도 참 대단한 배짱이다.

 두 번째 살인. 다카이 겐유 사건은 추락하는 순간을 많은 사람이 목격하게 함으로써 살인을 자살로 보이게끔 만들었다. 추락 방법은 조금 전 내게 보여 주었던 환영과 별반 다르지 않았겠지. 수고스러울 것도 없다. 문제는 떨어지는 타이밍이었다. 미노와 씨가 나타났을 때 다카이 겐유가 떨어지는 뒷모습을 확실히 볼 수 있도록 주의를 기울였다. 결과적으로 뒷모습은 미노와 씨가, 정면은 관악부원 학생들이 목격하게 만들어서 자신의 결백을 주장하면서 타살 가능성이 없다는 것을 증명했다.

추락을 목격한 미노와 씨는 곧바로 베란다로 뛰어갔다. 물론 이때 단 유리는 베란다에 있었다. 실내화와 유서에 최대한 바짝 붙어서 빈 교실의 내벽 때문에 생긴 사각지대에 몸을 숨기고 있다가 미노와 씨가 베란다 밖으로 뛰어나온 순간에 그녀의 발을 만졌을 것이다. 그리고 그녀의 시야에서 단 유리의 모습이 사라진 환영을 보여 줬다. 미노와 씨는 이때 확실히 발에 위화감을 느꼈다고 증언했다.

—집에서 고양이를 키우거든요. 고양이는 사람 다리에 얼굴을 자주 비벼대요. 굳이 표현하자면 그런 느낌이었어요. 고양이가 다리를 스치고 지나간 것 같은. 지금 생각해 보면 기분 탓이었던 것 같지만.

그리고 이번에는 자신이 빈 교실에서 베란다로 다가오는 환영을 보여 줬다. 아무리 냉정하게 생각해도 이상했던 행동의 정체가 여기서 드러난다. 미노와 씨의 증언에 따르면 단 유리는 이렇게 움직였다.

—내가 상황을 설명하자 베란다로 나가 아래를 살피고는 곧바로 후회 가득한 표정으로 고개를 들었어요. 그러고 나서 기분이 안 좋아졌는지 한 번 쭈그리고 앉아 입을 틀어막은 뒤 이내 정신을 차리고는 구급차를 부르겠다며 스마트폰을 꺼내서…….

담임과 함께 현장검증을 했을 때에도 위화감을 느꼈다. 그곳에 쭈그리고 앉을 이유는 없었다. 지극히 부자연스러운 행동이었다. 그런데도 단 유리가 굳이 이렇게 행동한 이유는 자신이 만들어낸 환영과 실제 자신을 한 번은 겹쳐야만 했기 때문이다. 환영과 실체가 겹치는 순간 능력을 해제하면 문제가 없다. 그때부터는 그저 진짜 단 유리로서 어려움 없이 현장을 벗어날 수 있었다. 이번에는 자필 유서가 아니었지만 추락 순간을 목격한 사람들이 있었으므로 누구도 타살을 의심하지 않았다. 유서의 진위 문제로 발전할 여지는 없었던 것이다.

세 번째 살인. 야마기리 코즈에 사건은 어떤 의미로는 무라시마 다쓰야 때와 비슷한 상황이었다. 단 유리는 사전에 그녀의 인스타그램 계정에 손쉽게 접근할 수 있다는 사실을 파악해 둔 뒤, 야에가시의 감시에서 벗어난 야마기리 코즈에를 창가로 불러내서 창밖으로 떨어뜨렸다. 이번에도 구마데오카언덕 방향이므로 사체는 금방 발견되지 않았다.

추락 후인지 직전인지는 모르지만, 그 창가에서 찍은 사진을 모두가 알고 있는 유서 문구와 함께 야마기리 코즈에의 계정에 게시한 뒤, 2층 사회과자료실에서 기다리는 나를 찾아왔다. 나와 이야기를 나누다가 내 어깨에 손을 얹고, 마치 그 순간에 인스타그램 게시글이 업로드된 것으로 보이는 환영과 위에서 떨어지는 야마기리 코즈에의 환영을 보여 줬다.

황급히 베란다로 뛰어나간 내가 야마기리 코즈에의 낙하 지점이 이상하다고 느낀 것은 당연했다. 내가 본 야마기리 코즈에가 떨어지는 모습은 전부 환영에 불과했기 때문이다. 단 유리가 그럴듯한 추락 궤적을 보여 주지 않은 이유는 간단했다.

추락 궤적을 실제와 같이 재연하면 그 창문에서는 야마기리 코즈에의 모습이 보이지 않기 때문이다.

실제로 야마기리 코즈에가 떨어졌을 때, 나는 사회과자료실에서 단 유리를 기다리고 있었다. 그러나 그녀가 추락하는 순간을 전혀 보지 못했다. 그러니까 애당초 그 교실에서는 야마기리 코즈에가 추락하는 순간을 목격할 수 없었다는 이야기다. 그렇지 않으면 나는 야마기리 코즈에를 실체와 환영으로 두 번 목격하게 되고 만다. 따라서 단 유리는 능력으로 환영을 만들어 냈을 때, 내게 보일 만한 궤적을 만들 수 밖에 없었다. 그런데 그러한 제약도 눈치채지 못하고, 바보같이 충돌할 때 충격으로 튕겨져 나간 것 아니냐는 둥 계속 엉뚱한 추측만 했다.

단 유리의 계산 착오는 복도에서 대기하고 있던 야에가시가 스마트폰으로 동영상을 촬영했다는 것일 테다. 거듭 확인해 보니 동영상의 '만든 날짜'와 실제로 인스타그램에 글이 게시된 시각 사이에 분명한 차이가 있다는 점을 알았다. 더욱이 치명적이었던 사실은 내가 아무것도 떨어지지 않는 창밖을 보며 바보처럼 놀라는 순간이, 아주 잠깐의 순간이지만 확실히 기록되어 있었다는 것이다.

다만 이러한 사실들을 바탕으로 단 유리의 능력을 도출해 낸 것을 자랑할 마음은 없다. 오히려 너무 늦게 깨달았다고 느낄 정도다. 가장 큰 힌트는 훨씬 전에, 가장 처음 순간에 있었다.

단 유리는 사신 복장을 하고 미즈키 앞에 나타났다.

그런 분장을 한 학생이 없었다는 사실, 생생할 정도로 뛰어났던 분장, 낫과 로브를 놓아둘 장소가 어디에도 없었다는 사실을 곰곰이 생각했다면 그것이 전부 환영이었다는 사실을 간파할 수 있었을 것이다. 내 착각이라고 지레짐작하는 실수를 범하는 바람에 단 유리의 능력을 알아내는 데 공연히 너무 오래 걸렸다.

당연히 조금 전에 내가 본 미즈키의 모습도 전부 환영이었다. 도서실에 들어온 단 유리는 자연스럽게 내 몸에 손을 댔다. 그리고 나서 내 옆에 앉아서 자신이 도서실을 빠져나가는 환영을 보여 준 다음 미즈키가 걸어가는 환영을 보게 했다. 이쯤 진행시키면 나를 수영장으로 유인하는 것은 식은 죽 먹기였다. 자신은 혼란스러워하는 내 뒤를 조용히 따라오기만 하면 될 뿐. 내가 멈춰 설 때마다 옷자락을 잡고 새 환영을 만들어 냈다. 그리고 나는 계속 조종당했다.

"이걸로, 끝……이겠지."

능력을 간파당해 '수취인'이 아니게 된 단 유리는 허탈한 듯 나지막한 한숨을 뱉어냈다. 확실히 그녀의 말대로 이것으로 '끝'이나 다름없었다. 하지만 나는 단호하게 고개를 저었다.

"유감이지만…… 아니야."

"뭐가 아니라는 거야?"

"끝이 아니라 지금부터 시작이라는 말이야."

나는 단 유리를 노려보았다.

"여기로 유인한 사람은 내가 아니라 너야."

마치 짜기라도 한 듯한 타이밍에 소독조 방향에서 미즈키와 야에가시가 나타났다. 라인 메시지가 제대로 발신된 모양이다. 미즈키는 주춤주춤 힘없이 걸었지만, 그와 대조적으로 야에가시는 덤벼들 듯 성큼성큼 다가왔다.

"능력은 없었지?"

"……그래."

"야에가시는 알고 있었지만 미즈키가 '수취인'이었다니, 몰랐—"

단 유리가 미소 지으며 말을 다 마치기도 전에 야에가시가 단단한 주먹으로 그녀의 얼굴을 후려쳤다.

키 160센티미터가 넘는 그녀의 몸이 너무 쉽게 수영장 옆에 나동그라지는 것을 보고 비로소 그녀가 가냘픈 여자아이였다는 사실을 인지했다. 야에가시는 악인인 단 유리에게 정의의 철퇴를 날린 것뿐이다. 그른 행동은 아니었다. 그래도 가냘픈 여자아이를 덩치 큰 남자아이가 힘껏 후려

치는 순간은 드라마나 영화에서도 찾아보기 어렵다. 그 행위는 모든 조건과 상황과 역사를 전부 날려 버릴 만큼 압도적인 그로테스크와 금기로 가득 차 있었다.

나도 모르게 시선을 돌렸다. 미즈키도 눈을 질끈 감았다.

"뭘 잘했다고 실실 웃어……. 살인마 주제에."

뭐라고 대꾸하려던 것일까. 단 유리가 입을 벌렸지만 이내 통증에 이기지 못한 듯 얼굴을 찡그렸다. 언어맞은 왼쪽 뺨은 이미 새빨개졌고, 오른쪽 뺨은 사포처럼 까칠한 바닥에 쓸려 상처가 났다. 주르륵 코피가 흘렀다. 하얀 피부와 대비된 붉은 피가 한층 더 눈에 띄었다. 붉은 꽃이 피어난 것처럼 몇 방울 셔츠에 떨어졌다.

"……죽은 아이들을 위해서 확실하게 죽여 줄 테니까 각오해. 능력만 없으면 너 따위는 그냥 평범한 인간이야. 이젠 아무것도 두렵지 않아."

단 유리는 오른손으로 우아하게 피를 닦아내고 나서 입을 열었다.

"……이렇게 때려죽일 거야? 구타의 증거가 잔뜩 남을 텐데?"

"좀 닥쳐, 쓰레기 같은 게. 이유도 없이 몇 명이나, 몇 명이나, 몇 명이나…… 소중한 친구들을 죽이다니."

"······이유도 없이?"

"너 같은 미친 인간에게 무슨 이유가 있었겠어. 다들 가장 멋진, 최고의 친구들이었는데, 우리 반, 최고였는데······. 네가 모두 다 망쳐 버렸어······."

"······그거, 진심으로 하는 말이야?"

"뭐라고?"

"미안. 진심으로 하는 것 같네, 구제불능이구나."

야에가시는 수영장 옆에 주저앉아 있던 단 유리를, 이번에는 온 힘을 다해 걷어차려고 했다. 나는 그만두라며 어떻게든 말리려고 했지만, 이내 말려 봤자 무슨 의미가 있을까 싶었다. 우리는 이제 그녀를······ 죽이려고 하는데.

"그럼, 뭔데. 말해, 말하라고."

"······뭘?"

"애들을, 다쓰야를, 겐유를, 코즈에를 죽인 이유 밀이야!"

"그 교실이, 최악의 환경이었으니까."

"그건—"

곧바로 반박하려던 야에가시를 제압하듯,

"닥쳐."

단 유리는 날카로운 눈빛으로 쏘아보았다. 그 속에는 분명한 무언의 압박이 실려 있어서 야에가시도 결국 입을 다물 수밖에 없었다. 단 유리는 천천히 일어났다.

"걔들이 죽은 이유는 누구라도 알 수 있을 텐데, 아마 너만……, 너희들만 절대 이해하지 못할 거야. 그게 바로 내가 세 사람을 죽인 이유 아닐까? 그럼 반대로 내가 묻겠는데, 야에가시. 도우카가 왜 자살했는지 그 이유, 넌 알아? 네가 말하는 최고의 반, 최고의 반 친구들, 너희들 그룹의 일원으로서 최고의 나날을 보내고 있었을 고바야카와 도우카가 스스로 목숨을 끊은 이유, 넌 알겠어?"

야에가시는 대답하지 않았다.

그리고 아무런 대답도 하지 못한다는 사실에 명백히 당황했다.

"'반 아이들 모두가 정말로 사이좋은 최고의 반, 최고의 학년'이라니. 너무 어처구니없어서 웃음도 안 나왔지."

단 유리는 굳어 버린 야에가시를 몰아붙였다.

"누구에게도 보이지 않는 강력한 힘으로 교실 안을 조율하고 있던 사람이 과연 나일까, 아니면 교실의 지배자였던 너희들일까? 교실을 자신에게 맞춰 지내기 좋게 만들려고 수많은 희생자를 바쳐 온 사람은 과연 누구지? 누가 진짜 기게스일까? 이렇게까지 말해도 아마 넌 무슨 말인지 이해 못했을 거야. 왜 비난을 받는지, 무엇이 문제인지, 아무것도 이해 못해. 그러니까 나도 네가 모든 걸 이해하리라 기대하지 않아. 나 또한 너희들을 전혀 이해할 수 없으니까."

"……레크리에이션이 싫어서, 세 사람을 죽였다는 거야?"

"아니, 문제를 단순하게 만들지 마. 하지만 그 편이 이해하기 쉽다면 그냥 그렇다고 하던가."

"……웃기지 마."

"내 궁극적인 목적은 아마 너희들과 같을 거야. 진정한 의미에서 그 시시한 스쿨 카스트를 모조리 없애 버리는 거. 다만 방법이 달랐지. 내가 추구한 건 교실을 하나로 만드는 것이 아니라 **교실이 혼자가 되도록 만드는 것**이었으니까. 사회 제도가 생겨나면 사람은 필연적으로 불평등을 낳는 구조를 안게 되어 있어. 그 피라미드의 절대 정점에는 '왕'이 존재하지. 체제를 붕괴시키려면 '왕'보다 위에 있는 강력한 상위 존재를 만들어야 해. 우리가 '신'이라고 부르는 존재야. 아무래도 교실에는 신이 필요했어. 그게 내 범행 동기야."

교실에서 큰 소리를 내려는 사람을, 자살로 몰아넣는…… 신.

신은 왕조차 두려워하는 절대적인 존재다. 왕 앞에서 시민은 신하지만, 신 앞에서는 왕을 포함한 모든 인간이 평등한 존재다. 피라미드가 완전히 무너진다. 교실은 완벽하게 조율된다. 마음속으로 쉽게 부연설명을 달고 마는 내 자신에게, 어쩔 수 없는 두려움을 느꼈다. 그녀의 말에 마음이 점점 쥐어뜯기는 기분이 들었다. 절대로 열리지 않도록 단단히 걸어 잠근 문 안쪽에서 강한 압력이 가해진다.

"미즈키."

미즈키가 떨구고 있던 고개를 살짝 들었다. 입술을 꽉 깨물고 있었다.

"만약 책임을 느낀다면 그럴 필요 없으니까 안심해. 내가 체제를 붕괴시키려고 제거해야겠다고 느낀 사람은 무라시마 다쓰야, 다카이 겐유, 야마기리 코즈에 세 사람뿐이었으니까. 그 가장 파티 날, 네가 어떤 대답을 했던 나는 야마기리 코즈에를 죽일 생각이었어. 덕분에 네가 등교 거부를 해 준다면 더욱 좋겠다는, 그 정도 생각으로 네게 말을 건 거야. 아마 네가 계속 교실에 있으면 야마기리 코즈에의 유지를 이어 방해자가 될 것 같았으니까 근심의 싹을 잘라 버리고 싶었지. 야에가시는 딱히 문제로 여기지 않았어. 분명 지배자 쪽 인간이긴 하지만, 넌 반에 대해서 깊은 관심을 보이지는 않았으니까. 네게 중요한 건 축구부와 여자친구였지. 레크리에이션에는 사실 무라시마 다쓰야와 다카이 겐유만큼 신경 쓰지는 않았어. 니시나 모에카, 고리야마 류세

이, 하야시 미쿠, 아카니시 데쓰야, 모리우치 진 등도 마찬가지. 교실의 지배자 쪽에 속해 있지만 제각각 더 중요하게 여기는 커뮤니티가 있었어. 사실은 다들 교실에서 벌어지는 일에는 무관심했지. 체제를 무너뜨리면 교실 안에서는 대세에 순종하는 노예들이 되리라는 확신이 있었어.

많은 사람이 착각하는, 맹신하는, 그럴 것이라고 바라는 게 있어. 사람은 다들 사이좋게 지내야 한다는 것. 하지만 그건 헛소리야. 억지로 다른 사람과 부대끼며 살 필요 없어. 오히려 제각기 흩어져서 혼자 사는 세상이야말로 누구나 확실하게 행복해질 수 있지. 혼자가 되는 게 너무 어려우니까 함께 있는 편이 행복하다고 궤변을 늘어놓으며 스스로를 속일 뿐이야. 독약을 먹고 몸이 점점 축나는 것처럼 잘못된 인식이 마음을 조금씩 조율해 가는 거지."

"완전히…… 미쳤어."

야에가시는 단 유리라는 존재를 결코 이해할 수 없다는 사실을 깨달은 듯 넋이 나간 눈으로 고개를 주억거렸다.

"다쓰야도 겐유도 코즈에도, 다들, 정말로, 반 아이들 모두를 웃게 만들려고…… 노력했어. 네가 어떻게 생각하든, 날마다 다 함께 지내는 게 당연히 가장 행복하잖아. 넌 그걸 알려고 하지 않을 뿐이야. 네가 나약할 뿐이라고."

"어차피 서로의 생각이 평행선일 게 뻔하니까 실망하지도 않아. 넌 이해하지? 가키우치 도모히로."

별안간 손가락으로 지목당한 나는 뻣뻣하게 굳었다. 야에가시가 당황한 눈빛으로 나를 바라봐서 나는 어이없다는 표정으로 겨우 받아넘겼다. 긴장을 늦추면 이런저런 것들이 튀어나올 것 같았다. 나는 날뛰는 멧돼지를 작은 상자 속에 가두는 심정으로 억지로 내 감정을 봉인했다. 되도록 깊이 생각하지 않고 마음의 얕은 부분만 사용해 말을 골랐다.

"모르겠는데."

"거짓말 하지 마. 넌 분명 내 마음을 이해할 거야. 난 네 본성을 알거든."

"내뱉는다고…… 다 말은 아니야."

"괜한 말 아니야. 나 그때 봤어. 다카이 겐유가 죽은 직후에 열렸던 전체 조회 시간에 네가…… 네가 어떤 표정이었는지. 그날 체육관에서 공교롭게도 네 옆에 서 있었거든."

배를 칼로 푹 찔린 듯 절망감이 솟아올랐다.

"……그만해."

"너, 많은 A반 학생들이 울며 슬퍼하고 있는 와중에 아무렇지 않다는 듯 태연한 얼굴로 스마트폰을 만지고 있었잖아. 흘끗 보니 라인을 하고 있더라. 지금도 기억해. '오늘과 금요일인 내일. 아르바이트 대타를 구합니다.' 아르바이트 가게 직원에게서 온 연락이었지, 아마?"

"……그만해, 그만하라고."

"금요일은 레크리에이션 기획 회의를 하니까 갈 수 없었을 텐데, '가겠습니다'라고 답장 했지. 그리고……."

"……제발 그만해."

"달가운 듯, **히죽 웃었잖아.**"

근거도 없는 헛소리는 그만하라고, 강경한 태도로 말할 수 있다면 얼마나 좋았을까. 하지만 그 자리에서 말문이 막혀 눈물을 가득 글썽거리며 아무 말 하지 못했던 이유는, 그녀의 말이 한 치의 거짓도, 단 한 조각의 과장도 없는 순도 백 퍼센트의 진실이었기 때문이다.

야에가시가 공범을 발견했다는 시선을 쏟아냈다. 미즈키는 바닥을 응시한 채 두 손을 꽉 맞잡았다.

"……그건."

형세를 뒤집을 수 있는 재치 있는 변명을 찾아보았지만, 그런 것은 어디에도 없었다.

거짓 없는 사실이었다. 다카이 겐유가 죽었을 때 두근거리던 가슴을 아직도 생생하게 기억한다. 앞으로 금요일에도 부담 없이 아르바이트를 할 수 있겠구나. 근무시간이 늘어나면 당연히 급여도 늘어난다. 예상보다 빨리 마틴 기타를 살 수 있을지 모른다. 이렇게 기쁜 일이 일어나다니 마치 꿈만 같다. 바보들이 주최하는, 바보들을 위한 바보 같은, 무엇 하나 즐겁지 않은 레크리에이션이 끝날지도 모른다. 야마기리 코즈에가 귀찮은 말을 꺼낼 것 같은 예감이 들어 거슬리지만 그래도 역시 이제 끝이겠지. 그만 좀 끝내자. 더 이상 내 귀중한 시간을 낭비하지 말아 줘. 다시 기획할 생각 마. 친구도 아니고, 앞으로도 친구가 되고 싶지 않은 A반, B반 아이들과 더 이상 쓸데없이 어울리고 싶지 않아. 기타를 치며 혼자이고 싶어. 거참, 고바야카와도 무라시마도 다카이도, 정말로, 진짜로,

죽어 줘서 고마워.

"……이해하지?"

떨리는 목구멍에서 말이 흘러나왔다.

"당연히 이해하지……. 그 교실은 최악이었어. 나도 정말 싫어했고. 하지만…… 그래도 죽이면 안 되는 거잖아."

미즈키가 두 손으로 얼굴을 가렸다.

야에가시가 두르고 있던 살기가 마침내 나에게까지 향했다. 그러나 한 번 연 문은 쉽게 원래대로 닫을 수 없다. 내 가슴 속에서 몇 년 동안이나 숙성되어 온 추악한 감정은, 지

나치게 발효된 균이 나무통 틈새로 똑똑 흘러나와 떨어지듯 천박하게 흘러넘쳤다.

"남은, 그저 남은 일 년 반만 견디면 됐잖아. 그럼 고등학교 생활도 끝이었다고. 숨 막히는 교실과도 이별이었어."

"왜 내가 단 한 번뿐인 소중한 인생에서 일 년 반이나 되는 엄청난 시간을 하찮은 바보들과 가치 없는 소모를 하느라 낭비해야 하지? 난 1분 1초도 허비하고 싶지 않아."

"네가 플라톤의 가르침을 예로 들어 말했잖아. 기게스의 행동은 결코 용서받을 수 없다고."

"그건 어디까지나 플라톤의 의견이지. 난 플라톤도, 플라톤의 추종자도 아니야. 칸트나 벤담도 아니고, 하다못해 롤스도 아니지. 내가 유일하게 후회하는 건 다른 '수취인'들이 이렇게 내 범행을 밝혀낼 수 있다는 가능성을 과소평가했었다는 것, 그뿐이야. 살인에 망설임은 없었어. 오히려 기게스의 반지를 손에 쥐고 아무도 모르게 교실을 개혁할 힘을 지니고도 실행에 옮기지 않는 게 태만한 거라고 판단했어. 초능력자가 할 행위가 아니라고 판단했지. 그게 내 정의야. 그리고 하나 더, 네가 크게 착각하고 있으니 가르쳐줄게."

"……착각이라니?"

"'그저 남은 일 년 반만 견디라'고 했는데, 그건 터무니없는 착각이야. 그런 지긋지긋한 바보들과의 공생은 고등학교를 졸업한다고 해도 영원히 끝나지 않아. 평생, 요람에서 무덤까지, 거지 같은 바보들의 지배는, 공존은, 영원히 계속될 거야. 그 누구도 너를 혼자 두지 않을 거라고. 그러니까 안타깝게도 내가 조율한 2학년 A반과 B반만이 이 세상에서 유일한 유토피아야."

"……그만, 이걸로 충분해."

야에가시는 초조한 심정을 드러내며 말하고는, 마음이 조금이라도 진정되기를 바라는지 짧은 머리를 천천히 쓸어 올렸다.

"네가 이 세상에 존재해서는 안 될 존재라는 건 잘 알겠어."

"넌 분명 그렇게 생각하겠지. 교실은 서로 다른 동물을 같은 우리에 가두어 놓고 기르는 환경이니 필연적으로 다른 동물에 대한 적개심이 생겨나. 결과적으로 살인도 일어나지."

"……살인을 하는 건 너 같은 이상주의자들뿐이겠지."

"그래? 도우카를 죽인 건 너희들인 것 같은데?"

그 순간, 야에가시의 안에서 무언가 뚜껑이 열린 것 같았다.

스위치가 켜진 순간 성큼성큼 다가가서 단 유리의 배를 힘껏 걷어찼다. 윽, 나지막한 소리를 내며 쓰러진 그녀를 노려보고는 펌프실 쪽으로 걸어갔다. 그가 무슨 일을 하려는지, 나는 슬프도록 분명하게 알고 있었다. 다름이 아니라 바로 그 일을 하려고 우리는 단 유리를 이곳으로 유인했기 때문이다.

펌프실 안에 있는 밸브를 돌리면 수영장의 물이 빠져나간다. 앞서 확인해 둔 사실이었다. 쿵 소리를 내며 바닥이 흔들린 이유는 야에가시가 밸브를 돌렸기 때문일 테다. 그와 동시에 수영장에서 물이 세차게 빠져나가는 소리가 들리기 시작했다. 커다란 육식동물이 잠에서 깨어나는 것처럼 섬뜩한 소리가 우리의 심장을 뒤흔들며 울렸다.

다시 원래 자리로 돌아온 야에가시는 손에 밧줄을 움켜쥐고 있었다. 평범한 밧줄이 아니다. 우리가 미리 펌프실에 넣어 두었던 묵직한 특수 밧줄이었다.

야에가시는 아직도 고통스럽게 기침하는 단 유리의 발목에 피가 통하지 않을 정도로 세게 밧줄을 감았다. 단 유리는 배를 움켜쥐고 한동안 몸부림을 치다가 마침내 상황을 조금씩 파악해 갔다. 자신의 다리에 감긴 밧줄을 더듬어서 그 끝에 무게를 더하기 위해 같은 간격으로 매달아 놓은 철제 아령의 존재를 인식했다.

"……그렇구나."

괴롭게 콜록거리며 단 유리가 말했다.

"이걸 수영장에 던지면 아령이 추 역할을 하면서 물살을 따라 배수구로 순식간에 빨려 들어가는 원리구나. 그럼 나도 수영장 안으로 끌려 들어가겠지. 배수구 뚜껑은 제대로 열어 놨어?"

"좀 닥쳐."

야에가시가 밧줄을 모두 감았다. 단 유리의 가느다란 다리가 잘리는 것 아닐까 싶을 정도로 꽁꽁 묶었다. 물론 배수구 뚜껑은 미리 열어 놓았다. 철제 아령은 배수구로 빨려 들어가겠지만, 단 유리의 몸은 그 속으로 들어가지 못한다. 그녀는 결국 배수구 근처에 발이 묶인 채 격렬한 물살 속에서 물을 잔뜩 마시고 숨을 쉴 수 없게 될 것이다. 그리고 마침내…….

익사, 하고 말 것이다.

야에가시는 밧줄 가장 끝에 매단 추를 수영장 안에 던졌다. 덜컹 큰 소리를 내며 철제 아령이 배수구 안으로 빨려 들어갔다. 그에 끌려가듯 두 번째 추도 빨려 들어갔고, 계속해서 세 번째 추도 빨려 들어갔다. 밧줄 길이는 충분히 계산해 놓았다. 너무 길지도, 너무 짧지도 않게. 살인에 최적화된 밧줄이 순식간에 수영장으로 빨려 들어갔다. 수영장 옆에 남아 있는 밧줄의 길이는 단 유리의 남은 생명을 의미했다.

"괜한 참견일 테지만⋯⋯."

단 유리는 점점 사라지는 밧줄을 바라보며 말했다. 남은 밧줄은 아직 충분했다.

"이런 방식이라면 증거가 확실하게 남아. 조금이라도 타살이 의심되는 여지를 남겨 두면 경찰이 끝까지 추궁할 거야. 경찰들은 그렇게 바보가 아니거든. 그러니까 나는 신중에 신중을 기해 자살로 보이게끔 위장한 거야. 너희들, 그점에 대해서 생각해 둔 건 있어? 내 얼굴에는 구타의 흔적이 있어. 아마 발목에는 밧줄에 묶인 흔적도 남아 있겠지. 타살의 증거가 가득하다고."

우리는 아무런 대답도 하지 않았다. 밧줄이 스르륵 몇 미터 더 사라진 것을 본 단 유리는 그제서야 깨달았다는 듯 말했다.

"그렇구나, 상처를 치료하는 능력이 있구나."

밧줄이 점점 빨라졌다.

"익사로 연출할 수는 있겠지. 하지만 내가 혼자서 이런 시간에 이런 장소에 왔다는 석연치 않은 상황은 없앨 수 없어. 그건 어떻게 설명할 거야?"

"⋯⋯카메라가 있어."

내가 꺼져가듯 작은 목소리로 대답했다.

"카메라?"

"우린 수영장 열쇠만 동아리관에서 관리하는 건 위험하다고 담임에게 건의했어. 그래서 동아리관 관리실에 카메라를 설치하는 게 어떻겠냐고 제안했지. 그리고 며칠 전에 관리실에 카메라를 설치했어. 그러니까 네가 혼자서 관리실에 있는 수영장 열쇠를 가지러 가는 모습이 분명하게 기록되어 있어. 네가 스스로의 의지로 수영장에 갔다는 걸 영상이 증명해 줄 거야."

"……그래. 하지만 나는 왜 이런 곳에 혼자 왔을까. 그 미심쩍은 부분을 해결하지 않으면—"

"오늘은 8월 2일이야."

"그런데?"

"나는 한 번 바꿨던 당번 날짜를 굳이 오늘로 또 바꿨어. 오늘은 수영장에 가고 싶어 하는 사람이 있어도, 어떻게든 숨어 들어가고 싶어 하는 사람이 있어도 이상하지 않은 날이거든. 그래서 우린 널 오늘 유인하기로 결심했지."

전혀 이해하지 못한 단 유리에게 나는 집에서 가져온 전단지 한 장을 보여 주었다.

"불꽃놀이."

단 유리의 표정이 풀렸다.

"요시미가와강 불꽃놀이. 사실 레크리에이션 기획으로 오늘 여기서 A반과 B반이 다 함께 모여 불꽃놀이를 보자는 이야기가 있었어. 하지만 위험해서 안 된다고 선생님이 허가해 주지 않았지. 그런 와중에 너는……."

"그래, 알 만하네."

단 유리는 웃었다.

"어떻게 해서든 불꽃놀이가 보고 싶었던 나는 혼자서 여기까지 와 버렸다……. 그런데 운이 나쁘게 수영장에 빠지고 말았다."

"네가 못하는 것, 문집에 썼듯이……."

싫어하는 것, 못하는 것: 수영

"두 손 두 발 다 들었어, 정말."

단 유리는 기가 막혀 죽겠다는 듯 한참을 웃더니 이제 밧줄이 얼마 남지 않았다는 사실을 깨달았다.

"어이가 없네. 불꽃놀이 같은 건 죽어도 보고 싶지 않은데……. 하지만 아마도, 그런 줄거리로 이야기가 진행되겠지. 세상 사람들은 모두 자기가 보고 싶어 하는 것만 보려고 하니까."

속도가 붙은 밧줄은 생명을 얻은 뱀처럼 더욱더 거칠게 날뛰기 시작했다. 수영장 가장자리를 스치는 마찰음이 모터소리처럼 울리며 타는 냄새마저 풍겼다. 마침내 밧줄이 전부 삼켜지기 직전, 그녀가 나를 보며 말했다.

"넌 내 편이 되어 줄 줄 알았는데, 유감이야. 지옥에도 혼자 책을 읽을 수 있는 공간이 있으면 좋을 텐데, 글쎄, 어떨지. 넌 앞으로 좀 더 이승에서 노력하도록 해⋯⋯. 그럼 이만—"

안녕.

마지막 한 마디를 다 마치기도 전에 단 유리의 몸은 내가 상상했던 것보다 훨씬 더 빠른 속도로, 그것이 인간의 몸이라고는 생각할 수 없을 정도로 거칠고 세게 수영장으로 끌려 들어갔다. 커다란 충격음은 단 유리가 배수구 근처에 부딪쳐 난 소리일까. 수면이 철썩철썩 크게 요동쳐서, 수영장 안에서 단 유리가 발버둥친다는 사실을 알 수 있었다. 그러나 그 움직임도 서서히 약해졌고, 하나의 생명이 서서히 꺼져가는 모습이 눈에 보이는 듯했다. 방금 전까지 대화를 나누던 여자아이가 죽어간다⋯⋯. 녹아가는 생명을 죽음이 집어삼킨다. 그녀는 사신인가, 악마인가, 살인마인가, 기계스인가. 아니, 아니야. 그녀는⋯⋯.

미즈키는 더 이상은 볼 수 없다는 모습으로 털썩 주저앉았다.

야에가시는 웃고 있지는 않았지만, 이것으로 됐다는 표정으로 물밑으로 희미하게 보이는 단 유리를 응시한 채 고개를 살짝 끄덕였다.

나는, 나는…….

견딜 수 없었다.

화이트 셔츠를 벗고 수영장으로 뛰어들려는 내 팔을 붙잡은 야에가시가 뭐하는 짓이냐며 소리쳤다. 나는 그 팔을 힘껏 뿌리치며 소리쳤다.

"구하려고!"

"무슨 생각이야! 쟤는 살인마라고, 이럴 수밖에—"

"난 단 유리를 심판할 자격이 없어. 왜냐면 그녀는, 그녀는……."

**나 자신이기 때문이다.**

만약 어기서 그녀를 죽도록 내버려 둔다면 나는 분명 평생을 트라우마에 시달리며 살아야 한다거나, 자칫 경찰의 호된 추궁에 어떠한 불리한 상황에 빠지게 될 수 있다거나, 더 이상 학생들이 목숨을 잃으면 이유를 막론하고 담임을 비롯한 교직원들의 입장이 더욱 난처해진다거나, 그러한 현실적인 계산은 전혀 없었다.

그녀를 죽일 수는 없다. 죽어도 좋을 리가 없다.

그런 생각만이 나를 움직였다.

서츠만 벗고 혼탁한 수영장으로 뛰어들었다가 물의 거센 저항에 바지도 벗어야 했다고 금세 후회했다. 그러나 수영장 가장자리로 돌아갈 여유는 없다. 그대로 숨을 크게 들이마시고는 물속으로 잠수해 들어가서 눈을 떴다. 물은 예상보다 더 뿌옜다. 물안경을 써도 아무것도 보이지 않았을 것이다. 눈이 아파서 거슬렸다. 그래도 거센 물살을 뚫고 배수구로 끌려가는 단 유리를 간신히 찾아냈다.

원래 배수구에는 철망이 끼어 있었는데 며칠 전에 우리가 드라이버로 빼놓았다. 물론 관리실에 카메라를 설치하기 전에. 그랬더니 개인 신발장 하나 크기와 똑같은 구멍이 생겼다. 물살은 무서울 정도로 쉽게 철제 아령을 집어삼켰지만, 인간의 몸은 빨아들이지 못했다. 단 유리는 배수구에 발부터 무릎까지 빨려 들어간 채 걸려서 더 이상 그 속으로 들어가지 못한 상태였다.

단 유리는 이제 거의 움직이지 않았다. 몸이 차갑다고 느끼는 것은 물속이기 때문일까, 아니면……. 다리에 감긴 밧줄을 손으로 더듬어 간신히 찾아냈다. 숨이 막혀서, 물 위로 한 번. 야에가시가 외치는 소리가 어렴풋이 들렸지만 무슨 말을 하는지는 알 수 없었다. 아무튼 물속으로 뛰어드는 기척은 느껴지지 않아 다행이었다. 온 힘을 다해 나를 막을 생각은 없어 보였다. 다시 한번 잠수해 밧줄을 풀려고 시도했다. 그러나 물에 흠뻑 젖은 마 재질 밧줄은 더욱 튼튼해져 있었다. 애초에 물살이 강해서 손가락이 걸리지도 않았다. 단 유리의 다리를 끌어안듯 누르고 숨을 참을 수 있는 동안 젖 먹던 힘을 다해 밧줄을 풀려고 했다.

그러던 중 물이 맑아졌다.

어리둥절할 정도로 갑자기, 물이 완전히 투명해졌다.

내가 도대체 무슨 환영을 보고 있는 것일까 혼란스러워하다가, 금세 깨달았다. 역시 환영이 맞구나. 밧줄을 푸는 손가락을 열심히 움직이면서 투명한 수영장 한가운데에 교복을 입은 여학생 두 명이 의자에 앉아 있는 모습을 봤다. 단 유리와 고바야카와 도우카였다. 소리는 들리지 않았다. 두 사람은 그저 사이좋게 즐거운 표정으로 대화를 나누고 있었다.

단 유리의 능력은 사라지지 않았던 것이다. 그러나 그 이유를 다시 생각할 시간은 없었다. 지금의 나에게 의미 있는 정보는 단 유리가 아직 살아 있다는 것, 그 사실 하나뿐이었다.

다시 숨이 막혀서 그녀의 몸에서 손을 뗐더니 갑자기 물이 혼탁해졌다. 숨을 들이마시고 다시 그녀의 다리를 껴안으니 물이 또 맑아졌다. 그러나 얼마 지나지 않아 수영장 한 가운데에 나타났던 두 사람의 모습은 사라지고, 그녀의 몸을 만지는데도 물은 여전히 탁했다.

나는 밧줄 풀기를 포기하고 반지를 빼는 것처럼 다리를 밧줄에서 그대로 뽑아 버리기로 결심했다. 온 힘을 다해 잡아당겼더니 밧줄이 고리 모양 채로 빠지며 배수구 속으로 세차게 빨려 들어갔다. 축 늘어진 단 유리의 몸을 필사적으로 지탱하며 수면 위로 데리고 갔다. 미즈키가 팔을 뻗었다.

나는 스스로의 힘으로 바닥 위로 올라갔고, 미즈키는 온몸으로 낑낑대며 단 유리를 수영장 바깥으로 끌어올렸다. 단 유리는 금방 엄청난 물을 토해 내며 할딱할딱 숨을 쉬더니 다시 물을 토해 냈다.

"⋯⋯왜 구해 준 거야?"

야에가시의 얼굴이 햇빛에 가려 잘 보이지 않았다. 그래도 그의 몸이 희미하게 떨리고 있다는 사실은 잘 알 수 있었다.

"얘한테 반하기라도 한 거야?"

"⋯⋯그럴 리 없잖아."

나는 호흡을 가다듬는 것도 잊고 야에가시를 쏘아보았다.

"그럴 리 없다는 걸, 네가 제일 잘 알잖아."

"⋯⋯뭐라고?"

"알아……. 네가 왜 처음에 나를 범인이라고 의심했는지. 나도 바보가 아니라고. '레크리에이션 회의 때 상태가 이상했으니까'라니. 그때 이미 넌 나랑 가까운 자리에 앉아 있었잖아. 그렇게 대충 얼버무린 말에 정말로 내가 속아 넘어갈 거라고 생각했어?"

야에가시는 할 말을 잃은 듯했다. 시효가 끝났다고 생각했을지도 모른다. 그러나 내가 그 사실을 잊을 리 없다.

"내가 싫어했잖아?"

야에가시를 향해 소리쳤다.

"내가 A반 아이들 하나하나, 모두를, **죽이고 싶을 만큼 싫어했잖아!?** 넌 네 능력을 사용해서 그걸 알고 있었으니까 처음에 내가 범인이 아닐까 의심했던 거야. 그 정도는 나도 안다고! 사실, 나는 모두를 정말 싫어했으니까! 무라시마도, 다카이도, 아마기리도, 머리를 갈색으로 염색한 아이를 바퀴벌레라고 부르며 무시하고 레크리에이션을 바보 놀음이라고 뒷담화하며 속 시원해 하던 소노카와도, 그 녀석의 딸랑이처럼 헤실헤실 웃으며 따라다니던 하리모토도, 목소리가 작은 사람은 모두 인간으로서 가치가 낮다고 여기는 거만한 시선으로 '친구 시켜 줄까' 같은 태도로 행동하는 고리야마나 아카니시나 야에가시도, 다들 정말 지긋지긋하게 싫었어! 그리고 그렇게 한 걸음 물러서서 모두를 관찰하고 전부 달관한 사람처럼 굴었던 나 자신이, 진심으로 제일 싫었다고! 그런 내가 다른 사람을 좋아할 리가 없잖아!"

"너……."

"범인을 찾으려고 한 동기도 범인이 미워서가 아니야. 나와 똑같은 가치 기준으로 사람을 미워하는 인간이 어떤 놈인가, 내가 죽었으면 좋겠다고 생각한 인간들을 위에서부터 순서대로 죽이는 인간은 도대체 어떤 놈인가, 그게 알고 싶어서였어. 난 단 유리와 똑같아, 혼자이고 싶었을 뿐이지. 혼자이고 싶었어. 무라시마가 죽었을 때, 솔직히 기뻤어. 다카이가 죽었을 때, 이대로 반 아이들 모두가 죽으면 분명 지내기 편해질 거다, 교실이 혼자가 된다면 얼마나 좋을까 생각했지. 그렇게 생각했단 말이야. 하지만 그런 생각을 하는 건 최악이라고 여겼으니까 모두의 자살이 사실은 살인이라면 범인을 절대로 용서할 수 없다고……, 왜냐하면 그건 스스로가 살인을 긍정하는 것이나 마찬가지니까. 마치 내가 기꺼이 사람을 죽이는 것처럼 느껴지니까……."

결국 마음의 둑이 터지고 말았다. 눈물이 쏟아졌다.

"단 유리를 죽일 수는 없어. 아무리 나쁜 사람이라고 해도, 이렇게 우리 '수취인' 셋이서 작당해 한 사람을 죽인다면, 우리가 정한 규칙을 강제로 지키도록 한다면, 이런 구조야말로 내가 제일 싫어하는……."

내가 일어섰다.

"그 교실 그 자체잖아!"

"……하하, 재밌네."

웃음기 섞인 목소리는 단 유리의 것이었다. 그녀는 누워서 하늘을 올려다보고 있었다. 얼굴에는 찰과상에, 발목에는 졸린 흔적에, 교복은 흠뻑 젖은 채 고통스러운 듯 몸을 떨며 온몸으로 숨을 쉬고 있었다.

"무서웠어?"

그녀가 내게 물었다.

"……무슨 말이야?"

"환영, 봤지? 내 능력은 네가 말한 대로 '환영을 보여 주는 능력'이야. 하지만 단지 상대의 몸에 손을 대는 것만으로는 발동하지 않지. 겁에 질렸거나 무서워하거나 부정적인 감정을 품고 있는 사람에게만 통해. 그게 진짜 발동 조건이야. 그래서 나는 능력을 사용하기 전에 반드시 상대를 놀라게 하거나 위협하거나 우울하게 만들 궁리를 했지. 자, 이것으로 드디어 내 능력이 진짜로 사라졌어."

"그런 환영, 굳이 안 보여 줘도 됐어……. 고바야카와 도우카에 대해서는, 나도 알고 있어."

"……뭘 안다는 거야?"

"유서를 읽었어. 요 며칠 전에 장례식 안내문에 적혀 있던 그 아이의 집에 찾아가서 유서를 봤어. 그래서 난 고바야카와가 죽은 이유를 알아."

단 유리는 침묵했다. 그리고 이곳에 온 뒤 처음으로 표정을 일그러뜨렸다.

"단 유리, 착각하지 마. 나는 널 죽이지 못했어. 하지만 그게 널 용서했다는 의미는 아니야. 네 동기가 교실을 조율하려던 것이었다고 해도, 고바야카와 도우카를 애도하기 위해서였다고 해도, 동정할 만한 어떤 이유가 있다고 해도, 사람을 세 명이나 죽인다는 건 상식을 벗어난 짓이야. 난 네 마음을 이해해. 하지만 사람을 죽이는 짓은 절대로 용서받을 수 없어. 그러니까 역시, 넌 오늘 죽어야만 해."

"……수수께끼 놀이라도 하고 싶은 거야?"

나는 쓰러져 있는 그녀의 위에 올라타 손으로 뺨을 때렸다.

찰싹 하고 차가운 소리를 내며 손의 움직임을 따라 물방울이 튀었다.

단 유리는 예상도 못했는지, 놀란 듯 눈을 동그랗게 뜬 채 굳었다.

"나는 오늘 확실하게 너를 죽였어. 그리고 너는 오늘, 여기서 확실하게 살해당한 거야. 무슨 뜻인지 알겠어? 넌 사형을 당한 거야. 사회 부적응자 단 유리는 아까 수영장에 빠져 죽은 거라고. 그러니까 지금 막 다시 태어난 넌, 자신이 한 번 죽었다는 사실을 짊어지고 내일부터 참된 인간으로 살아가는 거야. 새 학기가 되면 당연하게 등교하고, 아무리 답답하고 화가 나고 죽고 싶고 토할 것처럼 싫어도 반드시 교실로 들어가야 해. 범죄 행위는 꿈도 꾸지 마. 매사 분위기를 살피면서 행동하고, 사람들과 어울리고, 모두와 발맞추고, 자신에게 주어진 역할을 분명하게 인지하고, 주변 사람들과의 관계를 소중히 여기는 일을 가장 우선시하면서 살아가야만 해. 사람이라면 혼자서 살고 싶어도 반드시, 꼭, 사람들 속에서 살아가야만 하니까! 그리고 너에게는 그게 바로 가장 고통스러운, 최고의 형벌일 테니까!"

"······너 그거, 자신한테 하는 소리야?"

"닥쳐! 아무래도 좋으니까, 넌 확실하게 증명해야 해. 사람을 죽이지 않아도, 환경을 조율하지 않아도 너나 나나 평범하게 살아갈 수 있다는 걸! 말해, '나는 오늘, 죽었습니다'라고, 말해! 진짜로 죽었다고 생각하면서 진심을 다해서 말해!"

"······도대체 무슨 소릴 하는 거야."

"됐으니까 말하라고!"

나는 엄지손톱으로 왼팔을 찔렀다. 그리고 힘을 주어 한 줄기 선을 길게 그어 상처를 냈다. 점점 붉은 피가 배어나왔다.

"나는……."

단 유리가 말했다.

**"나는 오늘, 죽었습니다."**

"거짓말……."

나는 다시 한번, 단 유리의 뺨을 쳤다.

"거짓말하지 마! 정말로 다시 태어나는 거야! 다시 태어났다는 걸 증명하라고! 질문은 한 번밖에 못 해. 제대로 죽어. 죽고, 다시 태어났다는 걸 증명해! 못하겠다면 이번에야말로 내가 확실하게 너를, 정말로…… **죽여 버리겠어.**"

미즈키가 어린 아이처럼 목 놓아 울었다. 그녀는 앞으로 기우뚱한 내 몸을 약간 뒤로 밀치고는 눈물을 줄줄 흘리며 단 유리의 뺨에 손을 댔다. 몇 초 지나자 오른뺨의 찰과상이 사라졌고, 푸른 멍이 들기 시작한 왼뺨의 상처도 아물었다. 마치 끊어져 흩어진 비즈 공예품을 슬퍼하며 줍는 사람처럼, 미즈키는 울면서 단 유리의 몸에 난 무수한 상처를 치료해 나갔다.

"이제 그만……."

미즈키가 입을 열었지만, 더 이상 말은 나오지 않았다. 한참을 울다가 생각을 말로 바꾸려고 몇 번이나 시도했지만 결국 바람은 이루어지지 않은 채, 간신히 짜낸 한 마디는 누구를 향한 것인지도 알 수 없었다.

"……미안해!"

넋이 나간 야에가시는 작은 목소리로 "……틀렸어"라고 중얼거리더니 "모르겠어"라고 세 번이나 되뇌었다.

나는 다시 단 유리를 돌아보며 왼팔에 또 하나의 굵은 상처를 냈다. 모든 것을 갈가리 찢어 버리는 듯한 극심한 통증에 휩싸였을 때, 그녀에게 물었다.

"너는 어떻게 됐어……. 넌 어떻게 됐냐고."

단 유리가 눈물을 흘렸다.

그리고 숨이 끊어진 듯, 조용히 눈을 감았다.

그녀가 한여름 수영장에 남긴 말은,

"나는 오늘 죽었습니다."

마지막 장  **비극의 탄생**

## 21

나는 교실에서 너무 큰 소리를 냈습니다. 조율되어야만 합니다. 안녕.

이런 서두로 내 절박한 심정이 제대로 전해질지 의심스럽지만, 그래도 이런 말밖에 떠오르지 않으니 어쩔 수 없다. 나는 국어 성적이 좋은 편도 아니고 엄청나게 똑똑하지도 않으니까.

현실과 생각하는 것과 하고 싶은 것이 점점 서로 어긋나고, 더 이상 살아갈 의미가 없다고 느끼는 순간이 많아진다. 그 원인이 무엇일까 생각해 봤더니 슬프게도 친구들 때문이라는 결론이 나왔다. 애당초 그 사람들은 친구가 아니었던 걸까, 라는 생각도 든다.

어쩌다가 예쁜 얼굴로 태어나서 남자아이들도 여자아이들도 나를 추켜세웠고, 그렇게 추켜세우는 친구들과 어울리지 않으면 안 된다는 이상한 규칙이 생겨서 점점 일상이 무너져 갔다. 누군가가 "왠지 괜찮아 보인다"고 말했을 때, "그건 별로지 않아?"라고 대꾸하기가 정말로 무섭다. 그 말 때문에 아이들의 의견이 바뀌는 것도 두렵고, 아무것도 바뀌지 않는 것 역시 두렵다.

　사실은 초록색 넥타이를 매고 싶은데, 도우카는 분홍색 리본이 가장 잘 어울린다는 말에 별로 좋아하지도 않지만 유행 때문에 산 리본을 계속 억지로 맸다. 스스로도 이게 뭔가 싶었다. 사소해 보이지만, 이런 일들이 계속 쌓여 갔다.

　가장 친했던 사람은 누굴까. 진정한 친구는 누굴까. 생각해 보면 중학생 때부터 지금까지 가장 친했던 친구는 유리였다. 머리가 좋고 재미있는 친구. 사실 더 좋은 고등학교에 갈 수 있었는데도 내게 맞춰 기타카에데를 선택했다.

　그런 유리를 극한으로 몰아넣었다는 사실을 깨달은 것은 불과 며칠 전이었다. 무언가, 보이지 않는 커다란 힘이 있고, 그것에 따를 수밖에 없다고 생각했다. 하지만 그에 따르는 사이에 나도 유리도 모두 망가지고 있다는 사실을 깨달았다. 피해자인 척하는 내가 가해자였다는 사실을 깨닫자 이도저도 다 싫어졌다. 나 때문에 못마땅했던 아이들이 정말 많았을 것이다. 진심으로 미안하다. 내 시체에 따귀 정도는 때려도 된다. ㅋㅋㅋ

특히 유리, 정말 미안해. 어떻게 써야 좋을지 모르겠는 이상한 능력이지만, 작별 선물이라고 생각해 줘. 유리에게 편지를 보내 달라고 전입자였던 선배에게 억지로 부탁했어. 편지 받으면, 읽어 봐.

다시 태어나면, 주위에 아무도 없는, 하이디가 살고 있는 정말 정말 드넓은 언덕 같은 곳에서 살고 싶다. 누구와도 엮이지 않고, 정말로 소중한 사람하고만 지낼 수 있는, 꿈같은 교실을 원했다. 누군가 만들어 줬으면. 나도 참, 마지막의 마지막까지 바보 같다. ㅋㅋㅋ

읽어 준 사람, 같이 어울려 줘서 고마웠어. 집에서 죽으면, 별로 잘못한 것도 없는 엄마와 아빠에게 미안하기도 하고 여러 가지로 억울하기도 해서 학교에 잔뜩 폐를 끼치려고 한다.

안녕. 두 번 다시 만나고 싶지 않은, 가짜 친구들아.


고바야카와 도우카

## 22

이름: 고바야카와 도우카

소속: 2학년 B반  소속 동아리: 없음  거주지: 가에데초

좋아하는 것, 잘하는 것: 다른 사람의 혈액형 맞히기(적중률 90% over)

싫어하는 것, 못하는 것: 고수, 고수를 좋아한다고 우기는 사람도 NG ㅋㅋㅋ

A반, B반에서 친한 친구: 단 유리

언론과 세상이 네 사람의 자살에 흥미를 잃고 나서도 교실에 웃음과 활기는 돌아오지 않았다.

기타 줄과는 달리 그녀의 조율은 쉽게 풀리지 않는 모양이다.

9월이 되고 새 학기가 시작됐지만, 단 유리와 고바야카와 도우카, 그리고 내가 꿈꾸던 환경인 혼자만의 교실이 계속되었다. 귀찮은 인간관계도 없고 우정이나 떠들썩한 소란이 없는 대신 불편함도 없다.

신의 이름 아래에서는 누구나 평등하고 힘없는 존재였다.

"가키우치."

야에가시가 말을 건 것은 개학한 지 일주일 정도 지난 어느 날의 방과 후였다. 가방을 챙기던 손을 멈추자 야에가시가 생각에 잠긴 표정으로 말했다.

"그 후로, 이것저것 생각해 봤어."

"……이것저것이라니?"

"걔는 당연히 용서할 수 없지만…… 사람을 죽이지 않고 끝난 것에 대해서는 네게 감사해야 할지도 모른다는 생각이 들었어. 아마 그대로 걔를 죽였으면, 난 내가 아니게 되었을 거야. 고마워."

내가 잠자코 있자 야에가시가 "그래도"라며 다소 강한 어조로 덧붙였다.

"너, 걔가 한 말에는 여전히 이상한 점이 많아. 다른 아이들과 어울려 지내기 싫으면 그냥 한 마디로 '싫다'고 하면 되잖아. 그런 말을 하는 게 쉽지 않다는 건 알겠어. 하지만 그럴 수 없다는 이유만으로 스스로를 피해자라고 주장하는 건 분명히 잘못됐다고 생각해. 그건 너희가 넘어야 할 '벽' 아니야?"

"……네 말이 맞아."

"다쓰야도 겐유도 코즈에도, 물론 나도 악의는 전혀 없었어. 그냥 평범하게, 진짜로, 반 아이들 모두가 웃으면서 지냈으면 좋겠다는 바람으로 활동한 거야. 그게 쓸데없는 참견으로 느껴졌거나 불쾌했다면 정말 미안해. 하지만 나는 역시, 그 녀석들이 나쁜 아이들이라고는 생각 안 해. 다들 정말로 좋은 녀석들이었어. 그것만은 오해하지 않았으면 좋겠고, 그걸 오해한 것만큼은 나 역시 너희들을…… 조금은 용서하기 힘들어."

"……너는, 아무 잘못 없어."

센 척을 하는 것도 듣기 좋은 소리를 하는 것도 아니다. 야에가시는 정말로 좋은 녀석이다. 문제는 좋은 녀석을 좋은 녀석이라고 생각하지 못하는, 나 같이 못난 놈이 세상에 너무 많다는 사실이다. 단 유리가 말한 대로 우리는 같은 우리에 갇힌 다른 동물들이다. 서로를 이해하게 되는 날은 영원히 오지 않을 것이다.

"역시 널 이해 못하겠어. 이해할 수는 없지만…… 이해하도록 노력하고 싶어. 정말 진심으로 그렇게 생각해. 만약 내 말이 의심스러우면 네 능력으로 시험해 봐도 괜찮아."

"믿어. 그리고 너한테는 더 이상 능력을 쓸 수 없어."

"그래……? 아무튼 혹시 뭐라도 불만이 있으면 쌓아 두지 말고 거리낌 없이 말해 줘. 걔는 우리를 교실의 지배자라고 했지만 난 그런 게 될 생각은 없어. 오히려 아무 말도 하지 않으면서 자기 자신이 하위 계급이니 뭐니 지껄이는 놈이야 말로 교실에 계급을 만들어 내는 거라고, 진심으로 그렇게 생각해. 상하계급 같은 건 없어. 자신이 하위 계급이라고 생각하는 놈들만 있을 뿐이지. 그런 사고방식은 역시 바뀌지 않을 거야."

"……이런저런 얘기를 해 줘서 고마워. 나도 네가 좀 좋아진 것 같아. 능력으로 확인해 봐도 괜찮아."

"이제 안 써. 마리카의 색을 보고 진짜 끔찍해졌거든."

"……마리카의 색이라니?"

"마리카는 그, 내 여자친구야. 아니, 지금은 전 여친이구나."

"……헤어졌어?"

"태도는 변하지 않았어. 하지만 색을 봤더니…… 좀 푸릇해졌더라고. 그게 무서워서 싫어졌어……. 쓸데없는 이야기를 했네."

이만 동아리 활동을 하러 간다며 야에가시는 자리를 떠났다.

부국강병 게임의 참가자들은 우리보다 훨씬 치열한 전장에서 목숨 바쳐 싸우고 있다는 뜻이려나. 그는 내 고뇌를 이해하지 못한다. 나 역시 그의 고뇌를 이해하지 못한다.

고뇌에, 우열이란 없다.

복도에서 단 유리를 스쳐지나갔다. 그녀는 나와 눈도 마주치지 않았다. 매일 B반을 들여다보며 확인하지는 않지만 현재로서는 매일 등교하는 것 같았다. 그녀에 대한 소문 같은 것은 듣지 못했다. 알아볼 마음도 없다. 아마도 이제 더 이상 말을 주고받을 일은 없을 것이다. 내가 아는 단 유리는, 사신은, 악마는, 살인마는…… 분명히 숨이 끊어졌다. 내가 죽였다.

내 가슴속 한켠에는 기게스의 조율로 태어난 공간을 아늑하다고 느끼는 것에 대한 분명한 죄책감이 있다. 마치 명백히 위법한 경로로 손에 넣은 영화를 즐기는 듯한, 누군가를 괴롭히며 쾌락을 얻는 듯한, 몹시 그로테스크한 것을 타인의 눈을 피해 남미하는 듯한 그런 배덕감이 항상 나를 따라다녔다.

일 년 반만 견디자. 나는 그 말을 되뇌며 달력에 엑스 표시를 하는 것만을 목표로 하루하루 살아갔다. 대학생이 되면 이 굴레에서 벗어날 수 있겠지, 반드시 혼자서 자취해야지 다짐하면서. 그리고 그 목표에 도달하면 이런 인위적인 이상향에서 거짓 기쁨을 찾을 필요도 없다.

앞으로 일 년 반. 그저 그만큼의 인내. 그러면 이 우리에서 탈출할 수 있다.

아르바이트를 하는 시간은 싫지 않았다. 학교를 벗어나 사회의 일원이 된 것 같다는 도취감도 들었고, 나보다 한 발 앞서 자유를 노래하는 어른들과도 교류할 수 있기 때문이었다.

토요일 오전 10시부터 시작한 아르바이트. 소바를 삶는 국물로 뒤범벅된 앞치마를 벗어 접어놓고 휴게실에서 어쿠스틱 기타 매거진 최신호를 펼쳤다. 내가 읽는 것은 더 이상 마틴 카탈로그가 아니었다. 드디어 어쿠스틱 기타 매거진을 읽게 된 것이다. 그러나 노리코 씨가 이 극적인 변화를 이해하기란 어려웠을지 모른다.

"이야, 역시 넷플릭스는 위대해."

도입은 나쁘지 않았다. 그러나 대화는 급격하게 라인을 갈아타며 노리코 씨가 활동하는 동아리 이야기로 흘러갔다.

"동아리……활동을 하신다고요?"

"그야, 대학생이잖아. 동아리 들어가야지."

"……들어가야 한다니요?"

"뭐야 가키짱, 표정이 왜 그래."

"혼자 살면서 원하는 시간에 혼자 수업을 듣고 혼자만의 시간을 만끽하는, 그런 대학생…… 아니었어요?"

"아니 뭐, 그건 그런데. 하지만 현실적인 문제가 있잖아. 다른 사람 노트를 못 빌리면 학점 따기도 어렵고, 혼자 산다고 해도 결국 친구들과 어울리는 게 즐겁지. 우리집을 숙소 대신으로 쓰는 애들도 있고, 그러는 게 나도 완전 재밌으니까. 애초에 동아리에 들어가지 않으면 친구를 마음껏 사귀기도 힘들어."

아마도 노리코 씨는 내가 무엇에 경악했는지 알지 못할 것이다. 나는 밀랍인형처럼 굳어 더 이상 그녀의 이야기에 집중할 수 없었다. 조금 이른 작별 인사를 나누고 소중하게 간직한 기쁜 소식을 전하려고 마음먹었는데, 그러한 계획들은 먼지가 되어 사라졌다.

"목표 금액을 다 모아서 한 달 후에 아르바이트를 그만두려고요."

이런, 한 달만 더 나와 줄 수 있어? 정도의 답변은 예상했고, 혹시 그런 말을 들으면 흔쾌히 수락할 생각이었다. 앞서 말했듯 아르바이트를 싫어하지는 않았기 때문이다. 그러나 점장은 일찍이 본 적 없는 모습으로 나를 비난하고, 도저히 받아들일 수 없다며 내 퇴사를 딱 잘라 거절했다. 그만두려면 적당한 시기인 3월까지는 근무하고 그만둬야지. 반드시 그때까지는 일해야 해. 요즘 고등학생들은 정말 무책임해, 이래서 애들은 싫다니까. 뽑지 말아야 했어.

화가 머리끝까지 치민 점장과 이성적인 대화는 나눌 수 없을 것 같았고, 그것보다 훨씬 중요한 일이 있었다. 설득은 나중으로 미루고 근무계획표대로 오후 4시 30분에 퇴근한 뒤 예약해 놓은 악기점으로 향했다.

결국 30만 엔 가까이 주고 구입한 마틴은 황홀할 정도로 아름답게 빛났다.

고급 상품을 구매해서 여분의 현과 피크, 와인더, 튜너, 하드케이스를 받고, 심지어 점원이 로고가 새겨진 카포타스토까지 달아 주었다. 케이스에 넣어 메고 갈 것이라고 말하자 깔끔하게 정리해 줬다. 자유를 향한 날개를 손에 넣은 내 발걸음은 헬륨가스를 넣은 풍선보다 가벼웠다. 껑충껑충 뛰어가고 싶은 마음을 다잡고 항상 들르는 로터리로 향했다.

이시미즈 씨의 연주를 처음부터 끝까지 감상하고, 내 사랑스러운 악기를 자랑했다.

"드디어 샀구나."

쑥스럽게 웃느라 변변한 대답도 하지 못했다. 꼭 테스트 연주를 해 달라고 부탁할 생각이었는데, 내 부탁이 닿기도 전에 이시미즈 씨가 말했다.

"지금까지 정말 고마웠어."

"……지금까지라니요?"

"거리에서 연주하는 건 오늘이 마지막이야."

"……그래요? 그럼 혹시 앞으로는…….."

"메이저 데뷔를 준비하려고."

기쁜 소식이라면 우울할 필요는 없다. 내가 미소를 짓자 이시미즈 씨는 왜인지 씁쓸한 표정으로 전단지 한 장을 건넸다. 거기에는 연말 신인 대결, 대망의 신인 밴드가 만반의 준비를 하고 데뷔를 맞이한다고 적혀 있었다. 메인보컬은 유명 아이돌 그룹 출신 여자로, 서포트 멤버는…….

"이거…….."

눈을 의심했다.

"이시미즈 씨가 하는 거예요?"

"미안. 난 결국 교차로에서 악마에게 영혼을 팔았어."

"일렉…… 치는 거예요? 밴드에서, 게다가 노래도 안 하고?"

"노력이 결실을 맺었다고 말했지? 내가 오늘까지 뭘 했다고 생각해?"

이시미즈 씨는 밀짚모자를 깊숙하게 눌러 쓰고는 입을 다물지 못하는 내게,

"업계의 높으신 분들과 거의 매일 밤마다 마시고 다녔지. 가끔 예쁜 여자들을 소개받으면서. 그렇게 기분을 맞추며 인맥을 쌓아서 큰 프로젝트 구석에 끼어 들어갔어."

"……그거, 거짓말이죠."

"거짓말 같아?"

이시미즈 씨는 언제나처럼 귓불을 세게 튕겼다.

"이 버릇, 기타카에데를 졸업하고 나서도 계속 안 없어지네. 중요한 질문을 하려고 하면 무심코 귓불을 튕기게 돼……. 정말 한심하지. 학교 밖에서도 다른 사람의 거짓말을 확실히 꿰뚫어볼 수 있어야 할 텐데."

위로하듯 내 어깨를 토닥였다.

"꼴사나운 어른이라서 미안해. 난 기타에 한에서는 자유로울 수 없었어. 넌, 힘내렴."

그 편지를 보낸 사람이 이시미즈 씨였어요? 상당히 달필이더라고요, 같은 말은 입 밖으로 내지 못한 채, 멀어져가는 이시미즈 씨의 뒷모습과 슬프게 흔들리는 기타 케이스를 허탈하게 바라볼 수밖에 없었다.

확실히 귓불을 튕기면 조금 아프겠지. 그 정도 통증이면 충분했던 것일까. 허벅지를 안전핀으로 찔렀던 나 자신이 어리석어 쓴웃음이 나왔다.

실의에 빠진 나를 기다리고 있는 것은 갑작스럽게 열린 가족회의였다. 그렇게 커다란 물건을 우리와 상의도 없이 마음대로 사오다니 도대체 무슨 정신머리야. 도대체 집 어디에 둘 생각이야. 시끄러우니까 집에서는 절대 치지 마. 보여 줘, 보여 줘. 나중에 나도 만지게 해 줘.

"대학 등록금을 벌려고 아르바이트하는 줄 알았더니 그런 걸 사려고 했던 거야?"

엄마의 한 마디에 의제는 내 대학 입시로 튀었다. 공립학교에 보낼 돈밖에 없다고 먼저 못을 박았고, 자취는 꿈도 꾸지 말라고 마지막 일격을 날렸다. 연달아 쏟아지는 수많은 비난에 제대로 대답할 수조차 없던 나는 자포자기 심정으로 말했다.

"아 됐어, 그만해. 버리고 오면 되지?"

그리고 집을 뛰쳐나왔다.

현관에서 잔소리를 들었기에 소리쳐 대꾸했더니 이웃집에 폐를 끼치겠다며 혼났다.

모든 것이 지긋지긋해져 무작정 전철을 탔다. 기타 케이스를 등에 메고 학교 근처까지 간 것은 좋았지만, 교문이 열려 있을 리 없었다. 그대로 목적지도 없이 방황할 작정이었지만 언젠가 걸었던 거리를 나도 모르게 따라가고 있었던 모양이다.

정신을 차렸을 때, 눈앞에 콘크리트 계단이 나타났다.

호조오카언덕공원.

계단을 올라 언젠가 단 유리가 앉아 있던 벤치에 앉아 기타 케이스를 땅바닥에 살며시 올려놓으니 눈물이 주르륵 흐르기 시작했다. 수영장에서 했던 단 유리의 예언이 머릿속에서 되살아났다.


—그런 지긋지긋한 바보들과의 공생은 고등학교를 졸업한다고 해도 영원히 끝나지 않아. 평생, 요람에서 무덤까지, 거지 같은 바보들의 지배는, 공존은, 영원히 계속될 거야. 그 누구도 너를 혼자 두지 않을 거라고.


결국 터져 나오는 오열을 참을 수 없었을 때, 등 뒤에서 인기척이 났다.

깜짝 놀라 뒤를 돌아보니 그곳에 서 있는 사람은…….

"왜……."

미즈키였다.

밤. 게다가 불빛도 적은 언덕 위 공원. 지금이라면 눈물을 감출 수 있겠다는 생각에 황급히 얼굴을 닦아내고 두 번쯤 훌쩍훌쩍 코를 들이마셨다.

"왜 이런 곳에 있어?"

"고함소리가 들리기에…… 따라왔어."

"고함소리, 라니…… 현관에서?"

미즈키는 고개를 살짝 끄덕였다.

"괴로워 보여서."

"……아니, 고작 그런 일로……."

"나도……."

망설이듯 뜸을 들였다.

"괴로웠으니까."

옆에 앉아도 되느냐고 묻고는 벤치에 나란히 앉았다. 아무 말도 하지 않자니 불편할 것 같아서 억지로 입을 뗐더니, 슬프게도 푸념만 줄줄이 흘러나왔다. 나는 혼자 있고 싶어 하는 사회 부적응자인데, 그것은 전혀 이룰 수 없는 꿈은 아닐지라도 거의 이루기 어렵고, 자유로 가는 티켓이라고 생각했던 기타도 새빨간 가짜였어. 그럼 내가 땀 흘려 일했던 날들은 도대체 뭐였을까 되돌아보니 점장의 태도조차 지옥을 증명하는 것처럼 느껴졌어. 나만의 방도 없는데 혼자 나가서 사는 것도 안 된다고 하고, 사랑하는 가족에게 나쁜 소리나 하고, 뭐든지 귀찮아하는 나는, 아아, 정말 망할

놈이잖아. 쓰레기잖아. 살아 있으면 안 돼. 살아 있을 필요가 없어.

모두를 싫어한다고 티만 내고 다니는, 내일이라도 콱 죽어 버려야 할 최악의 인간이야.

"나도 그래."

퍽 길게 이어진 내 원맨쇼를 지켜봐 준 미즈키는 마침내 글썽거리는 눈으로 고개를 끄덕이며 말을 꺼냈다.

"다들 그럴 거야, 분명. 그래도 살아가는 거야. 다른 사람이 싫어도, 사실은 혼자이고 싶어도, 그래도 사람들 사이에 섞여서 살아가는 거야. 다 함께 살아가야만 하는 그런 세상이지만, 그래도 분명 괜찮을 거야."

"됐어……. 근거 없는 위로는. 왜냐하면—"

"겐유가 살아 있을 때……."

미즈키는 내 말을 허락하지 않았다.

"겐유가 나한테 물은 적이 있어. '미즈키쨩은 가키웃치랑 같은 중학교 나왔지?'라고. 내가 그렇다고 대답하니까 겐유가 웃으면서 '가키웃치는 그렇지, 엄청난 거짓말쟁이야'라고 했어."

왜 그렇게 생각하냐는 미즈키의 물음에 다카이 겐유는 이렇게 대답했다고 한다.

"아까 내가 가키웃치도 혼자 있는 건 싫지 않느냐고 물었더니 태연한 얼굴로 혼자라도 괜찮다고 하더라고."

"그게 왜?"

미즈키가 물었다.

"아니, 그게, 나 알 수 있거든. 그 녀석 거짓말이야. 목소리가 떨렸거든. 아주 부들부들. 이건 비밀이야."

분명히 기억하는 대화였다. 미즈키가 이야기를 풀어놓자마자 바로 떠오른 것은 다카이 겐유가 다른 사람에게 질문할 때 시끄러울 정도로 손뼉을 쳤다는 사실. 그만큼 세게 치면 나름대로 통증을 느꼈을 것이다. 이시미즈 씨는 손가락으로 귓불을 살짝 튕기며 능력을 사용했다. 그 정도 통증으로도 충분했다면 손뼉을 치는 것만으로도 능력을 충분히 사용할 수 있었겠지.

"사람들 사이에 쉬여 살아가는 세상이라 소리라도 지르고 싶을 정도로 성가시지만, 그래도……."

미즈키는 언덕 위에서 도시의 야경을 내려다보며 말했다.

"혼자는 견딜 수 없을 정도로 외로워."

나는 눈물을 감추려고 고개를 숙였다.

"사람 만나는 걸 피하려고 집에만 틀어박혔던 내 이야기에 그렇게나 진심으로 귀기울여 줘서, 정말로 고마워. 단 유리를 죽이려던 날 말려 줘서, 정말 고맙고. 비록 그 동기가 순수하지 않았다고 해도, 완전히 정의로운 마음에서 비롯된 게 아니라고 해도, 생명을 소중히 여기고 이해득실을 따지지 않으면서 그토록 열심히 움직인 가키우치는, 결코 사회 부적응자 따위가 아니야. 앞으로도 분명, 훌륭하게 살아갈 수 있을 거야."

미즈키는 달빛을 받으며 벤치에서 조용히 일어나 나를 향해 미소 지었다.

"나는 언덕을 내려갈 거야. 그렇다고 그게 각자 살아가거나 헤어지는 걸 의미하는 건 아냐. 우리는 서로 각자의 삶을 살아가지만, 때로는 편할 대로 언제라도 어깨를 빌려주면서 함께 걸어갈 수 있어. 힘들 때 손을 내밀어 줘서 고마워. 이제 내가 너한테 보답할 차례니까 정말 힘들 때는 언제든지 말해."

미즈키는 스스로 선언한 대로 계단을 향해 걷기 시작했다.

서서히 멀어지는 그녀의 뒷모습을 바라보면서 나는 미즈키와 함께 보냈던 시간을 떠올렸다. 미즈키를 귀찮다고 생각했던 적이 과연 한 번이라도 있었나. 그녀와 보낸 시간을 한 순간이라도 힘들고 답답하다고 느낀 적이 있었나.

야에가시는 그 능력으로 내가 반 아이들 모두를 싫어한다는 사실을 알아냈다. 하지만 사실, 그런 그도 내가 좋아하는지 싫어하는지 판별하지 못한 사람이 단 한 명 있다. 그때 학교에 나오지 않던 시라세 미즈키였다.

나는 그녀조차도 싫어할까. 나는 그녀마저도 좋아할 수 없을까.

괜찮아, 나는 살아갈 수 있어. 나는 사람을 좋아할 수 있어. 다른 사람들과 함께 살아갈 수 있어.

아무리 스스로를 타일러도 불안은 가시지 않았다. 다카이, 그때 내 목소리는 정말로 떨렸어? 사실은 누군가와 함께 살아가고 싶다고 생각하는 것이 내 진심일까? 아무리 갈구해도 죽은 그의 대답은 돌아오지 않았다. 그렇다면 믿을수밖에. 믿고, 내일을 살아갈 수밖에 없잖아. 나는 살아갈수 있어, 괜찮을 거야.

나는 미즈키의 이름을 소리쳐 불렀다. 그녀는 웃으며 뒤돌아봤다.

"왜?"

"미안, 지금 너무 괴로워서, 미칠 것 같아……."

주머니에는 늘 그렇듯 안전핀이 들어 있었다. 어중간한 것이 싫은 나는 지금까지 찔렀던 것 중 가장 깊게 허벅지를 찔렀다.

"……넌 정말로, 내게 힘이 되어 줄 거야?"

떨림 따위는 전혀 없는 맑은 목소리로, 미즈키는 대답했다.

"당연하지."

## 그럼에도 우리는 살아가야 한다, '함께'

여러분은 어떤 학창시절을 보냈나요? 모든 것이 쉽기도 하고 모든 것이 어렵기도 한, 다시 돌아가고 싶기도 하고 돌아가고 싶지 않기도 한 모순된 감정을 불러일으키는 당황스러우면서도 사랑스러운 시절. 우리는 방황하고 고뇌하며 의심하면서 성장하고 어른이 됩니다. 지금의 자신이 존재하는 데 중요한 역할을 한, 누구에게나 소중한 시절이지요.

저는 학교를 배경으로 한 작품들을 좋아합니다. 미스터리 소설이든 하이틴 영화든 성장 드라마든. 장르를 불문하고 학교가 배경이거나 학생들이 등장하는 작품들을 즐겨보는 편입니다. 세상의 쓴맛, 매운맛, 짠맛, 단맛 등, 학교를 벗어난 이후로, 온갖 맛까지는 아니더라도 몇 가지 맛 정도는 나름 찐하게 봤다고 해도 좋을, 세상을 조금은 알아 버린 지금. 다시는 돌아갈 수 없어서, 그래서 더 애틋한 순수했던 시절이 세월이 흐를수록 더욱 그리워지기 때문에 그런 작품들이 점점 더 끌리는 것 아닐까요. 아마도 그래서겠죠. 《교실이, 혼자가 될 때까지》를 재미있게 읽은 이유는요.

아사쿠라 아키나리는 2012년에 《느와르 레버넌트》라는 작품으로 제13회 고단샤 BOX 신인상 Powers를 수상하며 데뷔했습니다. '복선의 마술사'라는 별명이 있을 정도로 복선을 깔고 회수하는 능력이 뛰어난 실력파 작가입니다. 그러한 작가의 강점이 《교실이, 혼자가 될 때까지》에서도 유감없이 발휘됩니다. 그물을 짜듯 시작부터 촘촘히 복선을 심어두다가 그물로 고기를 한가득 낚아 올리듯 흩뿌려둔 복선들을 마지막에 한꺼번에 회수합니다. 그리고 독자들의 마음도 함께 낚아채죠. 《교실이, 혼자가 될 때까지》는 제20회 본격미스터리대상 소설부문과 제73회 일본추리작가협회상 장편 및 연작단편집 부문 후보작으로 선정될 정도로 2020년 일본 미스터리계에서 큰 주목을 받은 작품 중 하나입니다.

《교실이, 혼자가 될 때까지》는 교내에서 벌어지는 미스터리한 사건을 추적하는 학생들과 '스쿨 카스트'를 솜씨 좋게 버무린 작품입니다. '스쿨 카스트'는 학생들의 인기도에 따라 생겨난, 교실 내에 암묵적으로 존재하는 학생 사이의 계급을 의미하는 일본의 조어입니다. 이 작품은 일방적인 피해자와 일방적인 가해자라는 단순한 구조를 그리지 않습니다. 다양한 가치관을 지닌 등장인물이 각자의 생각과 논리를 펼치며 복잡한 공방을 벌입니다. 그런 등장인물들을 씁쓸하고도 안타까운 기분으로 지켜보면서 '스쿨 카스트'가 비단 학교에 국한된 이야기가 아니라는 사실을 새삼 깨달았습니다. 인간은 혼자서는 살아갈 수 없는 존재기에 평생 특정 집단에 속해 살아가야 하고, 집단을 이루는 순간 정도의 차이는 있어도 어쩔 수 없는 보이지 않는 차이가 생기기 때문입니다. 그럼에도 우리는 함께 살아가야 하므로 학교를 비롯해 어떤 사회에서든 서로 다른 가치관을 지닌 사람들 속에서 어떻게 살아가야 하는지 매순간 고민합니다. 《교실이, 혼자가 될 때까지》는 그러한 고뇌를 그린 성장 소설이자 청춘 소설이자 본격 미스터리입니다.

이 작품에서 주목하고 싶은 점이 하나 더 있습니다. 바로 '수미상관'입니다. 작가는 추리적 요소인 복선을 깔고 회수하는 것에 그치지 않고, 수미상관법으로 소설의 결말과 마지막에 전한 궁극적인 메시지를 앞서 서두에도 암시합니다. 물론 작품을 처음 읽기 시작할 때는 그 의미를 눈치채지 못했지만, 전부 읽고 나서 다시 첫 부분을 읽었을 때 그 사실을 깨닫고는 무릎을 탁 쳤습니다. 나름의 기분 좋은 반

전을 발견한 기분이었습니다. 작품을 끝까지 읽은 후 옮긴이의 말을 읽고 있는 독자분이라면, 이 글을 읽고 나서 부디 작품의 첫 부분을 다시 읽어 주셨으면 좋겠습니다. '복선 회수'를 넘어선 '원점 회귀'를 독자 여러분과 함께 맛보고 싶습니다.

《교실이, 혼자가 될 때까지》는 처음 읽었을 때도 번역을 할 때도 즐거웠던 작품입니다. 마치 내가 기타카에데고등학교의 학생이 된 기분으로 작품에 푹 빠져들어 조마조마한 마음으로 '수취인'을 추리하고 범인에게 쫓기기도 했습니다. 그리고 혼자 있고 싶어 하는 가키우치의 마음도, 사람은 어울려 살아야 한다고 주장하는 야에가시의 마음도 모두 공감했습니다. 그들이 어쩌면 인생에서 가장 뜨겁고 강렬할지도 모르는 여름을 보내고 씩씩하게 9월의 학교로 돌아간 지금, 한여름에 번역을 시작해 가을의 문턱에서 마무리하고 있는 저도 그들과 함께 치열한 여름을 보내고 성장한 기분이 듭니다.

사람은 상실을 배우며 성장합니다. 가키우치 도모히로는 중2병 환자 같은 면이 느껴지는 인물이지만 본인이 꿈꾸던 이상향이 있고 그것을 손에 넣기 위해 노력합니다. 비록 현실을 깨달으면서 그 꿈이 좌절되기는 하지만, 상실을 통해 성장하고 현실을 마주하며 혼자가 아닌 다른 이와 함께 걸어갈 용기를 내는 미워할 수 없는 캐릭터입니다.

함께 어울려 살아가야 하는 세상이라지만 우리는 지금 뿔뿔이 흩어져야만 살 수 있는 어두운 시기를 보내고 있습니다. 지금 이 순간이 평범한 일상을 잃은 것에 대한 상실을 배우는 시기라면, 이를 극복해 낸 우리는 한층 더 성장하고 강해져 있으리라 믿습니다. 그리고 그 믿음으로 머지않은 미래에 평범한 일상으로 다시 돌아갈 수 있기를 간절하게 바랍니다.

2020년 가을
문지원

# 교실이, 혼자가 될 때까지

1판 1쇄 인쇄 2022년 11월 07일
1판 4쇄 발간 2022년 11월 28일

**지은이** 아사쿠라 아키나리 **옮긴이** 문시원
**책임편집** 민현주 **디자인** 강수정 **제작** 송승욱 **발행인** 송호준

**발행처** 블루홀식스 **출판등록** 2016년 4월 5일 제 2016-000100호
**주소** 경기도 파주시 회동길 483-1 **전화** 031-955-9777 **팩스** 031-955-9779
**이메일** blueholesix@naver.com

**ISBN** 979-11-89571-36-8 03830